RUINY GORLANU

Miłego czytania Szymonku.

Buziaki przesyłają:

Oliwcia,

ciocia Mariola

i wujek Leszek

paźdz. 2016

JOHN FLANAGAN

ZWIADOWCY

Księga 1

RUINY GORLANU

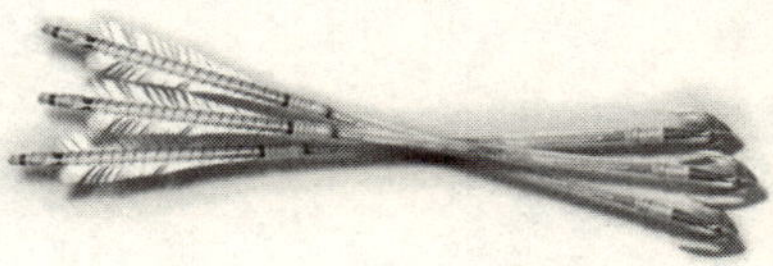

Tłumaczenie
Stanisław Kroszczyński

jaguar

Tytuł oryginału: *Rangers Apprentice. The Ruins of Gorlan*
First published by Random House Australia Pty Limited, Sydney, Australia
This edition published by arrangement with Random House Australia

Skład i łamanie: EKART
Redakcja: Julia Holewińska

ISBN 978-83-7686-066-4

Książka dla czytelników w wieku 11+

Adres do korespondencji:
Wydawnictwo Jaguar Sp.j.
ul. Kazimierzowska 52, pok. 104
02-546 Warszawa

www.wydawnictwo-jaguar.pl
youtube.com/wydawnictwojaguar
instagram.com/wydawnictwojaguar
facebook.com/wydawnictwojaguar
snapchat: jaguar_ksiazki

Dla Michaela

PROLOG

Morgarath, władca Gór Deszczu i Nocy, niegdysiejszy baron Gorlanu w królestwie Araluen, wodził wzrokiem dookoła, spoglądając na ponury krajobraz swego jałowego i spłukanego deszczem królestwa i przeklinał pod nosem; przeklinał nie pierwszy i nawet nie tysięczny już raz.

Oto, co mu pozostało – poszarpane krawędzie granitowych stoków, skaliste rumowiska, pokryte śniegiem szczyty gór. Tylko kamienna pustynia, głazy i żwir na przełęczach, bez jednego drzewa lub choćby skrawka zieleni, który przełamałby jałową monotonię.

Choć minęło już piętnaście lat, odkąd zmuszony został wycofać się na to przeklęte pustkowie, które stało się jego więzieniem, wciąż doskonale pamiętał bujne, zielone łąki i porośnięte gęstym lasem wzgórza krainy, którą władał za dawnych czasów. W strumieniach roiło się od ryb, pola wydawały obfite plony, zaś puszcza pełna była zwierzyny. Gorlan był przepięknym miejscem, w którym aż chciało się żyć. Góry Deszczu i Nocy to w porównaniu z nim martwe pustkowie.

Poniżej, na zamkowym dziedzińcu, oddział wargalów odbywał musztrę. Morgarath spoglądał na nich przez kilka sekund, nasłuchując gardłowego, rytmicznego pomruku, towarzyszącego każdemu ich ruchowi. Były to masywnie zbudowane, przysadziste i niekształtne stwory, przypominające wyglądem ludzi. Jednak ich wydatne szczęki przywodziły na myśl dzikie bestie, zaś łapy wyposażone były w pazury, niczym u niedźwiedzia albo wielkiego psa.

Wargalowie unikali kontaktów z ludźmi, żyjąc i mnożąc się w tych odległych górach od niepamiętnych czasów. Gdy Morgarath, knując plany buntu przeciwko władzy królewskiej, opuścił swe lenno Gorlan i udał się na ich poszukiwanie, nikt z najstarszych nawet mieszkańców królestwa Araluen nie widział żadnego wargala na własne oczy. Wciąż jednak jeszcze krążyły pogłoski i legendy o dzikim plemieniu półrozumnych bestii, żyjących na pustkowiach. Jeśli takie stwory istniały, mogły zapewnić mu przewagę, której bardzo potrzebował w planowanych zmaganiach wojennych.

Trwało to całe miesiące, ale w końcu trafił na ich ślad. Poza pojedynczymi pomrukami, które nie przypominały żadnego słowa, wargalowie nie mieli własnego języka; ich prymitywne umysły jakoś porozumiewały się, bezpośrednio wymieniając między sobą proste myśli. Jednak pomimo tych niezwykłych uzdolnień wargalowie byli istotami jedynie w pewnej mierze rozumnymi, obdarzonymi ledwie zalążkiem inteligencji. Tym łatwiej było zapanować nad nimi komuś, kto górował siłą umysłu i woli. Morgarath podporządkował sobie bestie, tworząc tym samym armię doskonałą dla swych potrzeb. Wargalowie byli szpetni ponad wszelkie wyobrażenie, całkowicie bezlitośni i bezwarunkowo posłuszni jego wypowiadanym w myśli rozkazom.

Teraz, gdy na nich spoglądał, wspomniał rosłych rycerzy w lśniących zbrojach, którzy niegdyś walczyli w turniejach na zamku Gorlan i odziane w jedwabne suknie damy, które okrzykami zachęcały ich do boju lub wyrażały swój zachwyt dla ich zręczności. Barwne wspomnienia oraz widok tych porośniętych czarnym włosiem, pokracznych stworzeń sprawiły, że znów zaklął.

Wargalowie, przywykli nasłuchiwać jego myśli, wyczuli gniew swego pana i zamarli w bezruchu, nie wiedząc, co czynić. To rozwścieczyło go jeszcze bardziej. Polecił im wznowić musztrę: znów rozległo się miarowe zawodzenie.

Morgarath odszedł od nieoszklonego okna, bliżej ognia, który jednak nie mógł uporać się z wilgocią i chłodem tego ponurego zamczyska. Piętnaście lat – powtórzył w myślach raz jeszcze. Piętnaście lat, odkąd wystąpił przeciwko nowo ukoronowanemu królowi Duncanowi, który był wówczas zaledwie dwudziestoletnim młodzieńcem. Przygotowania do tego kroku wszczął znacznie wcześniej, jeszcze za życia starego króla, który zaczynał już wtedy niedomagać. Liczył, że po śmierci władcy na zamku zapanuje chaos, trudno będzie zjednoczyć baronów, dzięki czemu on, Morgarath, będzie mógł sięgnąć po tron.

W sekrecie uformował i wyćwiczył swą armię wargalów, gromadząc ich właśnie tu, w górach, gotowych do uderzenia w każdej chwili. Kiedy król pożegnał ten padół, a w kraju zapanowała żałoba i baronowie udali się do Zamku Araluen na uroczystości pogrzebowe, pozostawiając swe armie bez wodzów – zaatakował. W kilka dni opanował południowo-wschodnią ćwiartkę królestwa, rozbijając w pył źle zorganizowane i słabo dowodzone siły, które próbowały mu się przeciwstawić.

Młody i niedoświadczony Duncan nie miał w tym starciu szans. Królestwo wydawało się już należeć do Morgaratha, a korona była w zasięgu ręki.

Wówczas jednak lord Northolt, naczelny dowódca wojsk zmarłego króla, utworzył wraz z młodszymi baronami lojalistyczną konfederację – zapewniając siłę, na której Duncan mógł się oprzeć i dodając odwagi tym, którzy stracili wiarę. Obie armie starły się na wrzosowiskach Hackham, nad brzegami rzeki Slipsunder. Przez pięć godzin żadna ze stron nie zdołała osiągnąć znaczącej przewagi, następowały kolejne ataki i kontrataki, siejące krwawe zniszczenie, lecz nieprzynoszące wyraźnego skutku. Rzeka Slipsunder była płytka, ale ze względu na ruchome piaski i grząskie błota tworzyła barierę nie do przebycia, osłaniając prawe skrzydło wojsk Morgaratha.

I wtedy jeden z tych pętaków w szarych płaszczach, których zwano zwiadowcami, przeprowadził potężny oddział ciężkiej kawalerii przez nikomu nieznany bród, znajdujący się w odległości dziesięciu kilometrów od wrzosowisk Hackham, w górze rzeki. Opancerzeni jeźdźcy zjawili się w kluczowym momencie bitwy i spadli jak szarańcza na nieosłonięte tyły armii Morgaratha. Wyszkoleni pośród gór i skał wargalowie mieli jedną słabość. Nigdy nie zetknęli się z bezpośrednią szarżą ciężkozbrojnych jeźdźców i nie było żadnych szans, by stawili skuteczny opór tak niespodziewanemu atakowi kawalerii. Poszli w rozsypkę, wycofując się w ciasne wąwozy Przełęczy Trzech Kroków, a potem dalej, w Góry Deszczu i Nocy. Pokonany Morgarath umknął razem z nimi. Od tamtego dnia minęło piętnaście lat wygnania, wyczekiwania i spisków; piętnaście lat przeżytych w nienawiści do sprawców tej klęski.

Nadszedł jednak wreszcie czas odwetu. Czujność strażników królestwa została uśpiona, a szpiedzy donosili mu, że niemal zapomniano o jego istnieniu. Imię Morgaratha przeszło do legend, matki straszyły nim niesforne dzieci, grożąc, że jeśli nie będą grzeczne, czarny pan Morgarath przyjdzie je zabrać.

Sytuacja dojrzała do działania. Powtórnie poprowadzi wargalów do boju. Tym razem jednak będzie miał nowych sprzymierzeńców. Przygotuje grunt pod swe panowanie, siejąc zamęt i lęk. Teraz żaden z wrogów, którzy doprowadzili ongiś do jego upadku, nie będzie już żył i nie stanie w obronie króla Duncana.

W skalistych górach przetrwali bowiem nie tylko wargalowie, lecz i inne prastare, budzące grozę stwory. Te właśnie bestie pozyskał na sprzymierzeńców, dwie maszkary o wiele groźniejsze od wargalów: kalkary.

Nadszedł czas, by spuścić je ze smyczy.

ROZDZIAŁ 1

Spróbuj coś zjeść, Willu. W końcu jutro czeka nas wielki dzień.

Jenny – jasnowłosa, ładna i wesoła dziewczyna, przysunęła bliżej Willa jego talerz z kolacją, której prawie nie tknął, i uśmiechnęła się. Will próbował odwzajemnić uśmiech, ale z mizernym skutkiem. Spojrzał z niechęcią na talerz, choć piętrzyły się na nim jego ulubione przysmaki. Od napięcia i wyczekiwania jego żołądek był tak ściśnięty, że z trudem mógł cokolwiek przełknąć.

Owszem, jutro czekał go wielki dzień. Wiedział o tym aż nazbyt dobrze. Miał to być najważniejszy dzień w jego życiu, ponieważ był to Dzień Wyboru, który określi jego los na zawsze i nieodwołalnie.

– Nerwy, jak przypuszczam – oświadczył George, odkładając widelec i ujmując się obiema rękami za poły kurty, niczym legista w sądzie. Był to chudy, żylasty chłopak, pilny uczeń, zafascynowany światem ustaw i paragrafów, ze skłonnością do rozważania wszystkich stron każdego zagadnienia – a czasem potrafił to czynić w sposób nader rozwlekły. – Nerwy to rzecz niedobra. Potrafią tak człowieka zmrozić, że nie może myśleć, mówić ani nawet jeść.

– Wcale nie jestem zdenerwowany – powiedział szybko Will, dostrzegając jednocześnie kątem oka, że Horace szykuje się do wygłoszenia jakiejś zjadliwej uwagi.

George pokiwał kilkakrotnie głową, rozważając stwierdzenie Willa.

– Z drugiej jednak strony – podjął – nieco zdenerwowania może wpłynąć korzystnie na twoje zachowanie. Może wzmóc spostrzegawczość i zwiększyć chęć do działania. Tak więc fakt, że się niepokoisz – o ile w rzeczy samej się niepokoisz – nie musi być koniecznie powodem do niepokoju, że się tak wyrażę.

Will uśmiechnął się mimowolnie. George był urodzonym prawnikiem. Niemal z całą pewnością zostanie jutro rano wybrany przez Mistrza Skrybów. I na tym właśnie polega mój problem – pomyślał Will. Był jedynym z pięciorga podopiecznych, który miał powody, by niepokoić się, co przyniesie mu Dzień Wyboru.

– Nic dziwnego, że się boi! – rzucił wzgardliwie Horace. – Który z Mistrzów zechciałby go na swojego ucznia?

– Wszyscy jesteśmy zdenerwowani – wtrąciła Alyss i uśmiechnęła się do Willa, co zdarzało jej się nieczęsto. – Pewność siebie byłaby oznaką głupoty.

– Ja tam jestem pewien siebie! – oświadczył zawadiacko Horace, a potem zrobił się cały czerwony, gdy Alyss uniosła jedną brew, a Jenny zachichotała.

Taka właśnie była Alyss. Will wiedział, że ta wysoka, pełna wdzięku dziewczyna otrzymała już obietnicę i zostanie przyjęta na termin do lady Pauline, Mistrzyni Służb Dyplomatycznych Zamku Redmont. Taktownie wspomniała o zdenerwowaniu, chociaż sama nie miała do niego żadnych powodów, i udała, że nie zauważyła, jakiego głupca zrobił przed chwilą z siebie Horace. Dowodziło to, że już teraz posiada niemałe uzdolnienia dyplomatyczne.

Rzecz jasna, Jenny znajdzie swe miejsce w kuchni zamkowej, gdzie panował niepodzielnie Chubb, Kuchmistrz Zamku Redmont. Był to mistrz nad mistrze, znany w całym królestwie, a sławę swą zawdzięczał bankietom, urządzanym w ogromnym refektarzu zamku. Jenny przepadała za jedzeniem i gotowaniem, a że z natury do wszystkich odnosiła się przyjaźnie i zawsze była w dobrym humorze, można było się spodziewać, że cechy te okażą się niezastąpione w kuchni, gdzie zawsze panował pośpiech i pełna napięcia atmosfera.

Horace wybrał Szkołę Rycerzy. Will rzucił okiem na swojego rówieśnika, który łakomie pochłaniał wielkie ilości pieczonego indyka, szynki i ziemniaków, spiętrzone na talerzu. Horace był mocno zbudowany i wyjątkowo rosły jak na swój wiek. W rzeczy samej, mógł się nie obawiać, że zostanie odrzucony. Właśnie takich rekrutów jak on poszukiwał sir Rodney, by kształcić ich na wojowników. Silnych, zdrowych, dobrze zbudowanych. I nie za bystrych – pomyślał z niejaką goryczą Will.

Przez Szkołę Rycerzy wiodła droga do stanu rycerskiego dla chłopców takich, jak Horace – pośledniego urodzenia, lecz dysponujących fizycznymi predyspozycjami, by służyć królowi w jego zbrojnych szeregach.

Natomiast Will... Jakiego wyboru powinien dokonać? Co gorsza, jak słusznie zauważył Horace, który z Mistrzów zechce go na swojego ucznia?

Dzień Wyboru stanowił punkt zwrotny w życiu zamkowych podopiecznych. Wszyscy byli sierotami wychowywanymi na zamku dzięki wielkoduszności barona Aralda, władcy lenna Redmont. Rodzice większości z nich zginęli w służbie króla, toteż baron uważał za swój obowiązek objąć ich opieką jako dzieci byłych poddanych i pozwolić im na poprawę własnego losu.

Taką szansę dawał właśnie Dzień Wyboru.

Każdego roku podopieczni z sierocińca, którzy ukończyli piętnaście lat, mogli zadeklarować, u którego z mistrzów licznych kunsztów i umiejętności – służących zamkowi oraz jego mieszkańcom – chcą się uczyć. Zazwyczaj terminatorów dobierano zgodnie z zajęciami wykonywanymi przez ich rodziców lub ze względu na wpływy tychże u Mistrzów Sztuk. Zamkowi podopieczni nie mieli rodziców ani żadnych wpływów, więc tylko od nich zależało, jaką przyszłość zdołają sobie wywalczyć.

Ci, których nie wybrał żaden z nauczycieli albo dla których nie znalazło się miejsce wśród uczniów, bywali przydzielani do chłopskich rodzin w okolicznej wiosce, dostarczającej żywność mieszkańcom zamku, gdzie pracowali na roli i zajmowali się bydłem. Will wiedział jednak, że zdarza się to rzadko. Baron i jego Mistrzowie zazwyczaj bardzo się starali, żeby jakoś upchnąć wszystkich z sierocińca do terminu w takim czy innym rzemiośle. Jednak zsyłka na wieś zdarzała się i tego losu wszyscy najbardziej się obawiali.

Napotkał spojrzenie Horace'a, który posłał mu pełen politowania uśmiech.

– Nadal chcesz się zgłosić do Szkoły Rycerzy? – wymamrotał z ustami pełnymi indyka i kartofli. – Jeśli tak, to lepiej coś zjedz. Przydałoby się, żebyś trochę przybrał na wadze.

Parsknął śmiechem, a Will popatrzył na niego spode łba. Kilka tygodni wcześniej Horace podsłuchał, jak Will zwierza się Alyss – że nade wszystko pragnie zostać wybrany do Szkoły Rycerzy – i od tej pory zadręczał nieszczęśnika, wytykając mu przy każdej możliwej okazji, że ze względu na swą mizerną posturę żadną miarą nie nadaje się do nauki w szkole wojowników.

Najgorsze zaś było to, że Horace najprawdopodobniej miał rację. Horace był wysoki i muskularny, a Will niski i chuderlawy. Wprawdzie był szybki, zwinny i zaskakująco silny, ale po prostu za niski, a wiedział przecież, że właśnie pokaźnego wzrostu i masy oczekuje się od nowicjuszy w Szkole Rycerzy. Przez ostatnie kilka lat wbrew rozsądkowi żywił nadzieję, że nim nadejdzie Dzień Wyboru, jeszcze trochę urośnie. Przecież zdarzało się, że młodzieńcy w jego wieku nagle zaczynali rosnąć jak na drożdżach i nabierać wagi. Jednak w jego przypadku nie doszło do niczego podobnego, a Dzień Wyboru przypadał jutro.

Z braku odpowiedzi Willa Horace wywnioskował, że zdołał celnie ugodzić współtowarzysza swymi słowami. Nieczęsto się to zdarzało. Przez ostatnich kilka lat ich wzajemne stosunki były nader burzliwe. Ścierali się nieustannie, a Horace, jako silniejszy, zwykle brał górę, choć niekiedy i Willowi, dzięki zwinności, udawało się zaskoczyć przeciwnika kopnięciem lub uderzeniem, a potem prędko umknąć.

Jednak, o ile Horace zazwyczaj dominował w starciu fizycznym, niezwykle rzadko zdarzało mu się triumfować w utarczkach słownych. Umysł Willa był równie zręczny, jak cała reszta jego postaci, toteż chłopak niemal zawsze potrafił dopiec swemu rosłemu towarzyszowi do żywego. Co prawda, to właśnie najczęściej prowadziło do bójki, bowiem Will nie nauczył się jeszcze, że nie zawsze warto mieć ostatnie słowo.

Tymczasem Horace postanowił pójść za ciosem.

– Żeby dostać się do szkoły wojowników, trzeba mieć mięśnie. Prawdziwe mięśnie – oznajmił, rozglądając się wokół, by sprawdzić, czy ktoś ośmieli się mu sprzeciwić.

Pozostali, czując się niezręcznie wobec narastającego między chłopakami napięcia, wbili wzrok w talerze.

– Mięśnie? Chyba między uszami – odpowiedział Will, a Jenny niestety nie potrafiła powstrzymać śmiechu. Twarz Horace'a zalała się krwią, zerwał się z krzesła. Jednak Will okazał się szybszy i nim Horace zdołał się dźwignąć, był już w drzwiach. Osiłek zadowolił się więc rzuceniem za uciekającym kolegą ostatniej obelgi:

– Tak jest! Uciekaj, Willu bez nazwiska! Jesteś nikim i nikt cię nie zechce na ucznia!

Na zewnątrz, już w sieni, Will dosłyszał te słowa i oblał się rumieńcem. Takich przytyków akurat nie znosił najbardziej, choć też i bardzo się starał, żeby Horace o tym nie wiedział. Czuł bowiem, że byłaby to niebezpieczna broń w rękach silniejszego współtowarzysza.

Prawda zaś wyglądała tak, że nikt nie znał nazwiska Willa. Nikt nie wiedział, kim byli jego rodzice. W przeciwieństwie do pozostałych podopiecznych barona, którzy również stracili rodziców, lecz historie ich rodzin były znane, Will pojawił się rzeczywiście jakby znikąd i to jako noworodek. Piętnaście lat temu znaleziono go owiniętego w pled i ułożonego w koszyku na schodach zamkowego przytułku. Do kocyka przymocowano kartkę z krótką notką:

Jego matka umarła przy porodzie.
Jego ojciec zginął jako bohater.
Proszę, zaopiekujcie się nim. Na imię ma Will.

Tego roku do przytułku przybyła tylko jeszcze jedna sierota. Ojciec Alyss był porucznikiem kawalerii i zginął podczas bitwy na wrzosowiskach Hackham, kiedy to armia wargalów Morgaratha została pobita i zepchnięta w góry. Zrozpaczona matka Alyss kilka tygodni po porodzie zapadła na gorączkę i umarła. W przytułku nie brakowało miejsca dla kolejnego podrzutka, a baron Arald okazał się dobrym człowiekiem. Pomimo niezwykłych okoliczności, wyraził zgodę, by Will został przyjęty jako podopieczny Zamku Redmont. Wszystko wskazywało na to, że jeśli na kartce napisano prawdę, ojciec Willa zginął na wojnie z Morgarathem, a ponieważ baron Arald odegrał w tych zmaganiach znaczącą rolę, czuł się zobowiązany, by wziąć pod swe skrzydła potomka nieznanego bohatera.

Tym oto sposobem Will został podopiecznym Zamku Redmont, gdzie dzięki wspaniałomyślności barona zyskał utrzymanie i edukację. Z biegiem czasu do niego i Alyss dołączyło troje pozostałych. Jednak, o ile tamci pamiętali swoich rodziców, a w przypadku Alyss istnieli ludzie, którzy ich znali i mogli jej o nich opowiedzieć, Will o swej przeszłości nie wiedział nic.

Dlatego też wymyślił historię, która towarzyszyła mu przez całe dzieciństwo w przytułku. Upływały lata, a on wzbogacał ją o szczegóły i ubarwiał, aż w końcu sam w nią uwierzył.

Wiedział, że jego ojciec zginął śmiercią bohatera. Nic więc dziwnego, że jako bohatera go sobie wyobraził – rycerza w zbroi, który walczył z hordami wargalów, siekąc ich mieczem na prawo i lewo, by wreszcie ulec liczebnej przewadze nieprzyjaciela. Will często wyobrażał sobie wysoką postać ojca; w myślach widział każdy szczegół zbroi i rynsztunku, ale nigdy nie był w stanie ujrzeć jego twarzy.

Skoro ojciec był wojownikiem, z pewnością oczekiwałby, że syn pójdzie w jego ślady. Właśnie dlatego Will tak usilnie marzył, by przyjęto go do Szkoły Rycerskiej. Dlatego też, im bardziej nieprawdopodobne stawało się, że zostanie wybrany, tym rozpaczliwiej trzymał się nadziei, iż jednak zdoła spełnić swe marzenie.

Wyszedł z zamkowego sierocińca na mroczny dziedziniec. Słońce dawno już zaszło, a zatknięte na murach co jakieś dwadzieścia metrów pochodnie rzucały nierówne, migocące światło. Zastanowił się przez chwilę. Nie miał ochoty wrócić do przytułku i wysłuchiwać niekończących się docinków Horace'a. Prędzej czy później zakończy się to kolejną bójką, w której Will przypuszczalnie poniesie sromotną porażkę. George będzie próbował dokonać analizy jego sytuacji, rozpatrując ją ze wszystkich stron aż do całkowitego zawrotu głowy. Alyss i Jenny będą go pocieszać – zwłaszcza Alyss, skoro wychowali się razem od małego. Jednak Will nie życzył sobie ani ich współczucia, ani tym bardziej zaczepek Horace'a, udał się więc w jedyne miejsce, w którym mógł być sam.

Wielki figowiec, rosnący w pobliżu głównej wieży zamku, często zapewniał mu schronienie. Will nie lękał się wysokości i wspinał się na drzewo wyżej i wyżej, choć niejeden dawno by się już zatrzymał, aż znalazł się pośród najwyższych, cienkich gałęzi, które kołysały się i uginały pod jego ciężarem. W przeszłości nieraz uciekał tu przed Horace'em. Osiłek nie potrafił wspinać się równie szybko jak Will i nie miał odwagi zajść równie wysoko. Will wyszukał wygodne rozwidlenie i umościł się w nim jak w kołysce. Gałęzie poruszały się w podmuchach wieczornego wiatru. W dole widział groteskowo pomniejszone postacie strażników, dokonujących obchodu dziedzińca.

Usłyszał, jak otwierają się drzwi przytułku; ujrzał Alyss, która na próżno rozglądała się za nim po dziedzińcu. Wysoka dziewczyna stała tam jeszcze kilka chwil, po czym wzruszyła ramionami i wróciła do środka. Wyciągnięty prostokąt światła padającego przez drzwi zgasł, gdy cicho zamknęła je za sobą. To zdumiewające – pomyślał – jak rzadko ludzie spoglądają w górę.

Usłyszał szum miękkich piór i zobaczył sowę, która usiadła na sąsiedniej gałęzi, kręcąc głową. Wielkimi oczami chwytała najmniejsze promyki słabego światła. Przyjrzała mu się bez obawy, jakby wiedząc, że z jego strony nic jej nie grozi. Była łowczynią. Bezgłośnie unoszącą się w powietrzu władczynią nocy.

– Przynajmniej wiesz, kim jesteś – rzekł półgłosem do ptaka. Sowa znów przekrzywiła głowę, a potem wzbiła się w mrok, pozostawiając go sam na sam z własnymi myślami.

Siedział tak i patrzył, aż w zamkowych oknach światła zaczęły gasnąć, jedno po drugim. Pochodnie wypaliły się do dymiących głowni; kolejna zmiana straży, która objęła wartę o północy, wymieniła je na nowe. Wreszcie tylko w jednym oknie widać było światło. Wiedział, że to gabinet barona; pan na Redmont zapewne wciąż jeszcze pracował, przeglądając dokumenty i raporty. Ze swego miejsca na drzewie Will mógł obserwować przysadzistą sylwetkę wielmoży, siedzącego przy biurku. Wreszcie baron Arald wstał, przeciągnął się i pochylił, by zgasić lampę i udać się do swych apartamentów, mieszczących się piętro wyżej. Cały zamek spał, za wyjątkiem strażników, pełniących nieprzerwanie swą wartę.

Will zdał sobie sprawę, że za niecałe dziewięć godzin czeka go Wybór. Przygnębiony, po cichu zlazł na dół i przemknął po ciemku do mieszczącej się w przytułku sypialni dla chłopców. Obawiał się najgorszego.

ROZDZIAŁ 2

No, już! Tędy, kandydaci! I nie robić takich ponurych min!

To polecenie wydał, a właściwie wykrzyczał Martin, sekretarz barona Aralda. Jego głos odbijał się echem od sklepień sieni. Pięcioro zamkowych podopiecznych powstało z drewnianych ław, na których ich przedtem usadzono. Kiedy ten z dawna wyczekiwany dzień wreszcie nadszedł, wszyscy byli niespokojni i ruszyli jakby z ociąganiem. Nikt nie chciał jako pierwszy znaleźć się za okutymi żelazem drzwiami, otworzonymi przez sekretarza Martina.

– Ruszać się, ruszać! – krzyknął niecierpliwie Martin, więc Alyss zdecydowała się pójść przodem, jak zresztą

Will się tego spodziewał. Reszta podążyła za nią – skoro już ktoś ów próg przekroczył, także i pozostałym było łatwiej.

Gdy znaleźli się w gabinecie barona, Will rozejrzał się ciekawie dookoła. Tej części zamku nigdy jeszcze nie widział. W głównej wieży mieściły się biura wszystkich urzędników, którzy zajmowali się zarządzaniem dobrami i prowincją oraz osobiste apartamenty barona, toteż przedstawiciele niskiego stanu – jak zamkowi podopieczni – bywali tu nader rzadko. Gabinet barona był właściwie ogromną salą, sklepioną wysoko, zbudowaną z kamiennych bloków, połączonych murarską zaprawą. We wschodniej ścianie otwierało się wielkie okno – nieosłonięte niczym prócz solidnych, drewnianych okiennic, które można było zamknąć przy złej pogodzie. Chłopiec uświadomił sobie, że w to właśnie okno zaglądał zeszłej nocy. Teraz wpadały przez nie promienie słońca, rozjaśniając wielki, dębowy stół, którego baron Arald używał do pracy.

– No, już! Stańcie teraz w szeregu, żwawiej! – Martin najwyraźniej rozkoszował się faktem, że przez krótką chwilę i jemu dane było kimś komenderować. Szurając nogami, zastraszeni podopieczni stanęli obok siebie. Przyjrzał się im i wykrzywił usta z dezaprobatą. – Według wzrostu, od najwyższego, z tej strony! – wskazał palcem miejsce, gdzie życzył sobie widzieć początek szeregu.

Przegrupowali się więc posłusznie. Rzecz jasna, Horace, jako najwyższy, stanął na początku. Po nim miejsce zajęła Alyss, a następnie George, niższy od niej o pół głowy i żałośnie chudy. Jak zwykle garbił się lekko. Will i Jenny zawahali się. Jenny uśmiechnęła się do Willa i wskazała mu miejsce obok George'a, chociaż była o jakiś cal wyższa od niego. Cała Jenny: doskonale wiedziała, jak Will ubolewa nad tym, że jest najniższy ze wszystkich podopiecznych ze swojego rocznika. Wstąpił do szeregu, lecz powstrzymał go ostry głos Martina:

– Nie ty! Teraz ta dziewczyna.

Jenny wzruszyła ramionami i stanęła tam, gdzie kazał jej Martin. Will zajął ostatnie miejsce, przeklinając w duchu Martina za to, że podkreślił jego niski wzrost i tak przecież rzucający się w oczy.

– No, dzieciaki! Jak wy wyglądacie? Stanąć mi tu zaraz prosto! – krzyknął Martin i nagle umilkł, gdy przerwał mu tubalny głos:

– Wydaje mi się, że to nie jest konieczne.

Baron Arald wszedł do pomieszczenia, niezauważony przez nikogo, małymi drzwiczkami znajdującymi się za jego stołem do pracy. Teraz Martin przybrał postawę, która w jego mniemaniu wyrażała baczność i uszanowanie, rozprostowując chuderlawe ramiona wzdłuż boków, z piętami razem, uwidaczniając przy tym wydatną krzywość swych nóg, bo kolana znajdowały się nadal w znacznej odległości od siebie... i odrzucając głowę do tyłu.

Baron Arald uniósł oczy ku niebiosom. Niekiedy służalcza nadgorliwość jego sekretarza bywała trudna do zniesienia. Baron był potężnym mężczyzną, szerokim w ramionach i w pasie, silnie umięśnionym – jak przystało na rycerza królestwa. Wiadomo jednak było powszechnie, że baron Arald chętnie hołduje rozkoszom stołu, toteż jego postawna sylwetka nie składała się wyłącznie z mięśni.

Nosił krótką, starannie przystrzyżoną, czarną brodę, na której, podobnie jak na włosach, zaczęły pokazywać się pierwsze ślady siwizny – znak przeżytych czterdziestu dwóch lat. Miał wydatną szczękę, duży nos i ciemne, świdrujące oczy, spoglądające spod krzaczastych brwi. Jego twarz była silna, emanująca władzą – ale niebudząca grozy. Zwłaszcza, że w tych ciemnych oczach nierzadko pojawiały się iskierki rozbawienia. Will zauważył to już wcześniej, gdyż Araldowi zdarzało się od czasu do czasu odwiedzać swych podopiecznych, by przekonać się o czynionych przez nich postępach w nauce.

– Wasza wysokość! – rzekł Martin tak głośno, że baron aż się lekko skrzywił. – Kandydaci przygotowani do Wyboru!

– Widzę, widzę – stwierdził cierpliwie baron Arald. – Może byłbyś tak uprzejmy i poprosił Mistrzów Sztuk, aby zechcieli tu wejść?

– Tak jest! – odpowiedział Martin, usiłując strzelić obcasami. Ponieważ jednak miał na sobie buty z miękkiej skórki, nie dało to pożądanego efektu. Ruszył marszowym krokiem w stronę głównych drzwi gabinetu, unosząc wysoko kolana i wymachując łokciami. Wyglądał przy tym jak kogut. Gdy położył dłoń na klamce, baron zatrzymał go.

– Martin? – zawołał przyciszonym głosem. Sekretarz odwrócił się i rzucił mu pytające spojrzenie, a baron tym samym tonem powiedział: – Poproś ich do środka. Nie krzycz na nich. Mistrzowie Sztuk nie lubią, kiedy na nich krzyczeć.

– Tak, wasza wysokość – Martin jakby nieco oklapł.

Otworzył drzwi i najwyraźniej zmuszając się do przyciszenia głosu, odezwał się:

– Panie i panowie! Baron prosi.

Mistrzowie Sztuk weszli do sali, nie przestrzegając jakiegoś szczególnego porządku. Darzyli się wzajemnie szacunkiem i podziwem, nie uważali więc za konieczne, by uciekać się do nadętych ceremoniałów. Pierwszy wszedł sir Rodney, Mistrz Szkoły Rycerskiej. Był wysoki, barczysty, tak jak baron, miał na sobie zwykłą kolczugę, na którą narzucił białą tunikę ze swoim herbem, przedstawiającym szkarłatną wilczą głowę. Otrzymał go jako młody człowiek, gdy zmagał się z przybyłymi ze Skandii na wilczych łodziach piratami, którzy nieustannie nękali wschodnie wybrzeża królestwa. U pasa, rzecz jasna, miał miecz, jako że żaden rycerz nie pokazałby się publicznie bez tej oznaki swojego stanu. Był w tym samym wieku co baron, miał błękitne oczy, a twarz jego wydawałaby się niezwykle przystojna, gdyby nie złamany nos. Nosił ogromne wąsy, natomiast w przeciwieństwie do barona nie posiadał brody.

Za nim wszedł Ulf, Mistrz Koni, odpowiedzialny za opiekę i szkolenie bojowych rumaków. Mężczyzna o brązowych oczach, silnych, wydatnie umięśnionych ramionach i grubych nadgarstkach. Nosił prostą, skórzaną kurtę, wełnianą koszulę i spodnie. Na nogach miał wysokie, sięgające za kolana, skórzane buty.

Następnie pojawiła się lady Pauline. Była szczupła, siwa i elegancka. Za młodu słynęła z niezwykłej urody, a i teraz dość miała wdzięku i stylu, by zawrócić w głowie niejednemu mężczyźnie. Lady Pauline, która otrzymała swój tytuł jako wyraz uznania dla zasług położonych w pracy na rzecz polityki zagranicznej królestwa, była Mistrzynią Szkoły Dyplomacji. Baron Arald niezwykle wysoko cenił sobie jej umiejętności i należała ona do grona jego najbardziej zaufanych doradców. Arald często powiadał, że dziewczęta kwalifikują się najlepiej do służb dyplomatycznych. Cechuje je większa subtelność niż chłopców, którzy naturalną koleją rzeczy dążą raczej do tego, by znaleźć się w Szkole Rycerskiej. Co więcej, o ile chłopcy zazwyczaj skłonni byli rozwiązywać problemy przy użyciu siły, na dziewczętach można było polegać, iż zechcą posłużyć się zamiast tego rozumem.

Naturalną koleją rzeczy, tuż za lady Pauline wszedł Nigel, Mistrz Szkoły Skrybów. Najwyraźniej, w oczekiwaniu, aż Martin wezwie ich do barona, prowadzili jakąś ciekawą dyskusję. Nigela i lady Pauline łączyła serdeczna przyjaźń oraz zbliżone zainteresowania związane z wykonywaną przez oboje pracą. Nigel szkolił skrybów, którzy przygotowywali oficjalne dokumenty oraz orędzia, które najczęściej towarzyszyły w podróżach dyplomatycznych adeptom szkoły lady Pauline. Często sam brał udział w ich formułowaniu, korzystając ze swej niezwykle rozległej wiedzy prawniczej. Nigel był drobny, żylasty, o żywej twarzy i bystrym spojrzeniu; Willowi przypominał z wyglądu łasicę. Jego włosy lśniły czernią, rysy były drobne, a ciemne oczy wciąż rozglądały się po sali.

Ostatni do gabinetu barona wtoczył się Kuchmistrz Chubb, gruby, brzuchaty, jak przystało na przedstawiciela swego kunsztu, odziany w biały strój i wysoką czapkę kucharza. Słynął z gwałtownego usposobienia, w gniew wpadał tak gwałtownie, jak gwałtownie tryskają krople oliwy wlanej do ognia, toteż większość podopiecznych przytułku omijała go szerokim łukiem. Czerwoną twarz okalały rzadkie, rude włosy. Mistrz Chubb zawsze nosił ze sobą drewnianą chochlę. Było to poniekąd nieoficjalne berło jego urzędu. Służyło też nierzadko jako broń zaczepna, którą z donośnym trzaskiem walił po głowach niedbałych, roztrzepanych lub zbyt powolnych czeladników kuchennych. Spośród zamkowych podopiecznych tylko Jennifer ceniła Chubba i od dawna zamierzała dlań pracować i posiąść te same umiejętności co on, nie zważając na wielką drewnianą łyżkę. Na zamku nie brak też było mistrzów innych sztuk, by wspomnieć choćby Zbrojmistrza i Mistrza Sztuki Kowalskiej, ale w ceremonii Wyboru brali udział tylko ci, którzy potrzebowali nowych czeladników czy uczniów.

– Mistrzowie Sztuk zjawili się, wasza wysokość! – znów wrzasnął Martin. Najwyraźniej nie potrafił sobie wyobrazić jakiejkolwiek ceremonii bez podnoszenia głosu. Baron powtórnie wzniósł oczy ku niebu.

– Widzę – powiedział cicho, a potem bardziej uroczystym tonem zwrócił się do przybyłych: – Witam, lady Pauline. Witajcie, panowie.

Gdy odpowiedzieli dwornymi ukłonami, baron zwrócił się do Martina:

– Czy moglibyśmy zacząć?

Martin skłonił się kilkakrotnie. Rzucił okiem na trzymaną w ręku kartkę i podszedł do szeregu kandydatów.

– Słyszycie? Jego wysokość baron czeka! Jego wysokość czeka! Kto pierwszy?

Will spuścił wzrok i przestąpił nerwowo z nogi na nogę. Miał dziwne wrażenie, że ktoś na niego patrzy. Podniósł głowę i aż drgnął z zaskoczenia, bo napotkał mroczne, nieprzeniknione spojrzenie Halta, zwiadowcy.

Will nie widział, jak Halt dostał się do gabinetu barona. Przypuszczalnie tajemnicza postać wsunęła się przez boczne drzwi, gdy uwaga wszystkich zwrócona była na Mistrzów Sztuk, wchodzących do sali głównym wejściem. Stał teraz za krzesłem barona, na uboczu, ubrany jak zwykle w brązowe i szare sukno, okryty długą, szarozieloną peleryną zwiadowcy. Halt był dość niepokojącą postacią. Miał nieprzyjemny zwyczaj zjawiać się tam, gdzie się go najmniej spodziewano – a przy tym robił to bezszelestnie. Przesądni wieśniacy wierzyli, że zwiadowcy praktykują jakąś magię, dzięki której potrafią być niewidzialni dla zwykłych ludzi. Will nie był pewien, czy w to wierzy – ale nie był też przekonany, czy w to wątpi. Zastanawiał się natomiast, co sprowadziło Halta do zamku w Dniu Wyboru. Nie zaliczał się do grona mistrzów i o ile Will wiedział, nigdy przedtem nie brał udziału w tej ceremonii.

Kiedy Halt odwrócił od niego swoje spojrzenie, Willowi wydało się, jakby nagle zgasło światło. Znów odezwał się Martin. Chłopak zauważył, że sekretarz ma zwyczaj powtarzać swoje stwierdzenia, jakby był echem sam dla siebie.

– A więc, kto pierwszy? Kto pierwszy?

Baron westchnął głośno.

– Może zaczniemy od początku szeregu? – zaproponował rzeczowym tonem, a Martin znów szybko pokiwał głową.

– Oczywiście, wasza wysokość. Oczywiście. Pierwszy w szeregu, wystąp i stań przed jego wysokością baronem.

Po sekundzie ociągania się, Horace postąpił krok do przodu i przybrał postawę na baczność. Baron przyglądał mu się przez kilka chwil.

– Jak się nazywasz? – spytał.

– Horace Altman, panie... wasza wysokość – odpowiedział Horace, plącząc się nieco w tytułach.

– Czy istnieje jakaś umiejętność, w której szczególnie chciałbyś się kształcić, Horace? – baron zadał to pytanie takim tonem, jakby z góry znał odpowiedź.

– Chciałbym pójść do Szkoły Rycerskiej, panie! – oświadczył stanowczo Horace. Baron skinął głową. Tego właśnie się spodziewał. Rzucił okiem na Rodneya, który przyglądał się chłopcu uważnie, starając się ocenić jego możliwości.

– Mistrzu Szkoły Rycerskiej? – zwrócił się do niego baron. W normalnej sytuacji mówił mu po imieniu, pomijając tytuły. Jednak była to szczególna, uroczysta okazja. Podobnie Rodney, zazwyczaj tytułował barona krótkim „panie", jednak tego dnia należało używać zwrotu „wasza wysokość".

Rosły wojownik podszedł bliżej, jego kolczuga i ostrogi zabrzęczały cicho, gdy stanął przed Horace'em. Obejrzał chłopaka od stóp do głów, potem stanął za nim. Głowa Horace'a zaczęła odwracać się ku niemu.

– Nie ruszać się! – polecił sir Rodney, a chłopiec zamarł w bezruchu, patrząc wprost przed siebie.

– Wygląda na dość silnego, wasza wysokość, a zawsze przyda mi się nowy rekrut – potarł dłonią o podbródek. – Umiesz jeździć konno, Horace?

Przez twarz Horace'a przemknął wyraz niepokoju, bo zdał sobie sprawę, że może to zaważyć na jego losach.

– Nie, panie... ja...

Zamierzał dodać, że podopieczni z sierocińca nie mają możliwości uczyć się jeździectwa, ale sir Rodney przerwał mu.

– Nieważne. Tego łatwo się nauczyć – Rycerz spojrzał w stronę barona i skinął głową. – Doskonale, wasza wysokość. Przyjmę go do Szkoły Rycerskiej. Póki co, jak zwykle, czeka go trzymiesięczny okres próbny.

Baron zanotował coś na leżącej przed nim kartce i lekko uśmiechnął się do zachwyconego młodzieńca, który właśnie głęboko odetchnął z ulgą.

– Gratulacje, Horace. Zgłosisz się jutro rano do Szkoły Rycerskiej. Punktualnie o ósmej.

– Tak jest, wasza wysokość! – odpowiedział Horace z promiennym uśmiechem. Skłonił się sir Rodneyowi. – Dziękuję, panie!

– Jeszcze nie dziękuj – mruknął rycerz. – Nie wiesz, co cię czeka.

ROZDZIAŁ 3

Kto następny? Kto? – zawołał Martin, gdy rozradowany Horace wstąpił z powrotem na swoje miejsce w szeregu. Wdzięcznym ruchem przed barona wysunęła się Alyss, ku niejakiej irytacji Martina, który koniecznie chciał, by uczyniła to dopiero na jego wyraźne polecenie.

– Alyss Mainwaring, wasza wysokość – przedstawiła się cichym, spokojnym głosem, a następnie, nim ktokolwiek zdążył zadać jej pytanie, dodała: – Uprzejmie proszę o przydzielenie do służb dyplomatycznych, wasza wysokość.

Arald uśmiechnął się na widok poważnej miny dziewczynki. Widać po niej było pewność siebie i zrównoważenie, które przydadzą jej się na tej drodze. Spojrzał w stronę lady Pauline.

– Pani? – spytał.

Skinęła kilkakrotnie głową.

– Już rozmawiałam z Alyss, wasza wysokość. Jest znakomitą kandydatką. Przyjęta i zaakceptowana.

Alyss skłoniła lekko głowę w stronę kobiety, która miała być jej mentorką. Will pomyślał, że obie są do siebie podobne – wysokie i o eleganckich ruchach, skupione i poważne. Przez moment zapomniał o dręczącym go niepokoju, bo ucieszył się, że jego najdawniejsza towarzyszka osiągnęła swój upragniony cel. Alyss wróciła do szeregu, a Martin, nie dając się tym razem uprzedzić, już wskazywał George'a.

– Doskonale! Teraz ty! Teraz ty! Stań przed jego wysokością.

George wyszedł przed towarzyszy. Jego usta otwarły się i zamknęły kilka razy, jednak nie wydał z siebie żadnego dźwięku. Reszta podopiecznych spoglądała na niego ze zdumieniem. Od zawsze był ich oficjalnym przedstawicielem we wszelkiego rodzaju sprawach, które wymagały zabrania głosu, a teraz niespodziewanie ogarnęła go trema. W końcu zdołał coś wykrztusić, ale tak cicho, że nikt z obecnych nie dosłyszał jego słów. Baron Arald pochylił się do przodu, przykładając dłoń do ucha.

– Wybacz, nie dosłyszałem – rzekł. George, wpatrując się w barona, z nieludzkim wysiłkiem odezwał się ledwo dosłyszalnym głosem:

– G-george Carter, panie. Szkoła Skrybów.

Martin, zawzięty formalista, już zaczerpnął tchu, by pouczyć go o właściwym sposobie zwracania się do jego wysokości, jednak nim zdołał to uczynić, ku widocznej uldze wszystkich zgromadzonych, baron Arald go powstrzymał.

– Już dobrze, Martinie. Mniejsza z tym.

Martin wyglądał na nieco zawiedzionego, ale nie oponował. Baron spojrzał teraz na Nigela, swego naczelnego skrybę i legistę, unosząc pytająco brew.

– Może być, wasza wysokość – powiedział Nigel, dodając: – Widziałem prace George'a, jest naprawdę uzdolniony, jeśli idzie o kaligrafię.

Baron sprawiał wrażenie nieprzekonanego.

– Nie należy on jednak do krasomówców, czyż nie, Mistrzu Skrybów? Może to być kłopot, jeśli w przyszłości pełnić będzie funkcję doradcy prawnego.

Nigel tylko niedbale machnął ręką.

– Zapewniam waszą wysokość, że tego rodzaju drobnostki przy odpowiednim podejściu nie stanowią żadnej przeszkody. Najmniejszej przeszkody, wasza wysokość.

Mistrz Skrybów złożył obie dłonie, chowając je w rękawach szaty przypominającej mnisi habit. Najwyraźniej postanowił omówić temat szerzej.

– Pamiętam chłopca, który wstąpił do nas jakieś siedem lat temu, był bardzo podobny do tego! Posiadał ten sam zwyczaj przemawiania do swych butów, a my nader prędko pokazaliśmy mu, jak wyzbyć się takiej przywary. Niektórzy z naszych najbardziej mrukliwych uczniów sięgnęli szczytów oratorskiej elokwencji, tak jest, wasza wysokość, oratorskiej elokwencji.

Baron zamierzał coś powiedzieć, ale Nigel ciągnął swe przemówienie:

– Może zaskoczy waszą wysokość, gdy powiem, że jako chłopiec, ja sam wielce cierpiałem z powodu nerwowego zacinania się. Było to wprost okropne, wasza wysokość. Nie byłem wówczas zdolny sklecić razem dwóch słów.

– No, widzę, że teraz już po kłopocie – zdołał wtrącić baron, a Nigel uśmiechnął się, zrozumiawszy przytyk. Skłonił się przed baronem.

– W rzeczy samej, wasza wysokość. Wkrótce młody George pokona swą nieśmiałość. Gwar i zgiełk Szkoły Skrybów z pewnością mu dopomogą.

Baron uśmiechnął się mimo woli. Szkoła Skrybów była miejscem poświęconym nauce, gdzie rzadko ktokolwiek podnosił głos – jeśli w ogóle – i gdzie królowała rządząca się prawami logiki oraz rozsądku debata. Osobiście, gdy tylko zdarzało mu się odwiedzić to miejsce, natychmiast popadał w dziwną senność. Trudno było wyobrazić sobie większe przeciwieństwo „gwaru i zgiełku".

– Wierzę ci na słowo, panie – rzekł, a potem zwrócił się do George'a: – Twoje życzenie zostanie spełnione. Zgłosisz się jutro to Szkoły Skrybów.

George zaszurał nogami.

– ...mhm... – powiedział, a baron znów pochylił się ku niemu ze zmarszczonymi brwiami, próbując go zrozumieć.

– Co rzekłeś? – spytał.

George zdołał wreszcie oderwać wzrok od podłogi i wyszeptać:

– Dziękuję, wasza wysokość – i pospiesznie wycofał się na względnie anonimowe miejsce w szeregu.

– Aha – powiedział baron, z lekka zaskoczony. – Bardzo proszę. A teraz...

Jenny zdążyła już wysunąć się z szeregu. Była ładna, jasnowłosa i gwoli sprawiedliwości należy też przyznać, że dość pulchna. Jednak było jej z tym do twarzy i podczas rozmaitych zamkowych uroczystości cieszyła się wielkim powodzeniem jako tancerka, zarówno pośród towarzyszy z przytułku, jak i synów zatrudnionych na zamku rzemieślników czy żołnierzy.

– Mistrz Chubb, panie! – odezwała się niepytana, stając tuż przed stołem barona. Baron popatrzył na jej krągłą twarzyczkę, zobaczył zapał w jej niebieskich oczach i nie mógł powstrzymać uśmiechu.

– Co z nim? – spytał łagodnym tonem, ona zaś zmieszała się, bo uświadomiła sobie, że z nadmiaru entuzjazmu naruszyła protokół Wyboru.

– Och! Proszę wybaczyć, panie... wasza... baron... owska mość – improwizowała pospiesznie, plącząc się coraz bardziej.

– Wasza wysokość! – pouczył ją Martin. Baron Arald spojrzał na niego z uniesionymi brwiami.

– Tak, Martinie? – rzekł. – Słucham cię.

Tym razem Martin wykazał się niejakim taktem. Wiedział doskonale, że jego pan celowo udaje, iż nie zrozumiał znaczenia uwagi. Zaczerpnął tchu i przepraszającym tonem oznajmił:

– Ja... tylko chciałem powiadomić, że kandydatka zwie się Jennifer Dalby.

Baron skinął głową, a Martin, oddany sługa brodatego wielmoży, dostrzegł w spojrzeniu swego pana aprobatę.

– Dziękuję, Martinie. A więc, Jennifer Dalby...

– Jenny, panie – przerwała mu niepoprawna dziewczyna, baron zaś machnął ręką.

– Niech będzie Jenny. Jeśli dobrze zrozumiałem, chcesz zostać uczennicą Kuchmistrza Chubba?

– Tak, poproszę, panie! – wyrzuciła Jenny jednym tchem, zwracając pełne uwielbienia oczy na tłustego, rudego kucharza. Chubb skrzywił się w zamyśleniu, przyglądając się jej.

– Hm... może, może – mruknął, przechadzając się przed nią tam i z powrotem. Uśmiechnęła się do niego słodko, ale Kuchmistrz nie dał się wziąć na kobiece sztuczki.

– Będę ciężko pracować, panie – zapewniła go.

– Pewnie, że będziesz! – odparł. – Jeśli cię przyjmę, to moja w tym głowa, dziewczyno. W mojej kuchni nie ma miejsca na marudzenie czy opieszałość.

Lękając się, że życiowa szansa może jej się wymknąć z dłoni, Jenny postanowiła zagrać atutową kartą.

– Mam odpowiednie kształty – oznajmiła. Chubb musiał przyznać, że jej sylwetka była mile zaokrąglona. Arald, nie pierwszy raz tego ranka, skrył uśmiech.

– Temu zaprzeczyć nie możesz, Chubb – wtrącił, a Kuchmistrz pospieszył z wyjaśnieniem:

– Zaiste, kształty są nie bez znaczenia, panie. Wszyscy wielcy kucharze są krągłej postaci. – Odwrócił się do kandydatki, wciąż jeszcze nieprzekonany. Tamci mogli sobie przyjmować czeladników w mgnieniu oka, ale przecież sztuka kucharska to nie byle co...! – Powiedz no mi – odezwał się do dziewczyny – co zrobiłabyś z indyczym pasztetem?

Jenny uśmiechnęła się promiennie.

– Zjadłabym go! – odpowiedziała natychmiast.

Chubb stuknął ją w głowę warząchwią.

– Idzie mi o to, co byś uczyniła, mając takowy przyrządzić, moja panno – uściślił.

Jenny zastanowiła się przez chwilę, zebrała myśli, a następnie wygłosiła długi i szczegółowy opis działań, jakie podjęłaby w celu stworzenia arcydzieła. Czwórka pozostałych podopiecznych, baron, Mistrzowie Sztuk i Martin słuchali zadziwieni, nie rozumiejąc ani słowa z przemowy dziewczyny. Jednak Chubb podczas tego wykładu kiwnął kilka razy głową, przerywając tylko raz, gdy chodziło o wałkowanie ciasta.

– Dziewięciokrotnie, powiadasz? – zdziwił się, a Jenny przytaknęła, pewna siebie.

– Moja mama zawsze mówiła: „osiem razy dla puszystości, dziewiąty raz z miłości".

Chubb pokiwał głową w zamyśleniu.

– Ciekawe. Ciekawe – rzekł, a potem skinął jeszcze raz, spoglądając na barona. – Wezmę ją, panie.

– Cóż za niespodzianka – zauważył baron. – Doskonale, w takim razie, Jennifer, zgłosisz się jutro do kuchni.

– Jenny, panie – poprawiła go znów dziewczyna z radosnym uśmiechem, od którego w pokoju aż pojaśniało.

Baron Arald również się rozpromienił. Spojrzał na stojącą przed nim grupkę.

– Tak więc pozostaje nam jeszcze jeden kandydat – rzucił okiem na listę, a potem na Willa, dostrzegł rozpacz w jego oczach i zachęcił gestem, by chłopak się zbliżył.

Will wystąpił z szeregu, od lęku nagle zaschło mu w gardle, tak że zdołał wydusić z siebie ledwie ochrypły szept:

– Will, panie. Na imię mam Will.

ROZDZIAŁ 4

Will? Will i co dalej? – spytał zdezorientowany Martin, przeglądając gorączkowo karty, na których miał zanotowane szczegóły dotyczące kandydatów. Był sekretarzem barona zaledwie od pięciu lat, więc nie znał historii Willa. Dopiero teraz zorientował się, że w dokumentach nie widnieje nazwisko i uznał to za własne przeoczenie, które natychmiast zaczął sobie wyrzucać.
– Jakie jest twe nazwisko, chłopcze? – spytał surowym tonem. Will popatrzył na niego niepewnie, z udręką.

– Ja... nie mam... – zaczął, ale szczęśliwie w tej chwili wtrącił się baron.

– Will to szczególny przypadek, Martinie – rzekł spokojnie, jednocześnie nakazując wzrokiem sekretarzowi, by porzucił swe dociekania. Uśmiechnął się zachęcająco do Willa. – Czego chciałbyś się uczyć, Willu? – spytał.

– Chciałbym pójść do Szkoły Rycerskiej, wasza wysokość – odparł Will, starając się, by w jego głosie pobrzmiewała pewność siebie i swojego wyboru. Baron pozwolił sobie na lekkie zmarszczenie brwi, a w tej samej chwili wszelkie nadzieje Willa legły w gruzach.

– Do Szkoły Rycerskiej? Nie sądzisz, że jesteś trochę... zbyt drobnej budowy? – spytał uprzejmie baron. Will przygryzł wargi. Niemal już przekonał samego siebie, że jeśli będzie bardzo, bardzo pragnął, jeśli będzie mocno w siebie wierzył – zostanie przyjęty, pomimo swych oczywistych braków.

– Nie zacząłem jeszcze na dobre rosnąć, panie – rzekł w desperacji. – Wszyscy tak mówią.

Baron potarł owłosioną brodę kciukiem i wskazującym palcem, przyglądając się chłopcu. Rzucił okiem w stronę Mistrza Sztuk Walki.

– Rodneyu?

Wysoki rycerz postąpił krok do przodu, przyglądał się Willowi przez chwilę, a potem z wolna pokręcił głową.

– Obawiam się, że jest za niski, wasza wysokość – orzekł. Will poczuł, że jakaś lodowata dłoń chwyta go za serce.

– Jestem silniejszy, niż się wydaje, panie – zapewnił. Jednak na Mistrzu Szkoły Rycerzy nie zrobiło to wrażenia. Spojrzał na barona, najwyraźniej niezręcznie czując się w tej sytuacji i potrząsnął głową.

– A twój drugi wybór? – spytał baron. Mówił łagodnym głosem, brzmiała w nim wręcz troska.

Will wahał się przez dłuższą chwilę. Nigdy nie brał pod uwagę niczego innego.

– Szkoła Ujeżdżania, panie? – rzekł wreszcie niepewnym głosem.

W Szkole Ujeżdżania uczono opieki nad bojowymi rumakami, których dosiadali zamkowi rycerze i przynajmniej w ten sposób Will miałby choćby odrobinę do czynienia z rycerskim rzemiosłem. Jednak Ulf, Mistrz Koni, już kręcił głową, nim jeszcze baron zdążył spytać go o zdanie.

– Potrzebuję czeladników, wasza wysokość – rzekł – lecz ten akurat jest zbyt drobnej postury. Nigdy nie uporałby się z moimi bojowymi końmi. Zerknęłyby tylko na niego i wdeptały w ziemię.

Teraz Will widział już barona przez mglistą i wodnistą zasłonę. Walczył z całych sił, żeby nie pozwolić łzom popłynąć po policzkach. To oznaczałoby ostateczne upokorzenie: zostać odrzuconym ze Szkoły Rycerskiej i rozpłakać się jak dzieciak przed baronem, wszystkimi Mistrzami Sztuk i towarzyszami z przytułku.

– Jakie umiejętności posiadasz, Willu? – zapytał baron. Will zastanawiał się gorączkowo. Nie był taki dobry w naukach i językach jak Alyss. Nie potrafił pisać zgrabnych, zręcznych listów jak George. No i nie podzielał zainteresowania Jenny sztuką kucharską.

Z pewnością zaś nie miał postury i umięśnienia Horace'a.

– Umiem się wspinać, panie – wykrztusił wreszcie, widząc, że baron czeka, aż coś powie. Od razu zdał sobie sprawę, że popełnił błąd. Kuchmistrz Chubb rzucił mu gniewne spojrzenie.

– O tak, wspinać to on się umie. Pamiętam, jak wdrapał się po rynnie do mojej kuchni i ukradł całą tacę ciasteczek, które chłodziły się na parapecie.

Will aż jęknął. Cóż za niesprawiedliwość! Przecież to się stało dwa lata temu. Był wtedy tylko dzieckiem i spłatał dziecinną psotę – to właśnie chciał powiedzieć, ale teraz zabrał głos Mistrz Skrybów.

– A nie dalej jak zeszłą wiosną wdrapał się po ścianie na trzecie piętro i podczas jednej z prawniczych debat podrzucił przez okno dwa króliki. Co było nader rozpraszające, w rzeczy samej.

– Króliki, powiada pan, Mistrzu Skrybów? – upewnił się baron, a Nigel przytaknął gorliwie.

– Płci przeciwnych, wasza wysokość, jeśli mogę uściślić. Wiosną! – odparł. – Nader rozpraszające, zaiste!

Gdzieś poza zasięgiem wzorku Willa lady Pauline uniosła dłoń do twarzy. Kiedy jednak ją opuściła, kąciki jej ust wciąż jeszcze były uniesione ku górze.

– No tak, owszem – rzekł baron – wszyscy wiemy, jakie są króliki.

– Podkreślam przy tym, wasza wysokość, że była to wiosna – ciągnął niezrażony Nigel, na wypadek gdyby baron nie pojął istoty zarzutu. Lady Pauline zakaszlała dziwnie, całkiem nie jak dama. Baron spojrzał na nią z niejakim zdziwieniem.

– Chyba pojmujemy, w czym rzecz, Mistrzu Skrybo – stwierdził, a potem spojrzał znów na nieszczęśnika, stojącego przed nim. Głowa Willa uniesiona była wysoko, spoglądał prosto przed siebie. W tej chwili baron szczerze współczuł chłopakowi. Widział łzy w jego żywych, brązowych oczach i rozumiał, że biedak powstrzymuje je tylko największym wysiłkiem woli. „Każdy woli nie okazywać siły woli" – przemknęła baronowi przez głowę myśl, układając się w grę słów. Przykro mu było, że chłopak musi przez to wszystko przechodzić, ale sprawę trzeba było załatwić. Westchnął bezgłośnie. – Czy któremuś z was nie przydałby się ten młodzieniec? – spytał.

Niejako wbrew sobie Will odwrócił głowę, spoglądając błagalnie na Mistrzów Sztuk i modląc się w duchu, aby któryś z nich ulitował się i wziął go do siebie na termin. Niestety, jeden po drugim w milczeniu kręcili głowami.

Niespodziewanie ponurą ciszę przerwał zwiadowca.

– Jest coś, o czym wasza wysokość powinien wiedzieć, jeśli chodzi o tego chłopca – odezwał się. Will nigdy przedtem nie słyszał głosu Halta. A był to głos głęboki i miękki, z ledwie dosłyszalnym odcieniem akcentu hiberniańskiego.

Postąpił naprzód i podał baronowi złożoną na pół kartkę. Arald rzucił na nią okiem i zmarszczył brwi.

– Jesteś tego pewien, Halt? – spytał.

– Jako żywo, wasza wysokość.

Baron starannie złożył papier i położył go na blacie. Postukiwał przez chwilę w zamyśleniu palcami, a potem stwierdził:

– Przemyślę to i jutro podejmę decyzję.

Halt skłonił się i wycofał, jakby wtapiał się w tło. Will spoglądał na niego z niepokojem, zastanawiając się, jaką to informację ten tajemniczy osobnik przekazał na jego temat baronowi. Tak jak większość ludzi, Will wyrósł w przekonaniu, że zwiadowców najlepiej obchodzić z daleka. Była to niedostępna, rządząca się własnymi prawami grupa, otoczona tajemnicą i właściwie nikt nie mógł niczego z pewnością stwierdzić na ich temat – a przecież niepewność zawsze rodzi lęk.

Willowi nie podobała się myśl, że Halt wie coś na jego temat, w dodatku coś na tyle ważnego, że właśnie w tak znaczącym dniu powiadomił o tym barona. Kartka leżała złożona na biurku, niby na wyciągnięcie ręki, a jednak równie niedostępna, jakby była odległa o setki mil.

Zauważył, że wokół niego zapanowało niejakie poruszenie; baron przemawiał do innych osób zgromadzonych w swoim gabinecie.

– Gratuluję tym, którzy dziś zostali wybrani. Oto niezwykły dzień dla was wszystkich, toteż do wieczora macie wolne, zużytkujcie ten czas, jak wam się podoba. Kuchnia przygotowała dla was przyjęcie, odbędzie się ono w waszych kwaterach, zaś przez całą resztę dnia możecie poruszać się swobodnie po całym zamku i wiosce. Jutro z samego rana zgłosicie się do swych nowych nauczycieli. I radzę wam dobrze, bądźcie o czasie – uśmiechnął się do całej czwórki, a potem zwrócił się do Willa życzliwym tonem: – Willu, powiadomię cię jutro, co postanowiłem w twojej sprawie – dał znak Martinowi, by ten wyprowadził podopiecznych. – Dziękuję wszystkim – rzekł i wyszedł z gabinetu drzwiczkami, znajdującymi się koło biurka.

Mistrzowie Sztuk odeszli do swych spraw, a potem Martin powiódł ku wyjściu piątkę młodych ludzi. Teraz, gdy napięcie minęło, a wybór dokonał się po ich myśli, wszyscy czworo zaczęli ożywioną rozmowę. Tylko Will wlókł się z tyłu, a gdy przechodził obok biurka, na którym wciąż leżała nieszczęsna kartka, zawahał się przez chwilę. Spojrzał na nią, jakby usiłował przeczytać słowa napisane po niewidocznej stronie. W tej samej chwili ogarnęło go uczucie, którego doświadczył już wcześniej

– że ktoś go obserwuje. I rzeczywiście, znów napotkał uważne spojrzenie ciemnych oczu zwiadowcy, który wciąż stał za ozdobnym krzesłem barona, choć był niemal niewidoczny pod tą swoją dziwaczną peleryną.

Will wzdrygnął się i nagle ogarnął go lęk. Wybiegł z gabinetu.

ROZDZIAŁ 5

Północ dawno już minęła. Migocące pochodnie na zamkowym dziedzińcu raz już wymieniono, ale i te również zaczęły się dopalać. Will czekał długie godziny na tę chwilę, kiedy światła przygasły, a strażnicy zaczęli ziewać, nie mogąc doczekać się końca ostatniej godziny swej warty.

Miał za sobą najgorszy dzień życia. Jego towarzysze świętowali, bawili się na uczcie, a potem oddawali wszelkim rozrywkom na zamku i w wiosce; Will tymczasem skrył się w leśnej ciszy, jakiś kilometr od zamkowych murów. Tam, w głębokim cieniu drzew, spędził całe popołudnie, rozważając z goryczą wydarzenia poranka, rozpamiętując zawód, jaki go spotkał i zachodząc w głowę, co takiego może zawierać tajemnicza kartka podana baronowi przez zwiadowcę.

Kiedy słońce chyliło się już ku zachodowi, a na polach ciągnących się między lasem a zamkiem cienie stawały się coraz dłuższe, podjął decyzję.

Musi zapoznać się z treścią tajemniczej kartki. A dokonać tego może tylko tej nocy. Gdy zapadł zmrok, powrócił na zamek, starając się nie rzucać w oczy zarówno wieśniakom, jak i mieszkańcom zamku. Znów skrył się w gałęziach wielkiego figowca. Po drodze niepostrzeżenie wślizgnął się do kuchni, żeby wziąć sobie trochę chleba, sera i jabłek. Przeżuł posiłek niechętnie, prawie nie czując smaku. Minął wieczór i zamek zaczął przygotowywać się do snu.

Obserwował ruchy strażników, odnotowując w pamięci, jak często dokonują obchodów, i obserwując ich trasę. Oprócz nich przeszkodę stanowił jeszcze dyżurny sierżant, pełniący wartę w bramie prowadzącej do wieży, w której mieściła się kwatera barona. Był jednak wyraźnie śpiący, cierpiał na nadwagę i obawa, że stanie on na drodze planów Willa, była niewielka. Przecież chłopak nie zamierzał przechodzić przez bramę ani posługiwać się schodami.

Nieposkromiona ciekawość oraz wrodzona skłonność do zwiedzania zakazanych miejsc sprawiły, że przez lata rozwinął umiejętność poruszania się w taki sposób, że nikt go nie dostrzegał, choć przemierzał pozornie otwartą przestrzeń.

Gdy wiatr poruszał koronami drzew, cienie gałęzi tworzyły w świetle księżyca zmienne wzory, które teraz Will zręcznie wykorzystywał. Instynktownie dostosował się do rytmu nadawanego przez wiatr, wtapiając się bez trudu w plątaninę cieni, stając się ich częścią. One zaś kryły go skutecznie. W pewnym sensie brak jakichkolwiek krzaków czy nierówności terenu, za którymi można by się schować, ułatwił mu zadanie. Gruby sierżant nie spodziewał się ujrzeć nikogo nadchodzącego otwartą przestrzenią dziedzińca, skoro więc nikogo nie oczekiwał, nikogo też nie zobaczył.

Will dopadł bez tchu chropowatej, kamiennej ściany wieży i przywarł do niej. Sierżant stał zaledwie pięć metrów od niego i Will słyszał wyraźnie ciężki oddech, sam jednak pozostawał niewidoczny, ukryty za niewielką przyporą. Przyjrzał się ścianie, odchylając głowę do tyłu. Okno gabinetu barona widniało bardzo wysoko, w dodatku nie bezpośrednio nad nim. Aby do niego dotrzeć, trzeba było wspiąć się, a potem przemieścić się na bok po ścianie, przechodząc nad punktem, w którym pełnił straż sierżant, a potem dalej, ku górze. Will oblizał nerwowo wargi. Mury wewnątrz wieży były gładkie, natomiast między wielkimi, kamiennymi blokami jej zewnętrznego lica były spore rozstępy, toteż wspinaczka nie powinna być trudna. Nie brakowało uchwytów dla rąk i podparcia dla stóp – aż po samą górę. Wiedział jednak, że w niektórych miejscach kamień będzie wygładzony przez wiatr i deszcz, toteż będzie musiał zachować ostrożność. Swego czasu wspiął się kolejno na wszystkie trzy pozostałe wieże zamku i nie spodziewał się, by akurat ta zgotowała mu jakąś szczególnie trudną niespodziankę.

Jednak tym razem, jeśli ktoś go przyłapie, nie będzie mógł udawać, że to niewinna psota. Będzie wspinał się w samym środku nocy, zdążając do części zamku, w której nie miał prawa przebywać. W końcu baron nie postawił strażnika przed swą wieżą z czystej próżności. Kto nie miał ważnej sprawy w tym miejscu i nie został do niego wezwany, miał trzymać się z daleka.

Zatarł nerwowo dłonie. Co mogą mu zrobić? Miał już za sobą Dzień Wyboru. Nikt go nie chciał. I tak już był skazany, czeka go praca na roli. Czy może się zdarzyć coś jeszcze gorszego?

Zarazem jednak dręczyła go wątpliwość: nie był przecież tak całkiem pewien tego wyroku. Wciąż pozostawała nikła iskierka nadziei. Może baron zmieni zdanie? Kto wie, gdyby Will tego ranka padł przed baronem na kolana, opowiedział mu o swoim ojcu i wyznał, jak niezwykle jest dla niego ważne, by znaleźć się w Szkole Rycerskiej, być może wówczas byłby jakiś cień szansy, że jego życzenie zostanie spełnione. A potem, kiedy już by się znalazł w upragnionej Szkole Rycerskiej, potrafiłby udowodnić dzięki gorliwości i oddaniu, że godzien jest tego zaszczytu – aż wreszcie zacząłby naprawdę rosnąć.

Z drugiej zaś strony, jeśli teraz zostanie schwytany, nawet ta złudna i nikła nadzieja obróci się wniwecz. Nie miał pojęcia, co czeka go w takim wypadku, z pewnością jednak coś całkiem innego niż przyjęcie z honorami w poczet uczniów Szkoły Rycerskiej.

Wahał się, długo nie mógł zdobyć się na ostateczną decyzję – aż dopomógł mu w tym tłusty sierżant. Will usłyszał głośne sapnięcie, stukot podkutych buciorów żołnierza o kamienie, szczęk broni. Zdał sobie sprawę, że sierżant zamierza dokonać jednego z obchodów pilnowanego przez siebie skrawka przestrzeni, co czynił nieregularnie, od czasu do czasu. Zazwyczaj przechodził po prostu kilka metrów wzdłuż ściany wieży po jednej i po drugiej stronie bramy, a potem wracał na swe stałe miejsce. Robił to głównie po to, żeby nie usnąć, jednak Will zdawał sobie sprawę, że za kilka chwil stanie z nim twarzą w twarz, o ile czegoś nie zrobi.

Szybko i bez trudu zaczął wdrapywać się po ścianie. Pokonanie pierwszych metrów zajęło mu kilka sekund, jakby był wielkim, czworonożnym pająkiem. Zamarł, gdy usłyszał ciężkie kroki bezpośrednio pod sobą – w obawie, że jakiś szelest może wzbudzić czujność strażnika.

Rzeczywiście, wyglądało na to, że sierżant coś usłyszał. Zatrzymał się tuż pod rozpostartym na ścianie Willem, wpatrując się w noc, próbując coś dostrzec pośród ruchomych cieni gałęzi w księżycowej poświacie. Tym niemniej, jak Will stwierdził poprzedniej nocy i wiele razy wcześniej, ludzie rzadko spoglądają w górę. Sierżant wkrótce uznał, że jeśli coś usłyszał, nie było to nic ważnego, i niespiesznie ruszył dalej wokół wieży.

Tego właśnie Willowi było trzeba. W dodatku mógł teraz przesunąć się w poprzek ściany i znaleźć się bezpośrednio pod oknem barona. Ręce i stopy Willa znajdywały oparcie, toteż przesunął się po ścianie niemal tak prędko, jakby szedł po równej ziemi, jednocześnie cały czas wspinając się coraz wyżej.

W pewnej chwili zerknął w dół – i to był błąd. Choć nie lękał się wysokości, zakręciło mu się lekko w głowie, gdy zdał sobie sprawę, jak wysoko już się znalazł i jak odległe były kamienne płyty dziedzińca w dole. Sierżant znów pojawił się w polu widzenia – z tej wysokości był tylko drobną figurką. Will zamrugał oczami, by odpędzić zawrót głowy, i podjął wspinaczkę, choć teraz szedł może nieco wolnej i uważniej niż przedtem.

Serce podskoczyło mu do gardła w chwili, gdy wysuwając prawą stopę w poszukiwaniu nowego punktu zaczepienia, poczuł nagle, że jego lewy but ześlizgnął się po zaokrąglonej krawędzi kamiennego bloku. Przez chwilę wisiał tylko na rękach, a jego stopy gorączkowo szukały oparcia. Opanował się jednak i ruszył dalej.

Z niemałą ulgą odetchnął, gdy dłonie wymacały wreszcie skraj kamiennego parapetu. Podciągnął się, przerzucił nogi przez dolną krawędź okna i z cichym stukotem upadł na podłogę.

W gabinecie barona nie było rzecz jasna nikogo. Przez wielkie okno świecił księżyc.

W księżycowej poświacie Will ujrzał na biurku barona kartkę, która skrywała tajemnicę jego przyszłości. Nerwowo rozejrzał się po sali. Wielkie krzesło barona stało obok, niczym milczący strażnik. W oddali majaczyły kształty kilku innych mebli. Wiszący na ścianie portret jednego z przodków wielmoży groźnie spoglądał na intruza.

Otrząsnął się z tych lękliwych myśli i szybko podszedł do biurka. Jego miękkie buty poruszały się bezszelestnie po deskach podłogi. Lśniąca bielą w świetle księżyca kartka była w zasięgu ręki. Tylko spojrzeć, przeczytać i zniknąć – powiedział sobie. Oto wszystko, co miał do zrobienia. Wyciągnął rękę.

Dotknął papieru palcami.

Nagle, nie wiadomo skąd, pojawiła się czyjaś dłoń i chwyciła go za nadgarstek!

Will aż krzyknął z przestrachu. Serce podeszło mu do gardła. Spojrzał w zimne oczy zwiadowcy Halta.

Skąd tu się wziął? Will przecież dopiero co upewnił się, że w pomieszczeniu nie ma nikogo. Nie było słychać odgłosu otwieranych drzwi. Zaraz jednak przypomniał sobie, że zwiadowca potrafił owinąć się tą swoją dziwną peleryną w szarozielone cętki i wtopić się w tło, zniknąć pośród cieni, stać się niewidzialnym.

Zresztą, czy miało jakiekolwiek znaczenie, jak Halt tego dokonał? Prawdziwy kłopot polegał na tym, że przyłapał Willa w gabinecie barona. A to oznaczało koniec wszelkich nadziei Willa.

– Pomyślałem sobie, że możesz spróbować czegoś takiego – odezwał się niski głos zwiadowcy.

Will, którego serce wciąż waliło jak oszalałe, nie odpowiedział. Zrozpaczony i zawstydzony opuścił głowę.

– Czy masz coś do powiedzenia? – spytał go Halt.

Potrząsnął głową i odwrócił spojrzenie, nie chciał patrzeć w te ciemne, świdrujące oczy. Następne słowa Halta potwierdziły najgorsze obawy chłopca:

– No, cóż, zobaczmy, co powie na to baron.

– Proszę, nie… – a potem Will urwał. Nie było usprawiedliwienia dla jego uczynku, a jedyne, co mógł zrobić, to znieść karę jak mężczyzna. Jak wojownik. Jak jego ojciec.

Zwiadowca obserwował go przez chwilę. Willowi wydawało się, że dostrzegł w jego spojrzeniu krótki błysk, jakby… zrozumienia? Ale już w następnej chwili spojrzenie Halta stało się tak samo mroczne jak zawsze.

– Co? – spytał oschle Halt.

Will potrząsnął głową.

– Nic.

Palce zwiadowcy zaciskały się jak żelazne kajdany wokół nadgarstka Willa, kiedy prowadził go przez drzwi, a potem szerokimi, krętymi schodami wiodącymi do apartamentów barona. Wartownicy u ich szczytu ze zdziwieniem spoglądali na zwiadowcę o ponurej twarzy i idącego z nim chłopca. Halt dał im znak ręką, a oni natychmiast odsunęli się na boki i otworzyli przed nim drzwi do pokojów wielmoży.

Sala, w której się znaleźli, była jasno oświetlona i przez chwilę Will rozglądał się wokoło, zdezorientowany. Był pewien, że gdy całymi godzinami czekał na drzewie, w pewnej chwili światła na tym piętrze zgasły. Potem jednak zobaczył ciężkie kotary na oknie i zrozumiał w czym rzecz. W przeciwieństwie do surowego wystroju znajdującego się poniżej gabinetu barona, to wnętrze urządzono przytulnie, podłogi wyścielono dywanami, na ścianach wisiały gobeliny, było tu sporo mebli, a w jednym z wygodnych foteli zasiadał baron Arald, przeglądając stos raportów.

Gdy Halt wmaszerował wraz ze swym jeńcem, uniósł spojrzenie znad kartki.

– A więc miałeś rację – stwierdził baron, a Halt skinął głową.

– Tak jak mówiłem, panie. Przeszedł przez dziedziniec niczym cień. Ominął strażnika, jak gdyby w ogóle go tam nie było i wspiął się po ścianie wieży, niczym pająk.

Baron odłożył raport na stojący obok stolik i pochylił się nieco do przodu.

– Wspiął się po wieży, powiadasz? – upewnił się z niedowierzaniem.

– Bez liny. Bez drabiny, wasza wysokość. Wszedł po niej równie łatwo, jak ty wsiadasz na konia, panie. Nawet łatwiej – na twarzy Halta pojawił się cień uśmiechu.

Baron skrzywił się. Był pokaźnej tuszy i czasem trzeba mu było dopomóc we wsiadaniu na wierzchowca, zwłaszcza po przehulanej nocy. Najwyraźniej nie był zachwycony faktem, że Halt mu o tym przypomniał.

– No cóż – rzekł, spoglądając surowo na Willa – to poważna rzecz.

Will nie odezwał się. Nie bardzo wiedział, czy ma przyznać rację baronowi, czy się bronić. I jedno, i drugie niosło ze sobą określone niebezpieczeństwa. Niedobrze – pomyślał – że Halt tak z miejsca wprawił barona w zły humor, czyniąc aluzję do jego tuszy. Na pewno nie polepszył tym sytuacji Willa.

– I co my z tobą zrobimy, młody człowieku? – Arald zawiesił głos. Wstał z fotela i zaczął przechadzać się po pokoju. Will spoglądał na niego, próbując zgadnąć, jaki go czeka wyrok. Jednak tym razem nie był w stanie nic wyczytać z brodatej twarzy barona.

Wielmoża zatrzymał się i podrapał po brodzie w zamyśleniu.

– Powiedz mi, młodzieńcze – spytał, stojąc przed nieszczęsnym chłopakiem – co byś zrobił na moim miejscu? Co zrobiłbyś z chłopakiem, który zakradł się do twojego gabinetu pośród nocy i próbował przywłaszczyć sobie ważny dokument?

– Nie zamierzałem go ukraść, panie! – wyrzucił z siebie Will, nim zdążył się powstrzymać. Baron przyglądał mu się, jakby z niedowierzaniem. Will dodał słabym głosem: – Ja tylko... chciałem go zobaczyć, nic więcej.

– Może i tak – zgodził się baron, nadal z uniesionymi brwiami – ale wciąż nie odpowiedziałeś na moje pytanie. Co byś w takim razie uczynił?

Will zwiesił głowę. Mógł błagać o łaskę. Mógł się pokajać. Mógł się tłumaczyć. Jednak zebrał się w sobie i podjął decyzję. Wiedział, że jeśli zostanie schwytany, nie czeka go nic dobrego. Mimo to postanowił podjąć ryzyko. Nie miał prawa prosić teraz o wybaczenie.

– Wasza wysokość... – zaczął i zawahał się; wiedział, że od tej chwili zależy całe jego życie. Baron przyglądał mu się uważnie, wciąż na wpół odwrócony do okna.

– Tak? – ponaglił go, a Will jakimś cudem znalazł w sobie odwagę, by mówić dalej.

– Wasza wysokość, nie wiem, co bym zrobił w takim wypadku. Wiem natomiast, że nie ma usprawiedliwienia dla moich postępków i w pokorze przyjmę każdą karę, jaka zostanie mi wyznaczona.

Mówiąc te słowa, uniósł głowę, by spojrzeć baronowi w oczy. W tej chwili zauważył, że baron rzuca szybkie spojrzenie Haltowi. Dziwne, ale owo spojrzenie zawierało w sobie jakby aprobatę czy znak milczącego porozumienia. Trwało to jednak tylko bardzo krótką chwilę.

– Co o tym sądzisz, Halt? – spytał baron beznamiętnym tonem.

Twarz zwiadowcy była poważna, jak zawsze. I tak samo groźna.

– Może powinniśmy pokazać mu ten papier, który tak bardzo chciał ujrzeć, panie – rzekł, wyciągając kartkę z rękawa.

Baron pozwolił sobie na uśmiech.

– Niezła myśl – przyznał. – Można rzec, że w jakiejś mierze będzie to równoznaczne z wymierzeniem kary, nieprawdaż?

Will spoglądał na przemian na obu mężczyzn. Działo się tu coś, czego nie rozumiał. Baron najwyraźniej miał wrażenie, że powiedział coś całkiem zabawnego. Tymczasem Halt nie podzielał takiego mniemania.

– Skoro tak sądzisz, panie – odparł chłodno.

Baron niecierpliwie machnął ręką.

– To tylko żart, zrozum. No, już, pokaż mu ten papier.

Zwiadowca przeszedł przez pokój i podał Willowi kartkę, dla której chłopak podjął tak wielkie ryzyko. Wziął ją drżącą ręką. To miała być jego kara? Skąd jednak baron wiedział, że na nią zasłuży, nim jeszcze dopuścił się występku?

Zdał sobie sprawę, że wielmoża spogląda na niego z wyczekiwaniem. Twarz i postawa Halta jak zwykle nie wyrażała żadnych uczuć. Will rozłożył kartkę i odczytał napisane przez zwiadowcę słowa.

Ten chłopak, Will, ma zadatki na zwiadowcę. Przyjmę go na swojego ucznia.

ROZDZIAŁ 6

Will wpatrywał się w kartkę, zupełnie nie wiedząc, co ma myśleć.

W pierwszej chwili odetchnął z ulgą. Nie czeka go dożywotnia praca na roli. Nie zostanie surowo ukarany za wtargnięcie do gabinetu barona.

Jednak natychmiast potem ogarnęły go wątpliwości, nasilające się z każdą chwilą. O zwiadowcach nie wiedział nic, słyszał tylko niepewne pogłoski, z których tchnął zabobonny lęk. Podobnie postać Halta była dla niego całkowitą zagadką, mógł o nim powiedzieć tylko tyle, że obecność tego ponurego człowieka owiniętego w szarozielony płaszcz budziła w nim nieokreślony niepokój.

Teraz zaś wyglądało na to, że spędzi w jego towarzystwie niemało czasu. Nie mógł powiedzieć, żeby ta perspektywa budziła w nim zachwyt.

Spojrzał na obu mężczyzn. Widział, że baron uśmiecha się, oczekując po nim jakiejś reakcji. Jego zdaniem powinna być to chyba dla Willa znakomita wiadomość. Twarzy Halta nie widział wyraźnie. Szeroki kaptur płaszcza rzucał cień na oblicze zwiadowcy.

Mina barona zrzedła. Wyglądał na zdziwionego reakcją Willa na oznajmioną mu wieść.

– I cóż powiesz, młodzieńcze? – spytał zachęcającym tonem. Will zaczerpnął tchu.

– Dziękuję, panie... wasza wysokość – rzekł niepewnie.

Czy to przypadkiem nie tak, że ów żart barona sprzed kilku chwil wcale nie był krotochwilą wielmoży? Może skazanie go na termin u zwiadowcy było najgorszą karą, jaką mógł obmyślić? Jednak wyraz twarzy barona żadną miarą na to nie wskazywał. Przeciwnie, pomysł ten najwyraźniej przypadł mu do gustu, a Will wiedział, że Arald nie jest złym człowiekiem. Baron sapnął z zadowolenia, zagłębiając się w fotelu. Spojrzał ku zwiadowcy i uczynił nieznaczny ruch ręką w stronę drzwi.

– Może zechciałbyś zostawić nas samych na kilka chwil, Halt? Chciałbym z Willem zamienić słowo na osobności – powiedział.

Zwiadowca skłonił się.

– Oczywiście, wasza wysokość – rozległ się głos spod kaptura. Jak zawsze bezszelestnie przemknął obok Willa i wyszedł drzwiami prowadzącymi na korytarz. Drzwi zamknęły się, również prawie nie wydając dźwięku.

Will wzdrygnął się. W tym człowieku było coś... niesamowitego.

– Siądź – baron wskazał mu jeden z niskich foteli naprzeciwko siebie. Will przycupnął nerwowo na samym krańcu siedziska, jakby gotów, by w każdej chwili zerwać się na równe nogi. Baron dostrzegł to i westchnął. – Chyba moja decyzja nie sprawiła ci wielkiej radości – stwierdził; w jego głosie pobrzmiewało rozczarowanie. Will nie mógł tego pojąć. Nie rozumiał, jakim sposobem ktoś tak znaczny jak baron miałby choć w najmniejszym stopniu przejmować się tym, co sądzi o jego decyzji chłopak bez nazwiska, podrzutek i sierota. Nie miał pojęcia, co odpowiedzieć, więc siedział w milczeniu, czekając na dalsze słowa barona. – Czy wolałbyś pracować na gospodarstwie? – spytał wielmoża. Nie potrafił sobie wyobrazić, by taki pełen życia i energii chłopak mógł pragnąć nudnej, monotonnej egzystencji wieśniaka, ale może jednak się mylił? Will jednak czym prędzej zaprzeczył.

– Nie, panie!

Baron rozłożył ręce w pytającym geście.

– Może wobec tego wolałbyś, żebym cię jakoś ukarał za to, co zrobiłeś?

Will chciał odpowiedzieć, ale nagle zdał sobie sprawę, że jego słowa mogą zabrzmieć niestosownie, więc milczał. Baron ponaglił go gestem.

– Ja tylko... nie jestem pewien, czy właśnie tego nie zrobiłeś, panie – wyznał. I zaraz potem, widząc, jak baron marszczy brwi na te słowa, dodał pospiesznie: – Ja... ja nie wiem za wiele o zwiadowcach, panie. A ludzie powiadają...

Urwał w pół zdania. Baron najwyraźniej wysoko cenił Halta, a Will uzmysłowił sobie, że nie wypada mu rozpowiadać tego, co powtarzają o zwiadowcach owi „ludzie", którzy uważali ich za czarnoksiężników. Baron jednak skinął głową, a na jego twarzy pojawił się wyraz zrozumienia, które ustąpiło miejsca poprzedniemu zdumieniu.

– Oczywiście. Ludzie powiadają, że zwiadowcy parają się czarną magią, czy tak? – Will skinął głową, nawet nie zdając sobie sprawy, że to robi. – Powiedz mi, Willu, czy twoim zdaniem Halt jest osobą budzącą lęk?

– Nie, panie! – rzekł pospiesznie Will, a potem, czując na sobie spojrzenie barona, dodał: – No, może trochę.

Baron odchylił się w fotelu, łącząc ze sobą palce wyprostowanych dłoni. Teraz, kiedy już zrozumiał, skąd brało się wahanie chłopca, wyrzucał sobie, że nie przewidział tego wcześniej. Bo i rzeczywiście, skąd młodzik, który ledwie ukończył piętnasty rok życia, miał wiedzieć o korpusie zwiadowców tyle co on, baron? Chłopak mógł słyszeć tylko niesprawdzone pogłoski, brednie powtarzane przez zabobonny plebs.

– Zwiadowcy to zaiste tajemnicza społeczność – rzekł powoli – ale nie ma powodu ich się obawiać, o ile nie zaliczasz się do wrogów królestwa.

Widział, jak chłopiec słucha uważnie każdego jego słowa i nie mógł powstrzymać się od żartu:

– A przecież nie jesteś wrogiem naszego królestwa, prawda, Willu?

– Nie, panie! – zawołał przerażony chłopak, a baron znów westchnął. To okropne, jak wielu ludzi nie było w stanie pojąć, kiedy żartuje. Niestety, jako pan na zamku, budził aż przesadny respekt i każde jego słowo traktowano ze śmiertelną powagą.

– Dobrze, dobrze – zapewnił go – wiem, że nie jesteś. Jednak możesz mi wierzyć, byłem przekonany, że ucieszysz się z takiej decyzji, bo zdawało mi się, że taki poszukiwacz przygód jak ty, pośród zwiadowców poczuje się niczym ryba w wodzie. To dla ciebie ogromna szansa, Willu – przerwał, przyglądając się uważnie chłopcu, który najwyraźniej wciąż nie wiedział, co ma o tym wszystkim sądzić. – Bardzo niewielu młodych ludzi zostaje wybranych na przyszłych zwiadowców. Zdarza się to nader rzadko.

Will przytaknął skinieniem głowy, ale wciąż nie był przekonany. Przyszło mu na myśl, że niezwykłą łaskawość barona zawdzięcza swoim marzeniom, że dano mu jeszcze jedną szansę, by znaleźć się w Szkole Rycerskiej. Przecież baron najwyraźniej był w dobrym nastroju tej nocy – choć Will wtargnął bezprawnie do jego komnat.

– Chciałem zostać rycerzem, panie – powiedział nieśmiało, ale baron natychmiast potrząsnął głową.

– Wydaje mi się, że masz zdolności w całkiem innym kierunku. Halt wiedział o tym, gdy tylko zobaczył cię po raz pierwszy. Właśnie dlatego zwrócił się do mnie, bym wyznaczył cię na jego ucznia.

– Och – powiedział Will. Nie bardzo wiedział, co innego może jeszcze dodać. Czuł, że słowa barona powinny podnieść go na duchu, i do pewnego stopnia tak się stało, jednak wciąż jeszcze czuł się zagubiony w całej tej historii. – Tylko że Halt jest zawsze taki ponury… – wybąkał.

– Trzeba przyznać, że daleko mu do mojego błyskotliwego poczucia humoru – przyznał baron, a potem mruknął jeszcze coś pod nosem, widząc zdumione spojrzenie chłopaka.

Will nie bardzo rozumiał, czym uraził wielmożę, uznał więc, że najlepiej będzie zmienić temat.

– Ale... czym właściwie zajmują się zwiadowcy, panie? – spytał.

Jednak i tym razem baron potrząsnął głową.

– O tym już opowie ci Halt. Zwiadowcy rządzą się własnymi prawami i nie lubią, żeby mówiono na ich temat zbyt wiele. Sądzę, że teraz powinieneś udać się do sypialni. Spróbuj się nieco przespać. Masz zameldować się w chacie Halta o szóstej rano.

– Tak, panie – rzekł Will, wstając z krawędzi fotela. Wciąż nie był pewien, czy spodoba mu się życie w charakterze ucznia zwiadowcy, wszystko jednak wskazywało na to, iż nie miał wyboru. Skłonił się baronowi, który odpowiedział krótkim skinieniem głowy, i ruszył ku drzwiom. Zatrzymał go głos barona.

– Willu? Tym razem posłuż się schodami.

– Tak, wasza wysokość – odparł poważnie i zupełnie nie mógł zrozumieć, czemu baron wzniósł oczy do sufitu i znów mruknął coś do siebie. Tym razem jednak do uszu Willa doszło kilka słów, było tam coś o „poczuciu humoru" – tak przynajmniej się chłopakowi zdawało.

Strażnicy wciąż pełnili wartę przy drzwiach, ale Halta już tam nie było.

Przynajmniej nie było go nigdzie widać. Trudno bowiem stwierdzić, czego można się spodziewać po takim człowieku jak zwiadowca.

ROZDZIAŁ 7

To było dziwne uczucie, opuszczać posiadłość barona Aralda po tylu spędzonych w niej latach. U stóp zamkowego wzgórza Will, który wędrował z niewielkim zawierającym cały jego skromny dobytek, tobołkiem, na ramieniu odwrócił się i spojrzał na potężne mury.

Zamek Redmont dominował nad całą okolicą. Zbudowano go na planie trójkąta z wysokimi basztami, w każdym narożniku. Za murami rozciągał się dziedziniec i stała czwarta, wyższa od pozostałych wieża, czyli donżon. Tam właśnie mieszkał i urzędował pan baron, tam też mieściły się biura jego najbliższych współpracowników. Zamek zbudowano na podłożu ze skały żelazistej – praktycznie niezniszczalnej. Kiedy wczesnym rankiem lub późnym popołudniem słońce stało nisko nad horyzontem, skała świeciła czerwonawym blaskiem. Stąd właśnie wzięła się jej nazwa: „Red Mount", Czerwona Góra.

U jej podnóża, po drugiej stronie rzeki Tarbus, położona była wioska Wensley, pełna malowniczo rozrzuconych tu i ówdzie chat. Był tam też zajazd i warsztaty rzemieślnicze, zaspokajające codzienne potrzeby wieśniaków. Swoje siedziby mieli we wsi bednarz, kołodziej i rymarz sporządzający uprzęże oraz kowal. Otaczające zamek lasy wycięto, by zapewnić wieśniakom tereny pod uprawę, a także by wróg nie mógł zbliżyć się do zamku niepostrzeżenie. W chwilach zagrożenia mieszkańcy wsi prowadzili swe stada na drugą stronę rzeki przez drewniany most, następnie rozbierali jego środkowe przęsło i kryli się za potężnymi murami zamku, gdzie bronili ich żołnierze barona i wojownicy nauczeni swego rzemiosła w Szkole Rycerskiej.

Domek Halta znajdował się w pewnej odległości zarówno od zamku, jak i od wioski, pośród drzew na skraju puszczy. Słońce ledwie wznosiło się ponad czubki najwyższych drzew, gdy Will zbliżał się do chaty zbudowanej z drewnianych belek. Z komina sączyła się wąska smuga dymu, toteż Will uznał, że Halt wstał już i krząta się po domu. Wszedł na werandę, która biegła wzdłuż całego boku chaty, zawahał się przez chwilę, a potem zaczerpnął tchu i zdecydowanie zapukał do drzwi.

– Wejść – rozległ się głos ze środka. Will otworzył więc drzwi i rozejrzał się po wnętrzu.

Chata była niewielka, lecz zaskakująco schludna i wygodnie urządzona. Znalazł się w głównym pokoju, który spełniał funkcje salonu i jadalni połączonej ze znajdującą się w końcu pomieszczenia i oddzieloną sosnową ławą niewielką kuchnią. Wokół kominka ustawione były wygodne fotele, był tam też porządnie wyszorowany drewniany stół oraz garnki i patelnie aż lśniące od częstego polerowania. Will zauważył nawet wazon stojący na gzymsie kominka, pełen barwnych dzikich kwiatów. Przez duże okno wpadały wesołe promyki porannego słońca. Z głównego pomieszczenia dwoje drzwi prowadziło do sąsiednich pokoi.

Halt siedział na jednym z krzeseł, obute nogi oparłszy o stół.

– Przynajmniej się nie spóźniłeś – stwierdził zrzędliwym tonem. – Jesteś już po śniadaniu?

– Tak, panie – odparł Will, przyglądając się ciekawie zwiadowcy. Pierwszy raz zdarzyło mu się widzieć Halta bez szarozielonego płaszcza z kapturem. Mężczyzna miał na sobie proste ubranie z brązowej i zielonej wełny oraz miękkie, skórzane buty. Był starszy, niż się Willowi wcześniej wydawało. Jego włosy i broda były czarne, krótko przystrzyżone, ale przyprószone już nieco stalowoszarą siwizną. Przycięte były dość niedbale, Will odniósł wrażenie, że Halt dokonał tego sam, posługując się myśliwskim nożem.

Zwiadowca wstał. Drugie zaskoczenie: był zadziwiająco drobnej budowy. I tego Will nigdy dotąd nie dostrzegł. Szary płaszcz skrywał niejedno. Halt okazał się szczupły, nie był też wcale wysoki, właściwie nawet niższy od większości mężczyzn. Tym niemniej emanowała od niego siła, przypominał napiętą cięciwę. Pomimo mizernego wzrostu i niewielkiej masy ciała, wyglądał dość groźnie.

– Napatrzyłeś się już? – spytał znienacka.

Will drgnął nerwowo.

– Tak, panie! Przepraszam, panie – dodał.

Halt mruknął coś pod nosem. Wskazał palcem w stronę jednego z małych pokoików, które Will zauważył, wchodząc.

– To będzie twoja izba. Możesz zostawić swoje rzeczy.

Podszedł do opalanej drewnem kuchni, a Will, trochę niepewnie, zajrzał przez drzwi do wskazanego pokoju. Był mały, ale podobnie jak reszta domu, czysty i wygodny. Przy jednej ze ścian stało łóżko, przy innych szafa na ubrania i topornie wyglądający stół z miednicą oraz dzbankiem na wodę. Will zwrócił też uwagę na kolejny wazon ze świeżymi leśnymi kwiatami, które ożywiały pokoik. Położył zawiniątko ze swoimi rzeczami i ubraniami na łóżku, po czym wrócił do głównego pomieszczenia.

Halt nadal krzątał się przy kuchni, odwrócony plecami do Willa. Chłopiec odkaszlnął przepraszająco, by zwrócić na siebie uwagę. Halt nie odwrócił się i nadal mieszał coś w stojącym na blasze garnuszku.

Will odkaszlnął ponownie.

– Jesteś przeziębiony, chłopcze? – spytał zwiadowca, nie patrząc w jego stronę.

– E... nie, panie.

– Czemu więc kaszlesz? – zainteresował się Halt, odwracając się wreszcie ku niemu.

Will zawahał się.

– Ja tylko... – zaczął niepewnie. – Tylko chciałem zapytać... czym właściwie zajmują się zwiadowcy?

– Na przykład tym, że nie zadają bezcelowych pytań, chłopcze! – oznajmił Halt. – Mają oczy i uszy szeroko otwarte, patrzą i słuchają uważnie, a jeśli nie mają zbyt wiele trocin między uszami, uczą się tego lub owego!

– Aha – rzekł Will. – Rozumiem.

W rzeczywistości nic nie rozumiał. Ale chociaż uświadomił sobie, że pewnie nie jest to najodpowiedniejsza pora na dalsze pytania, nie mógł się powstrzymać i powtórzył nieco urażonym tonem:

– Chciałem tylko wiedzieć, co właściwie robią zwiadowcy, nic więcej.

Halt dosłyszał rozdrażnienie w jego głosie i popatrzył na niego z dziwnym błyskiem w oku.

– No cóż, w takim razie chyba powinienem ci to wyjawić – stwierdził. – Otóż zwiadowcy, a ściślej mówiąc, kandydaci na zwiadowców, zajmują się pracami domowymi.

Will doznał bardzo niemiłego uczucia. Zdał sobie bowiem sprawę, że popełnił fatalną gafę.

– Pracami domowymi? – powtórzył bezmyślnie.

Halt skinął głową, wyraźnie zadowolony z siebie.

– Tak właśnie. Rozejrzyj się wokół – przerwał, wskazując kolistym ruchem ręki wnętrze chaty. – Widzisz tu jakichś służących?

– Nie... panie – odpowiedział powoli Will.

– W rzeczy samej! – stwierdził Halt. – A to z tej przyczyny, że nie znajdujemy się w zamku, gdzie od służby aż się roi. Jesteśmy tylko w nędznej chacie. Trzeba do niej przynieść wody, trzeba narąbać drew, by napalić w piecu; ktoś musi zamiatać podłogi i trzepać chodniki. Jak myślisz, chłopcze, kto to wszystko zrobi?

Will próbował wymyślić jakąś inną odpowiedź niż ta, która sama się narzucała. Nie przyszło mu jednak do głowy nic rozsądnego, więc odpowiedział wreszcie zrezygnowanym tonem:

– Ja, panie?

– Tak i mnie się zdaje – powiedział zwiadowca, a potem szorstkim tonem udzielił zwięzłych instrukcji: – Tutaj jest wiadro. Beczka stoi za drzwiami. Woda – w rzece. Siekiera w przybudówce, drewno na opał za chatą. Miotła przy drzwiach, a podłogę pewnie sam znajdziesz, zgadza się?

– Tak, panie – rzekł Will i zaczął zakasywać rękawy. Podchodząc do chaty, zauważył beczkę, w której najwyraźniej znajdował się zapas wody na cały dzień. Na oko potrzeba było dwudziestu, a może i trzydziestu wiader, żeby ją napełnić. Zdał sobie sprawę, że czeka go pracowity ranek i westchnął.

Gdy wychodził z pustym wiadrem w dłoni, usłyszał, jak zadowolony z siebie zwiadowca mruknął coś pod nosem, nalewając jakiś napój do kubka:

– Już prawie zapomniałem, jaka to zabawa, kiedy ma się ucznia.

Wprost nie do wiary – pomyślał Will – ile się trzeba napracować, aby doprowadzić do porządku tak czystą na pozór chatę, w dodatku przecież niewielką – i ile drobnych prac należy przy niej wykonać. Gdy zapełnił już po brzegi beczkę świeżą wodą z rzeki (trzydzieści jeden wiader), narąbał drew na opał i ułożył szczapy w równy stosik. Potem zabrał się za zamiatanie, a następnie, ponieważ Halt uznał, że chodnik w jadalni trzeba koniecznie wytrzepać, zwinął go, wyniósł na zewnątrz, zawiesił na linie rozciągniętej między dwoma drzewami i zaczął okładać zawzięcie kijem, aż wzniosły się tumany pyłu. Od czasu do czasu Halt wyglądał przez okno, by dodać mu animuszu, rzucając przy tym zazwyczaj: „A tam, w lewym rogu?" czy „Włóż w to nieco życia, chłopcze" – lub coś podobnego.

Gdy dywan znów znalazł się na podłodze, Halt uznał, że wiele z jego garnków nie lśni tak, jak powinny.

– Trzeba by je wyszorować– powiedział, jakby do siebie, ale Will już wiedział, że znaczy to tyle, co „bierz się do roboty, chłopcze". Tak więc zaniósł bez słowa garnki nad brzeg rzeki, wypełnił je wodą i drobnym piaskiem, a potem szorował i szorował, aż metal nabrał połysku.

Halt tymczasem przeniósł się na werandę, gdzie rozsiadł się wygodnie i zajął lekturą. Miał do przeczytania cały stosik listów, które wyglądały na oficjalną korespondencję. Przechodząc raz czy dwa obok niego, Will spostrzegł, że na kilku kartach widnieją herby i pieczęcie, natomiast na większości widoczny był tylko prosty nagłówek, przedstawiający liść dębu.

Powróciwszy znad rzeki, pokazał Haltowi naczynia, by ocenił jego pracę. Zwiadowca skrzywił się do swego odbicia w lśniącej miedzi.

– Hm. Nieźle. Widzę tu moją twarz – stwierdził, a potem dodał bez cienia uśmiechu: – Może to i nie najlepiej.

Will nie odezwał się. W ustach ktokolwiek innego, uznałby te słowa za żart, jednak z Haltem nigdy nic nie było wiadomo. Zwiadowca przyglądał mu się przez sekundę lub dwie, a potem wzruszył lekko ramionami i gestem dał znak Willowi, żeby odniósł garnki do kuchni. Chłopak przechodził właśnie przez drzwi, gdy usłyszał za sobą głos Halta:

– Hm. Dziwne.

Sądząc, że zwiadowca mówi do niego, Will zatrzymał się wpół kroku.

– Słucham? – Za każdym razem, gdy Halt wynajdywał mu nowe zadanie, polecenie rozpoczynało się od czegoś w rodzaju „Niesamowite. Skąd na tym dywanie wzięło się tyle kurzu?" albo: „Odnoszę dziwne wrażenie, że kuchnia cierpi na dotkliwy brak drewna opałowego".

Takie stwierdzenia, ku udręce Willa, padły już wielokrotnie w ciągu tego dnia; natomiast Halt najwyraźniej znajdował w ich wygłaszaniu wielkie upodobanie. Tym razem jednak chyba rzeczywiście mówił sam do siebie, czytając kolejny raport. Jak zauważył Will, był to jeden z dokumentów opatrzonych znakiem dębowego liścia. Zwiadowca podniósł głowę, nieco zdziwiony, że Will się do niego zwraca.

– O co chodzi? – spytał.

Will wzruszył ramionami.

– Wybacz, panie. Kiedy usłyszałem „dziwne", myślałem, że mówisz do mnie.

Halt pokręcił kilkakrotnie głową, wciąż marszcząc brwi i przyglądając się trzymanej w dłoni kartce papieru.

– Nie, nie – rzekł, jakby w roztargnieniu. – Czytałem... – zawiesił głos i jeszcze bardziej zmarszczył brwi. Wzbudziło to zainteresowanie Willa, który zamiast zająć się swoją pracą, stał i czekał.

– Co takiego? – odważył się w końcu zapytać. Gdy spojrzenie ciemnych oczu zwiadowcy spoczęło na nim, od razu tego pożałował. Halt przyglądał mu się przez kilka chwil.

– Ciekawski jesteś, co? – rzekł wreszcie, a gdy zawstydzony Will skinął głową, odezwał się nagle zaskakująco łagodnym tonem: – No cóż, to chyba cecha, której nie należy ganić u ucznia zwiadowcy. Tego przecież dotyczył ten sprawdzian z kartką w gabinecie barona.

– Sprawdzian? – Will postawił ciężki, miedziany kocioł obok drzwi. – To znaczy, że spodziewano się po mnie, że będę próbował poznać jej treść?

Halt skinął głową.

– Owszem, byłbym rozczarowany, gdybyś nie próbował. No i ciekaw byłem, jak się do tego zabierzesz. Uniósł dłoń, by powstrzymać całą lawinę pytań, jakie Will chciał mu zadać. – Pomówimy o tym później – stwierdził, spoglądając znacząco na kocioł i resztę garnków. Will przykucnął, by je podnieść i znów odwrócił się w stronę domu, jednak ciekawość paliła go, toteż nie mógł się powstrzymać i spytał jednak:

– I co tam jest napisane? – wskazał ruchem głowy raport. Znów przez chwilę panowało milczenie, a Halt spoglądał na niego, jakby go oceniał.

– Lord Northolt nie żyje – powiedział wreszcie. – Podobno zabity przez niedźwiedzia. W zeszłym tygodniu, podczas polowania.

– Lord Northolt? – powtórzył Will. Jakby skądś znał to imię, ale nie potrafił go z niczym skojarzyć.

– Swego czasu naczelny wódz wojsk królewskich – wyjaśnił Halt, a Will kiwnął głową potakująco, chociaż nadal nie wiedział, o czym mowa. Skoro jednak Halt zaczął odpowiadać na jego pytania, postanowił drążyć dalej.

– Co w tym takiego dziwnego? Przecież zdarza się, że niedźwiedź kogoś zabije podczas polowania.

– To prawda – przyznał Halt. – Tyle że lenno Cordom położone jest daleko na zachód i nie spotyka się tam niedźwiedzi. Ponadto wydawało mi się, że Northolt jest zbyt doświadczonym myśliwym, by zasadzać się na niedźwiedzia w pojedynkę. – Wzruszył ramionami, zamykając tym samym sprawę. – Cóż, życie jest pełne niespodzianek, a wszyscy ludzie popełniają błędy – wskazał w stronę kuchni na znak, że rozmowa skończona. – Kiedy odstawisz garnki, może zechciałbyś wyczyścić kominek?

Will wszedł do środka, żeby wykonać jego polecenie, jednak gdy po paru minutach przechodził obok okna, by zająć się pucowaniem wielkiego kominka zajmującego większą część ściany w głównym pomieszczeniu, rzucił okiem na zwiadowcę, który postukiwał zwiniętym raportem w podbródek, najwyraźniej pogrążony w głębokim zamyśleniu.

ROZDZIAŁ 8

Późnym popołudniem Haltowi skończyły się zadania dla Willa. Obszedł chatę, przyglądając się lśniącym naczyniom, nienagannie czystemu kominkowi, dokładnie zamiecionej podłodze i chodnikowi, na którym nie było ani jednego pyłku kurzu. Obok paleniska leżał schludnie ułożony stos drewna, a koło kuchni, w przeznaczonym do tego celu wiklinowym koszu, również pełno było szczap, przyciętych nieco krócej.

– Ha. Nieźle – ocenił. – Całkiem nieźle.

Willowi ta niezbyt wylewna pochwała sprawiła przyjemność, nim jednak poczuł się rzeczywiście zadowolony z siebie, Halt dodał:

– Potrafisz gotować, chłopcze?

– Gotować, panie? – spytał niepewnie Will. Halt wzniósł oczy ku jakiejś niewidocznej niebiańskiej istocie.

– Dlaczego wszyscy młodzi ludzie zawsze odpowiadają pytaniem na pytanie? – spytał. Nie słysząc odpowiedzi, wyjaśnił: – Tak, gotować. Przygotowywać strawę tak, by można było ją zjeść. Przyrządzać posiłki. Wiesz chyba, czym jest strawa i co to są posiłki?

– Tak – stwierdził Will, bardzo uważając, by tym razem nie zabrzmiało to jak pytanie.

– Otóż, jak wspomniałem już dziś rano, nie jest to żaden wielki zamek. Jeśli chcemy tu coś zjeść, musimy sami to sobie ugotować – oznajmił Halt. No tak, znowu „my" – pomyślał Will. Za każdym razem w ustach Halta słowo to oznaczało, iż wzmiankowane zadanie przypadnie w udziale Willowi.

– Nie umiem gotować – wyznał Will, na co Halt klasnął w dłonie i zatarł je.

– Pewnie, że nie! Większość chłopców nie potrafi gotować. Więc będę musiał ci pokazać, jak to się robi. Chodź.

Udali się do kuchni, gdzie Will został wprowadzony w tajniki sztuki kulinarnej, takie jak obieranie i szatkowanie cebuli, dobieranie kawałka wołowiny ze spiżarni, oprawienie go, a następnie posiekanie na równe kawałeczki, krojenie warzyw... Potem mięso należało przysmażyć na rozgrzanej patelni, podlać szczodrze czerwonym winem i dodać tak zwanych „sekretnych ingrediencji" Halta. Wynikiem tych starań była smakowicie pachnąca potrawka, bulgocząca w rondlu na kuchni.

Czekając, aż wieczerza będzie gotowa, usiedli na ganku. Wreszcie nadszedł czas na rozmowę.

– Korpus Zwiadowców powstał ponad sto pięćdziesiąt lat temu za panowania króla Herberta. Wiesz coś o tym władcy? – Halt zerknął z ukosa na siedzącego obok chłopaka.

Will zawahał się. Pamiętał, że słyszał to imię podczas lekcji historii, na które uczęszczał w sierocińcu, nie mógł jednak przypomnieć sobie żadnych szczegółów. Postanowił jednak, że spróbuje ukryć swoją ignorancję. Nie chciał wyjść na nieuka w pierwszym dniu terminu u nowego mistrza.

– A... tak – odezwał się. – Król Herbert. Uczyliśmy się o nim.

– Doprawdy? – spytał przeciągle zwiadowca. – To może mi o nim opowiesz? – odchylił się do tyłu i skrzyżował nogi, rozsiadając się wygodnie.

Will dokonał desperackiego przeglądu zasobów swej pamięci, próbując przypomnieć sobie jakikolwiek drobiazg dotyczący króla Herberta. Na pewno czegoś dokonał... ale czego?

– Był... – zawahał się, niby to zbierając myśli – ...był królem.

To przynajmniej nie budziło wątpliwości; spojrzał w stronę Halta, żeby sprawdzić, czy to przypadkiem nie wystarczy. Zwiadowca jednak uśmiechnął się tylko i gestem zachęcił go, by mówił dalej.

– No... był królem... sto pięćdziesiąt lat temu – oznajmił Will, starając się, by jego głos brzmiał pewnie i rzeczowo. Zwiadowca znów się uśmiechnął, zapraszając ruchem ręki do dalszej opowieści. – Hm, no tak... jeśli dobrze sobie przypominam, był założycielem Korpusu Zwiadowców – Halt uniósł brwi w kpiącym zdziwieniu.

– Czyżby? Właśnie to o nim zapamiętałeś? – W tej chwili Will poczuł się mocno nieswojo, bo właśnie zdał sobie sprawę, że Halt wspominał tylko o utworzeniu Korpusu Zwiadowców podczas rządów tego władcy, nie rzekł zaś ani słowa o tym, że król dokonał tego osobiście.

– No... to znaczy, mówiąc, że był założycielem Korpusu Zwiadowców, miałem na myśli, że panował wtedy, kiedy korpus został założony – uzupełnił.

– A było to sto pięćdziesiąt lat temu? – upewnił się Halt.

Will pokiwał gorliwie głową.

– Tak jest.

– Bardzo ciekawe. Zwłaszcza, że usłyszałeś to właśnie ode mnie mniej więcej minutę temu – zauważył zwiadowca; krzaczaste brwi nad jego oczami przypominały dwie chmury burzowe. Will poniewczasie zdał sobie sprawę, że lepiej było nic nie mówić. Chwilę potem zwiadowca rzekł nieco łagodniejszym tonem: – Chłopcze, jeśli czegoś nie wiesz, nie próbuj mędrkować. Po prostu powiedz „nie wiem". Czy to jasne?

– Tak, panie Halt – Will spuścił oczy. Przez dłuższą chwilę panowało milczenie. – Panie Halt?

– Tak?

– Jeśli chodzi o króla Herberta... To nic o nim nie wiem. – Zwiadowca parsknął cicho.

– Nigdy bym na to nie wpadł – stwierdził. – Z pewnością jednak przypomnisz coś sobie, gdy ci podpowiem, że to właśnie on odepchnął północne klany z powrotem do granicy i dalej, na Wyżyny?

Oczywiście w tej chwili Will wszystko sobie przypomniał. Teraz jednak niezręcznie byłoby się tym przechwalać. Króla Herberta zwano niekiedy „ojcem nowoczesnego Araluenu". Władca zgromadził u swego boku siły pięćdziesięciu prowincji, tworząc potężny związek, który rozgromił północne klany. Will mógłby zyskać nieco w oczach Halta, gdyby chociaż napomknął, że króla Herberta nazywa się…

– Zwie się go czasem ojcem nowoczesnego Araluenu – oznajmił w tej samej chwili Halt. Will spóźnił się o kilka sekund. – Stworzył unię pięćdziesięciu prowincji, z których wciąż składa się nasze królestwo.

– Teraz jakbym sobie przypominał – wtrącił Will. Owo „jakby" miało dać rozmówcy do zrozumienia, że nie usiłuje już udawać mądrzejszego, niż jest, tylko rzeczywiście coś mu świta.

Halt zerknął na niego, lekko unosząc brew.

– Jako twórca potęgi naszego królestwa – ciągnął Halt – król Herbert doszedł do wniosku, żeby aby je chronić, potrzebne mu są skuteczne służby specjalne.

– Specjalna służba? – nie zrozumiał Will.

– Nie jakaś tam służba, tylko służby wywiadowcze. Choć oczywiście służą one krajowi. Działalność wywiadu polega na zdobywaniu informacji o tym, co knują nasi wrogowie lub nasi potencjalni nieprzyjaciele. Jakie snują plany. Co zamyślają. Kiedy wiemy o tym z góry, zazwyczaj jesteśmy w stanie opracować własny plan mający na celu uniemożliwienie ich zamiarów. Tak więc król Herbert utworzył Korpus Zwiadowców, których zadaniem jest bycie oczami i uszami królestwa.

– W jaki sposób? – teraz Will był już zaciekawiony na dobre. Halt dostrzegł zmianę w tonie głosu chłopca, a w jego oczach na krótką chwilę pojawił się błysk aprobaty.

– Mamy oczy i uszy otwarte. Przemierzamy ziemie królestwa – i nie tylko. Nasłuchujemy. Obserwujemy. Składamy raporty.

Will pokiwał głową w zamyśleniu.

– Czy to właśnie do tego służy wam umiejętność stawania się niewidzialnymi?

Zwiadowca znów uznał, że to właściwe i rozsądne pytanie, ale postarał się, by chłopiec tego nie dostrzegł.

– Nie posiadamy takiej umiejętności – sprostował. – Ludziom tylko wydaje się, że możemy być niewidzialni. Tak naprawdę po prostu bardzo trudno nas dostrzec. Potrzeba do tego całych lat nauki i ćwiczeń, ale akurat ty niektóre z tych umiejętności już posiadasz.

– Ja? Naprawdę? – zaskoczony Will podniósł wzrok.

– Zeszłej nocy, gdy szedłeś przez dziedziniec zamkowy, kryłeś się w cieniach, dostosowując rytm ruchów do kołyszących się na wietrze gałęzi, nieprawdaż?

– Owszem – przytaknął Will. Nigdy dotąd nie miał do czynienia z kimś, kto miałby jakiekolwiek pojęcie o tym, jak należy się poruszać, by nie zostać zauważonym.

– Stosujemy właśnie te zasady – ciągnął Halt – by wtopić się w tło, które posłuży nam za kryjówkę. W ten sposób stajemy się jego częścią.

– Rozumiem – rzekł powoli Will.

– Sztuka polega na tym, żeby nikt nie domyślał się, jakim sposobem któryś z nas znalazł się w danym miejscu, opuścił je lub zdobył niezbędne informacje. Innymi słowy, żeby po prostu nikt nas nie widział – stwierdził Halt. Przez chwilę Willowi wydawało się, że zwiadowca pozwolił sobie na żart, jednak gdy spojrzał na niego, ujrzał twarz Halta równie pochmurną jak zawsze.

– Ilu jest zwiadowców? – spytał. Halt i baron mówili o jakimś Korpusie Zwiadowców, tymczasem Will znał tylko jednego jego członka – a tym jednym był Halt.

– Król Herbert zarządził, że będzie ich pięćdziesięciu, po jednym na każdą z prowincji. Ja rezyduję tutaj, a moi koledzy w czterdziestu dziewięciu pozostałych zamkach całego królestwa. Poza zdobywaniem informacji o potencjalnych wrogach, zwiadowcy pełnią rolę stróżów prawa – dodał Halt. – Patrolujemy powierzone nam lenno, pilnując, by prawo było przestrzegane.

– Sądziłem, że tym zajmuje się baron Arald? – wtrącił Will.

Halt potrząsnął głową.

– Baron sprawuje sądy – wyjaśnił. – Ludzie przedstawiają mu swe sprawy, a on je rozsądza. Zwiadowcy zajmują się wymiarem sprawiedliwości. Niesiemy prawo pośród ludu. Jeśli popełniona zostanie zbrodnia, szukamy dowodów. Nadajemy się do tej roli, ponieważ ludzie najczęściej w ogóle nie zdają sobie sprawy z naszej obecności. Prowadzimy śledztwo, by poznać winnych.

– Co dzieje się dalej? – spytał Will.

Halt lekko wzruszył ramionami.

– Czasami składamy doniesienie baronowi danego lenna, a on wydaje rozkaz aresztowania osoby, która następnie zostanie oskarżona. Czasem, jeśli sprawa jest pilna, po prostu sami… ją załatwiamy.

– W jaki sposób to robimy? – wyrwało się Willowi.

Halt przyjrzał mu się uważnie.

– Raczej nie zajmujemy się tym, jeśli jesteśmy uczniem i to dopiero od paru godzin – odparł. – Natomiast ci z nas, którzy są zwiadowcami od ponad dwudziestu lat, zazwyczaj wiedzą, jak się zachować, i nie muszą nikogo o to pytać.

– O – sapnął speszony Will.

– No i wreszcie – ciągnął Halt – podczas wojny wypełniamy zadania specjalne. Jesteśmy przewodnikami sił zbrojnych, dokonujemy rozpoznania, działamy za liniami wroga, dokonując dywersji na jego tyłach i tak dalej – rzucił okiem na chłopca. – To trochę ciekawsze niż praca na gospodarstwie.

Will poważnie skinął głową. Zorientował się już, że jego życie w charakterze ucznia zwiadowcy może okazać się całkiem interesujące.

– Ale o jakich wrogach mówisz, panie? – spytał. Przecież, odkąd sięgał pamięcią, zamkowi Redmont nic nie groziło.

– Mówię o wrogach zewnętrznych i wewnętrznych – odrzekł Halt. – Czyli o skandyjskich najeźdźcach zza morza i innych potencjalnych agresorach – a także o Morgaracie i jego wargalach.

Will wzdrygnął się, przypomniał sobie ponure opowieści o Morgaracie, władcy Gór Deszczu i Nocy.

– O tak – Halt zauważył jego reakcję. – Zdecydowanie Morgaratha i jego poddanych należy mieć na oku i pilnie się ich strzec. Dlatego też znajdują się pod stałą obserwacją zwiadowców. Musimy wiedzieć, czy zbierają siły, czy przygotowują się do wojny.

– A jednak – stwierdził Will, głównie by dodać sobie animuszu wobec grozy, jaką tchnęły legendy o złowrogim nieprzyjacielu – gdy ostatnio zaatakowali, armie baronów rozbiły ich w puch.

– To prawda – przyznał Halt – ale tylko dlatego, że w porę nadeszło ostrzeżenie o napaści… – przerwał i spojrzał znacząco na Willa.

– Zrobił to któryś ze zwiadowców? – domyślił się chłopak.

– Otóż to. Zwiadowca przyniósł wieść, iż wargalowie Morgaratha wyruszyli na wojnę… a potem poprowadził kawalerię przez znany sobie bród, by mogła rozbić nieprzyjaciela, uderzając z flanki.

– To było wielkie zwycięstwo – stwierdził Will.

– Z pewnością. A zawdzięczamy je czujności zwiadowców, nabytym przez nich umiejętnościom i znajomości terenu, bocznych dróg oraz sekretnych przejść.

– Podczas tej bitwy zginął mój ojciec – powiedział Will półgłosem. Halt popatrzył na niego ciekawie.

– Czy tak?

– Był bohaterem. Walecznym rycerzem – dodał Will. Zwiadowca milczał przez chwilę, jakby nie był pewien, czy ma coś powiedzieć, czy nie. Wreszcie rzekł po prostu:

– Tego nie wiedziałem.

Przez chwilę Will poczuł się zawiedziony. Miał bowiem przeczucie, że Halt wie coś o jego ojcu i że mógłby mu może opowiedzieć historię jego heroicznej śmierci. Cóż, nic z tego – pomyślał.

– Właśnie dlatego tak bardzo chciałem iść do Szkoły Rycerskiej – odezwał się wreszcie. – Aby pójść w jego ślady.

– Masz inne uzdolnienia – rzekł Halt, a Will przypomniał sobie, że baron powiedział coś bardzo podobnego poprzedniej nocy.

– Czy mogę o coś spytać…?

Zwiadowca kiwnął głową.

– Zastanawiałem się... pan baron powiedział, że zostałem wybrany... przez ciebie, panie?

Halt znów skinął głową w milczeniu.

– I baron także powiadał, że mam inne uzdolnienia – takie, dzięki którym nadaję się na przyszłego zwiadowcę...

– Zgadza się.

– No... to znaczy jakie?

Zwiadowca założył ręce za głowę.

– Jesteś zręczny, a to w tym fachu przydatne – zaczął. – Jak już mówiłem, potrafisz się kryć, a to bardzo ważne. Szybko się poruszasz. I jesteś wścibski...

– Wścibski? To dobrze? – zdziwił się Will.

Halt przyglądał mu się surowo.

– Wciąż zadajesz pytania. Nie spoczniesz, nim nie poznasz rozwiązania zagadki – wyjaśnił. – Właśnie dlatego namówiłem barona, by zgodził się na sprawdzian z tą kartką papieru.

– Ale kiedy pierwszy raz zwróciłeś na mnie uwagę, panie? To znaczy, kiedy po raz pierwszy pomyślałeś, że mogę się nadać? – dopytywał się Will.

– Hmm – zastanowił się Halt – chyba wtedy, kiedy przyglądałem się, jak kradniesz ciastka z kuchni Mistrza Chubba.

Will aż otworzył usta ze zdumienia.

– Widziałeś mnie, panie? Ależ to było lata temu! – nagle coś sobie uświadomił: – Gdzie byłeś, panie?

– W kuchni – oznajmił Halt. – Natomiast ty byłeś zbyt zajęty swoimi sprawami, gdy się tam pojawiłeś, by mnie dostrzec.

Will pokręcił głową z niedowierzaniem. Był przekonany, że wtedy w kuchni nie było nikogo. Wiedział jednak dobrze, że owinięty swym płaszczem Halt potrafi stać się niewidzialnym. Jeśli i on, Will, zdoła opanować tę umiejętność, wysiłek włożony w szorowanie garów i sprzątanie nie pójdzie na marne.

– Byłem pod wrażeniem twojej zręczności – stwierdził Halt – ale coś innego zaimponowało mi o wiele bardziej.

– Co takiego? – zaciekawił się Will.

– Później, gdy przesłuchiwał cię Mistrz Chubb, wahałeś się. Chciałeś się wszystkiego wyprzeć, ale się w końcu przyznałeś. Pamiętasz? Uderzył cię w głowę tą swoją drewnianą chochlą.

Will skrzywił się i odruchowo dotknął czubka głowy. Jeszcze słyszał głośne ŁUP!, gdy łyżka wylądowała na jego łepetynie.

– Wtedy pomyślałem, że lepiej było skłamać – przyznał.

Halt bardzo powoli pokręcił głową.

– O nie, Willu. Gdybyś wtedy zełgał, nigdy nie stałbyś się moim uczniem. – Wstał, przeciągnął się i zajrzał do środka, by sprawdzić, czy kolacja już gotowa. – Teraz będziemy jedli – oznajmił.

ROZDZIAŁ 9

Horace cisnął swe rzeczy na podłogę sypialni i wyciągnął się jak długi na łóżku, stękając z ulgą.

Bolały go wszystkie mięśnie. Nawet sobie nie wyobrażał, że można być do tego stopnia zmęczonym i obolałym. Ba, nie wiedział nawet, że w ludzkim ciele jest tak wiele mięśni, które mogą boleć. Nie pierwszy już raz zastanawiał się, czy zdoła przetrwać przez trzy lata nauki w Szkole Rycerskiej. Jak na razie, spędził w niej tydzień, a już czuł się całkowicie wycieńczony.

Gdy zgłosił się do Szkoły Rycerskiej, miał tylko niejasne pojęcie o rycerzach w lśniących zbrojach, którzy staczali bitwy, podczas gdy inni, pośledniejszego gatunku ludzie stali i przyglądali im się z uwielbieniem i podziwem. Częścią zachwyconej publiczności, w jego wyobrażeniach, były piękne dziewczyny, a wiodła wśród nich prym Jenny, jego rówieśniczka z sierocińca. Szkoła Rycerska wydawała mu się miejscem pełnym chwały i przygód, zaś jej uczniowie istotami obdarzanymi podziwem i wywołującymi zazdrość.

Rzeczywistość okazała się jednak całkiem inna. Jak dotąd uczniowie szkoły po prostu wstawali przed świtem, by spędzić godzinę dzielącą ich od śniadania na intensywnych ćwiczeniach fizycznych, takich jak biegi i dźwiganie ciężarów, przy czym najczęściej chodziło o podniesienie nad głowy monstrualnie wielkich, drewnianych bali; musieli się do tego zabierać w dziesięciu albo i więcej. Następnie prowadzono ich do kwater, gdzie mogli obmyć się lodowatą wodą. Potem sprzątali sypialnie bądź umywalnie tak, by były idealnie czyste i uporządkowane. Zaraz potem następowała inspekcja, której dokonywał sir Karel, stary koszarowy wyga. Czynił to w sposób nadzwyczaj drobiazgowy, a przy tym znał wszystkie możliwe sztuczki, za pomocą których jego podopieczni usiłowali ułatwić sobie zadanie. Gdy którykolwiek z dwudziestu chłopaków zamieszkujących daną sypialnię naruszył choćby w najmniejszym stopniu regulamin, rzeczy wszystkich lokatorów rozrzucano, ściągano pościel z łóżek i opróżniano kosze na śmieci, wysypując ich zawartość na podłogę. Musieli więc całą robotę zaczynać od początku – i to w czasie, kiedy mogliby spożywać śniadanie.

W związku z tym nowicjuszom tylko raz zdarzyło się podjąć próbę nabrania sir Karela. Swoją drogą, śniadanie nie było szczególnie wyszukane. Zdaniem Horace'a, należałoby raczej powiedzieć, że jest wręcz niesmaczne i w dodatku niezbyt obfite. Jeśli jednak się go nie zjadło, ucznia czekały długie i pracowite godziny o pustym żołądku aż do posiłku południowego, który zgodnie ze spartańskim trybem życia, przyjętym w szkole, trwał zaledwie dwadzieścia minut.

Po śniadaniu rozpoczynały się dwugodzinne lekcje historii wojskowości, teorii taktyki i temu podobnych, następnie zaś kadetom zazwyczaj fundowano bieg z przeszkodami, podczas którego należało wykazać się szybkością, zręcznością, poczuciem równowagi i siłą. Na każdy zestaw ćwiczeń przeznaczano określony czas, a jeśli któryś z kadetów nie zdołał wykonać wszystkich zadań w ciągu na przykład pięciu minut, natychmiast odsyłano go na koniec kolejki i musiał podjąć próbę raz jeszcze. Rzadko zdarzało się, by ktokolwiek ukończył bieg za pierwszym podejściem. Na dodatek tor obfitował w błotniste kałuże i doły pełne niewiadomej, lecz nader nieprzyjemnej w dotyku materii, nad której pochodzeniem Horace wolał się nie zastanawiać.

Wreszcie nadchodził czas na południowy posiłek, jednak jeśli ktoś upadł podczas biegu, musiał przed wejściem do sali jadalnej doprowadzić się do porządku – czyli znów obmyć się zimną wodą w umywalni – a to zazwyczaj zajmowało około połowy czasu przeznaczonego na jedzenie. Tak więc dominującym odczuciem z pierwszego tygodnia spędzonego przez Horace'a w Szkole Rycerskiej był niebywały ból mięśni i głód ściskający żołądek.

Po jedzeniu zaczynały się kolejne lekcje, następnie zaś ćwiczenia fizyczne na dziedzińcu pod okiem uczniów ze starszych roczników. Później ćwiczono musztrę, która trwała aż do końca dnia. Następnie uczniowie mieli dwie godziny wolne, podczas których należało oczyścić ubranie, naprawić uszkodzony sprzęt i przygotować się do lekcji na następny dzień. Czas wolny nie przysługiwał jednak tym, którzy danego dnia w ten czy inny sposób narazili się któremuś z nauczycieli. Nieszczęśnicy musieli za karę wyładować plecak kamieniami i wyruszyć w dwunastokilometrową trasę, która zawsze przebiegała z dala od wszelkich ubitych dróg czy ścieżek. Trzeba było biec przez nierówny teren, wspinać się po zboczach wzgórz i przemierzać w bród strumienie, przedzierać się przez zagajniki, w których kolczaste pnącza i gęste poszycie utrudniało każdy ruch.

Horace miał właśnie za sobą taki bieg. Tego dnia jeden z jego kolegów został przyłapany podczas zajęć z taktyki na tym, jak przekazywał innemu chłopakowi karteczkę. Niestety, na karteczce tej nie widniały jakieś błahe słowa, lecz rysunek przedstawiający długonosego nauczyciela prowadzącego zajęcia. Co gorsza, autor rysunku niewątpliwie obdarzony był talentem w tej dziedzinie, toteż każdy bez trudu mógł rozpoznać, kogo przedstawia karykatura.

Właśnie za to wykroczenie karą dla całej klasy Horace'a była mordercza przebieżka wokół zamku.

Gdy trasa biegu zaczęła wieść pod górę, Horace zauważył, że stopniowo oddala się od swych kolegów. Nawet po tak niedługim czasie spędzonym na nieustannych ćwiczeniach czuł, że jeszcze nigdy nie był w tak dobrej formie. Nie miał o tym pojęcia, ale był urodzonym atletą i biegł równomiernie, z gracją. Podczas gdy pozostali niezdarnie gramolili się pod górę, on równomiernie młócił stopami ziemię i z uniesioną głową oddychał ciężko przez nozdrza. Wkrótce jego towarzysze pozostali już daleko w tyle. Jak dotąd nie miał okazji, by się z nimi bliżej zapoznać. Większość znał z widzenia, widywał ich w posiadłości barona lub we wsi, jednak dorastając w sierocińcu, siłą rzeczy znajdował się nieco na uboczu zwykłego, codziennego życia zamku i podzamcza. Tak więc czuł się trochę odmieńcem, a jego koledzy utwierdzali go tylko w tym przekonaniu.

Na przykład, ceremonia Wyboru dotyczyła tylko wychowanków przytułku. Horacy był jednym z dwudziestu nowych rekrutów przyjętych tego roku, ale pozostałych dziewiętnastu wstąpiło do szkoły wedle procedur uznawanych za normalne – czyli dzięki wpływom rodziców czy innych możnych opiekunów lub za poręczeniem dotychczasowych nauczycieli. Horace był więc kimś w rodzaju klasowego dziwadła i nikt z kolegów jak dotąd nie próbował się z nim zaprzyjaźnić albo choćby zakolegować. A jednak – pomyślał nie bez ponurej satysfakcji – w biegu prześcignąłem wszystkich. Żaden z nich jeszcze nie wrócił. Pokazałem im, na co mnie stać.

W przeciwległym końcu dormitorium skrzypnęły zawiasy drzwi, rozległ się łomot ciężkich buciorów o nagie deski podłogi. Horace uniósł się na łokciu i jęknął bezgłośnie.

Między równiutkimi rzędami idealnie posłanych łóżek kroczyli ku niemu Bryn, Alda i Jerome. Byli to trzej uczniowie drugiego roku, którzy najwyraźniej uznali za swój życiowy cel, by przemienić życie Horace'a w koszmar. Szybko zerwał się na równe nogi – jednak nie dość szybko.

– Kto ci pozwolił wylegiwać się na łóżku? – wrzasnął Alda. – A może była już komenda „do łóżek", a ja nic nie usłyszałem?

Bryn i Jerome wyszczerzyli zęby w uśmiechu. Bardzo przypadła im do gustu niewybredna ironia Aldy. Jego docinki trudno było uznać za oryginalne, lecz brak inwencji w dziedzinie doboru słów chłopak nadrabiał groźnym tonem.

– Dwadzieścia pompek! – rozkazał Bryn. – Wykonać!

Horace zawahał się przez moment. Tak naprawdę przerastał wzrostem ich wszystkich. Gdyby doszło do bójki, z pewnością rozłożyłby na łopatki każdego ze swych prześladowców. Tylko że ich było trzech. Ponadto mieli za sobą tradycję, sięgającą niepamiętnych czasów. Od zawsze uczniowie drugiego roku w ten właśnie sposób traktowali pierwszorocznaków; już sobie wyobrażał, jak wyśmialiby go koledzy z klasy, gdyby poskarżył się któremuś z nauczycieli. Nikt nie lubi maminsynków – powiedział sobie w duchu, schylając się, by wykonać polecenie. Jednak Bryn spostrzegł tę chwilę ociągania, może nawet błysk buntu w oczach ofiary.

– Trzydzieści pompek! – wrzasnął. – Natychmiast!

Choć jego muskuły buntowały się, Horace wyciągnął się jak długi na podłodze i zaczął robić pierwszą pompkę. Natychmiast poczuł na plecach czyjąś stopę przygniatającą go do podłogi, z której próbował się podnieść na wyprostowanych ramionach.

– No, ruszaj się, dzidziusiu! – teraz odezwał się Jerome. – Włóż w to trochę wysiłku!

Horace z najwyższym trudem wyprostował wreszcie ramiona. Jerome opanował do perfekcji umiejętność wywierania właściwego nacisku. Jeszcze trochę, a Horace w żadnym wypadku nie zdołałby się dźwignąć z podłogi. Jednak gdy chłopak zaczął z powrotem opuszczać się ku ziemi, drugoroczny dalej przyciskał go stopą. W ten sposób ćwiczenie było jeszcze trudniejsze. Opuszczając tułów, musiał jednocześnie stawiać opór naciskowi z góry, w przeciwnym razie uderzyłby mocno o deski. Z głuchym stęknięciem wykonał pierwszą pompkę i zaczął drugą.

– Nie płacz, dzidziusiu! – krzyknął na niego Alda. Zainteresował się teraz posłaniem pierwszorocznika. – Nie pościeliłeś dziś rano łóżka? – wydarł się na Horace'a, który, stękając pod naciskiem stopy Jerome'a, zdołał tylko wydusić z siebie nieokreślony jęk. – Co takiego? Co? – Alda schylił się tak nisko, że jego twarz znalazła się w odległości zaledwie kilku centymetrów od twarzy Horace'a. – Co tam mamroczesz, dzidziusiu? Mów głośniej!

– Tak... proszę pana – wysapał Horace. Alda z przesadną emfazą pokręcił głową.

– Chyba raczej „nie, proszę pana"! – rzekł, wyprostowując się. – Patrzcie na jego wyrko. Wygląda jak chlew!

Oczywiście, tam gdzie Horace upadł na łóżko, pościel była lekko zmięta. Wystarczyłoby jednak ją przygładzić, żeby znów wyglądała porządnie. Rozradowany Bryn złapał w lot, o co chodziło Aldzie. Podszedł do łóżka i przewrócił je, zrzucając materac, pościel oraz poduszki na ziemię. Alda przyłączył się do niego, odrzucając kopniakiem koc daleko przed siebie.

– Pościelisz je na nowo! – wrzasnął. Potem coś błysnęło w jego oku, podszedł do następnego łóżka i też zrzucił z niego pościel i materac. – Pościelisz je wszystkie jeszcze raz! – krzyknął, zachwycony nowym pomysłem. Bryn, uśmiechnięty od ucha do ucha, pomógł mu zrzucić pościel ze wszystkich dwudziestu łóżek, rozwalając koce, poduszki i materace po całej sypialni. Horace, który wciąż wykonywał swoje trzydzieści pompek, zazgrzytał zębami. Oczy piekły go od zalewającego je potu; przestał widzieć wyraźnie.

– O, dzidziuś płacze! – usłyszał zawodzenie Jerome'a. – Idź do domciu i wypłacz się mamusi!

Z całej siły przycisnął nogą plecy Horace'a, rozpłaszczając go na podłodze.

– Dziecko nie ma mamusi – użalił się Alda. – Dziecko jest sierotką. Mamusia uciekła z marynarzem.

Jerome znów pochylił się nad nim.

– Naprawdę, dzidziusiu? – syknął. – Mamusia zostawiła cię?

– Moja matka nie żyje – warknął Horace. Rozgniewany, zaczął się podnosić, ale stopa Jerome'a przycisnęła tym razem jego kark aż do podłogi. Horace dał za wygraną.

– Oj, oj, jakie to smutne – stwierdził Alda, a dwaj pozostali wybuchnęli śmiechem. – A teraz posprzątaj ten chlew, bo inaczej znowu sobie pobiegasz.

Wyczerpany Horace leżał jeszcze, gdy trzej prześladowcy wybiegali z pokoju, przewracając po drodze szafki jego kolegów i rozsypując ich rzeczy. Zamknął oczy, do których wciąż wciskały się krople słonego potu.

– Nienawidzę tego miejsca – jęknął głosem stłumionym przez nieoheblowane deski podłogi.

Rozdział 10

Czas, żebyś dowiedział się, jakiej broni będziesz używać – oświadczył Halt.

Zjedli śniadanie na długo przed wschodem słońca, a potem mężczyzna poprowadził Willa do lasu. Szli przez około pół godziny, po drodze zwiadowca pokazywał Willowi, jak należy prześlizgiwać się z jednej plamy cienia do drugiej, czyniąc przy tym możliwie najmniej hałasu. W dziedzinie krycia się Will radził sobie nieźle, co Halt zdążył zauważyć już wcześniej, musiał się jednak jeszcze sporo nauczyć, by osiągnąć poziom umiejętności godny zwiadowcy. Halt był jednak zadowolony z czynionych przez niego postępów. Chłopak rozwijał się bardzo szybko – zwłaszcza, kiedy chodziło o tego rodzaju umiejętności praktyczne.

Nieco inaczej rzecz się miała, gdy przychodziło do zadań mniej ekscytujących, takich jak odczytywanie lub rysowanie mapy. Will miał skłonność do pomijania szczegółów, które uważał za nieistotne, aż w pewnej chwili, nie bez przekąsu w głosie, Halt uświadomił mu:

– Jeżeli kiedyś ci się zdarzy, że będziesz opracowywał marszrutę dla ciężkiej kawalerii, informacja o tym, że po drodze płynie strumień, może okazać się niepozbawiona znaczenia.

Teraz jednak zajmowali się ćwiczeniami praktycznymi. Gdy wyszli na polanę, Halt rzucił na ziemię niewielkie podłużne zawiniątko, skryte dotąd pod jego płaszczem.

Will spoglądał na nie z powątpiewaniem. Słowo „broń" przywodziło mu na myśl miecze, topory bojowe i maczugi – broń, jaką walczyli rycerze. Na pierwszy rzut oka można było się zorientować, że w tym pakunku nie było niczego takiego.

– Co to za broń? Czy używamy mieczy? – spytał Will, wciąż wpatrując się w zawiniątko.

– Najważniejszą bronią zwiadowcy jest tajemnica, cisza i umiejętność krycia się – oświadczył sentencjonalnie Halt. – Czasem jednak zawodzą, a wówczas trzeba walczyć.

– I do tego służą nam miecze? – spytał jeszcze raz Will z nadzieją w głosie.

Halt przyklęknął, by rozwinąć pakunek.

– Nie. Do tego służy nam łuk – oznajmił, kładąc broń u stóp Willa.

W pierwszej chwili chłopak był rozczarowany. Przecież łuk to zwykła rzecz, każdy posługuje się nim podczas polowania. Łuk to raczej narzędzie, nie broń. Jako małe dziecko sam zrobił całe mnóstwo łuków ze sprężystych gałęzi. Halt milczał, więc Will przyjrzał się łukowi dokładniej. Dopiero teraz zauważył, że nie była to zwykła wygięta gałąź.

Ten łuk nie przypominał żadnego łuku, jaki Will dotąd widział. Jego łęczysko było zakrzywione, tak jak w innych łukach, ale na końcach wyginało się w przeciwnym kierunku. Jak większość mieszkańców królestwa Will przyzwyczajony był do łuków prostych – o długim drzewcu i na całej linii wygiętym w tę samą stronę.

– Trzymasz w ręku łuk refleksyjny, tak to się nazywa – wyjaśnił Halt, widząc jego zdumienie. – Nie masz jeszcze dość siły, by uporać się z pełnowymiarowym łukiem prostym, więc to podwójne wygięcie drzewca zapewni twoim strzałom dodatkową moc i szybkość, przy stosunkowo niewielkim naciągu. Nauczyłem się sztuki sporządzania takich łuków od Temudżynów.

– Kim są Temudżynowie? – Will spojrzał znad dziwnego łuku.

– To bardzo zawzięci wojownicy ze wschodu – wyjaśnił Halt – i przy tym prawdopodobnie najlepsi łucznicy na świecie.

– Walczyłeś przeciwko nim, panie?

– Przeciwko... a potem przez jakiś czas razem z nimi, u ich boku – odparł Halt. – Zadajesz zbyt wiele pytań.

Teraz, gdy Will oswoił się już z dziwacznym kształtem łuku, dostrzegł, że jest to pięknie wykonana broń. Łęczysko zrobione było z kilku warstw drewna sklejonego razem; ich słoje biegły w różnych kierunkach. Warstwy były różnej grubości, dzięki czemu uzyskano podwójne zakrzywienie łuku. Jego działanie polegało na współgraniu przeciwstawnych sił, co umożliwiało precyzyjne wyginanie łęczyska.

– Mogę spróbować? – spytał Will.

Halt skinął głową.

– Jeśli uważasz, że to dobry pomysł, proszę bardzo.

Will sięgnął po strzałę do kołczanu, który znajdował się w zawiniątku razem z łukiem i założył ją na cięciwę. Naciągnął łuk kciukiem i palcem wskazującym, celując w pień drzewa, znajdujący się jakieś dwadzieścia metrów przed nim.

Aj!

Mocna cięciwa uderzyła całym rozpędem w delikatną skórę wewnętrznej części przedramienia. Zabolało jak uderzenie biczem. Will krzyknął głośno i upuścił łuk, jakby ten go parzył.

Od razu na jego ręce pojawiła się gruba pręga. Czerwona i bardzo bolesna. Will nie miał pojęcia, gdzie podziała się strzała, zresztą mało go to w tej chwili obchodziło.

– To boli! – oznajmił, spoglądając z wyrzutem na zwiadowcę.

Halt wzruszył ramionami.

– Jesteś w gorącej wodzie kąpany, młodzieńcze – zauważył. – Może to będzie dla ciebie nauczka, żeby następnym razem wykazać nieco cierpliwości.

Sięgnął do zawiniątka i wyciągnął z niego długi rękaw ze sztywnej skóry. Wsunął go na lewe przedramię Willa jako ochronę przed uderzeniem cięciwy. Dopiero teraz Will uświadomił sobie, że Halt zawsze miał coś takiego na lewej ręce, a jemu nigdy nie przyszło do głowy spytać, do czego taki rękaw służy.

– Spróbuj jeszcze raz – polecił Halt.

Will wyjął następną strzałę i założył ją na cięciwę. Miał znów naciągnąć łuk, gdy Halt go powstrzymał.

– Nie tak, nie używaj kciuka. Strzała powinna znaleźć się między pierwszym i drugim palcem… o, tak.

Pokazał Willowi, w jaki sposób trzeba zakładać wycięcie w osadzie strzały na cięciwę, potem jak naciągać łuk trzema palcami, trzymając strzałę między palcem wskazującym a serdecznym i w końcu jak zwalniać cięciwę podczas strzału.

– No, lepiej – stwierdził. Gdy Will przyniósł wypuszczoną strzałę, Halt tłumaczył dalej: – Staraj się używać także mięśni grzbietu, nie tylko ramion. Uczucie powinno być takie, jakbyś ściągał łopatki do siebie…

Rzeczywiście, w ten sposób łuk stawiał mniejszy opór. Poza tym łatwiej było z niego mierzyć.

Will strzelił znowu. Tym razem pocisk przeleciał tuż obok drzewa, w które celował.

– Musisz sporo poćwiczyć – zauważył Halt. – Na razie go odłóż.

Ostrożnie i z uszanowaniem Will odłożył broń na ziemię. Był bardzo ciekaw, co jeszcze znajduje się w zawiniątku Halta.

– To są noże zwiadowcy – stwierdził Halt, podając Willowi podwójną pochwę, taką samą, jaką nosił u pasa przy lewym boku.

Will wziął ją do ręki: noże umieszczone były jeden nad drugim. Ten górny był krótszy. Miał grubą, solidną rękojeść zrobioną ze skórzanych, nachodzących na siebie krążków. Między głownią a rękojeścią znajdował się mosiężny jelec; głowica również była wykonana z mosiądzu.

– Wyjmij go – polecił Halt – ale uważaj, jest ostry.

Will wyciągnął krótszy nóż z pochwy. Miał on dziwny kształt; wąskie u nasady ostrze w trzech czwartych długości rozszerzało się, tak że od strony głowni nóż był cięższy, a kończyło się ostrym czubkiem. Will popatrzył ciekawie na Halta.

– To do rzucania – wyjaśnił zwiadowca. – Głownia szeroka na końcu równoważy ciężar rękojeści. Dzięki temu łatwiej jest trafić. Patrz.

Płynnym ruchem sięgnął do pochwy wiszącej u pasa, dobył noża i rzucił nim w pobliskie drzewo.

Ostrze z głuchym łoskotem wbiło się w pień. Will był pełen podziwu dla zręczności Halta i szybkości, z jaką wykonał ten rzut.

– Jak można się tego nauczyć? – spytał.

– Ćwicząc.

Dał Willowi znak, żeby obejrzał drugi nóż.

Ten był dłuższy. Rękojeść wykonano w taki sam sposób, jak w pierwszym nożu, podobnie jak krótki i solidny jelec. Głownia była ciężka i prosta, bardzo ostra po jednej stronie, ciężka i gruba po drugiej.

– To na wypadek, gdyby nieprzyjaciel zdołał się zbliżyć – wytłumaczył Halt – choć o ile masz jako takie pojęcie o strzelaniu z łuku, nigdy do tego nie dojdzie. Ten nóż również nadaje się do rzucania, a przy tym możesz za jego pomocą sparować uderzenie miecza. Został wykuty przez jednego z najlepszych kowali królestwa. Dbaj o niego i pilnuj, żeby zawsze był ostry.

– Będę pilnował – zapewnił półgłosem uczeń, przyglądając się z podziwem trzymanemu w ręce nożowi.

– Jest bardzo podobny do noży skandyjskich, tamtejsi żeglarze nazywają je „saksami".

Will zmarszczył brwi na dźwięk nieznajomego sobie słowa, więc Halt wyjaśnił:

– To połączenie broni i narzędzia w jednym, coś w rodzaju żeglarskiego tasaka i zarazem ciężkiego noża. Miej jednak na uwadze – dodał – że pod względem jakości stali nasz oręż znacznie przewyższa broń skandyjską.

Will przyjrzał się nożowi dokładniej, zwracając uwagę na błękitnawy połysk klingi i wyczuwając doskonałe wyważenie broni. Skórzana okładzina rękojeści i mosiężny jelec mogły sprawić wrażenie, iż jest to najzwyklejszy duży nóż, jakich wiele, ale gdy przyjrzeć się uważniej, widać było, że ma się w ręce broń wyrafinowaną, o wiele subtelniejszą od ciężkich mieczy noszonych przez wojowników zamku Redmont.

Halt pokazał mu, jak przymocować podwójną pochwę do paska, żeby ręka odruchowo trafiała na rękojeści noży.

– A teraz – oznajmił – musisz tylko nauczyć się ich używać. Wiesz, co to znaczy, prawda?

Will skinął głową, szczerząc zęby w uśmiechu.

– Ćwiczyć, ćwiczyć i jeszcze raz ćwiczyć – stwierdził.

11
ROZDZIAŁ

Sir Rodney opierał się o ogrodzenie z bali otaczające obszar ćwiczeń i przyglądał się nowym kadetom Szkoły Rycerskiej, wprawiającym się w sztuce fechtunku. W zamyśleniu drapał się po brodzie, obserwując każdego z dwudziestu nowych rekrutów, lecz za każdym razem wzrok jego powracał do jednego z nich – barczystego, wysokiego chłopaka z sierocińca, którego przyjął na termin podczas ceremonii Wyboru. Przez chwilę nie mógł sobie przypomnieć jego imienia.

Horace. Tak, Horace.

Ćwiczenia odbywały się według ustalonego schematu. Każdy z chłopców, ubrany w kolczugę i hełm oraz uzbrojony w tarczę, miał za przeciwnika solidny drewniany słup wysokości człowieka, owinięty słomą i obity twardą skórą. W przekonaniu Rodneya ćwiczenie szermierki mieczem nie miało sensu bez obciążenia w postaci tarczy, hełmu i zbroi, które zawsze towarzyszy walczącym podczas bitwy. Uważał, że chłopcy powinni od razu się do niego przyzwyczaić, ucząc się, jak sobie radzić z ograniczeniami ruchu powodowanymi przez te osłony.

Poza kolczą zbroją, stalowym nakryciem głowy i pawężem, każdy z ćwiczących uzbrojony był przede wszystkim w ćwiczebny miecz pochodzący ze zbrojowni. Była to broń wykonana z drewna, nieprzypominające prawdziwego miecza, choć miała podobną, oprawioną w skórę rękojeść, a także jelec. W gruncie rzeczy były to długie, płaskie deski z twardego, sezonowanego drewna, ważyły jednak tyle samo co broń wykonana ze stali, cechowały się też wyważeniem, jakie posiadały prawdziwe miecze.

W miarę postępów w nauce adepci przechodzili później do ćwiczeń ze stalowymi mieczami, choć na razie miały one jeszcze głownie stępione na czubku i krawędziach. Póki co od tej chwili kadetów dzieliły jeszcze całe miesiące, podczas których następował odsiew kandydatów nienadających się do wojennego rzemiosła. Zazwyczaj około jedna trzecia uczniów Szkoły Rycerskiej odpadała podczas kluczowych trzech miesięcy morderczego treningu. Czasem postanawiał o tym sam uczeń; w innych przypadkach decyzję podejmował któryś z nauczycieli, a niekiedy nawet sam sir Rodney. Szkoła Rycerska rządziła się własnymi, twardymi zasadami.

Dziedziniec ćwiczebny rozbrzmiewał głuchym łomotem kijów o grubą, spłowiałą od słońca i stwardniałą od deszczu skórę. Sir Karel rzucał komendy, kierując ruchami swych podopiecznych.

Pięciu trzeciorocznych kadetów, którymi kierował sir Morto, asystujący sir Karelowi w nadzorze nad drylem szermierczym, przechadzało się wzdłuż rzędów ćwiczących, zwracając uwagę na szczegóły dotyczące podstawowych uderzeń mieczem: czasem poprawiali nieprawidłowo wykonany ruch, innym razem korygowali kąt uderzenia lub zwracali kadetowi uwagę, że trzyma tarczę zbyt daleko od siebie podczas zadawania ciosu.

Ćwiczenia były nudne i monotonne, w dodatku popołudniowe słońce grzało mocno. Były to jednak ćwiczenia niezbędne, bowiem od prawidłowego opanowania podstawowych uderzeń mogło zależeć życie lub śmierć każdego z tych chłopaków – kiedyś, w przyszłości. Teraz musieli je opanować do perfekcji, by wykonywać ruchy instynktownie, bez zastanowienia.

Karel wykrzykiwał komendy jednej z podstawowych sekwencji uderzeń. Przyglądając się Horace'owi, Rodney zauważył, że od czasu do czasu chłopak dodaje jeszcze jedno uderzenie, a pomimo to nie wypada z rytmu.

Karel rozpoczął właśnie kolejny zestaw ćwiczeń; sir Rodney przyglądał się uważnie Horace'owi.

– Pchnięcie! Z boku! Z lewej! Z prawej! Z lewej zza głowy!

Znowu! Gdy Karel rzucił komendę do ostatniego uderzenia, Horace wykonał je, lecz niemal natychmiast potem zadał jeszcze jedno, tym razem z tej samej strony, ale w bok wyimaginowanego przeciwnika, wykorzystawszy siłę odbicia drewnianego miecza od skórzanego manekina. Cios ten zadany był z tak zdumiewającą prędkością i siłą, że w czasie prawdziwej walki byłby nie do obrony, zabójczy dla potencjalnego przeciwnika, który żadną miarą nie zdążyłby opuścić tarczy uniesionej dla osłony przed poprzednim ciosem padającym z góry. Kolejne uderzenie z boku trafiłoby go niechybnie w nieosłonięte żebra. Już kilka minut wcześniej Rodney spostrzegł, że ten nowy chłopak dodaje nadliczbowe uderzenia do rutynowej sekwencji. Po raz pierwszy zauważył to kątem oka. Jego uwagę przyciągnęła jedynie minimalna zmiana rytmu, która wydarzyła się zbyt szybko, by ją odnotować.

– Spocznij! – zawołał Karel, a Rodney zauważył coś jeszcze: broń dzierżona w dłoniach niemal wszystkich opadła bezwładnie ku ziemi, a odpoczywający kadeci stali na sztywnych nogach, bezmyślnie czekając na dalszy ciąg; tymczasem Horace zachował pozycję gotowości bojowej z czubkiem drewnianego miecza uniesionym nieco ponad połowę wysokości swojego ciała i przestępował z nogi na nogę, nie rozluźniając się.

Najwyraźniej dodatkowe uderzenia Horace'a dostrzegł ktoś jeszcze. Sir Morton skinął na jednego ze starszych uczniów i zamienił z nim kilka słów, wskazując przy tym ręką w stronę Horace'a, który tego nie zauważył, wciąż skoncentrowany na manekinie treningowym imitującym „wroga". Wzdrygnął się, zaskoczony, gdy starszy kadet podszedł do niego.

– Ej, ty! Przy czternastym słupie. Co ty sobie wyobrażasz?

Na twarzy Horace'a odmalowało się zaskoczenie i zaniepokojenie. Żaden pierwszoroczny rekrut nie lubił, gdy ktoś z instruktorów lub ich asystentów zwracał na niego uwagę. Wszyscy aż nazbyt dobrze zdawali sobie sprawę z faktu, iż są nieustannie obserwowani, a niejeden odpadnie w trakcie szkolenia.

– Tak, panie? – spytał niespokojnym głosem, nie rozumiejąc, o co chodzi.

– Nie trzymasz się sekwencji. Masz wykonywać komendy sir Karela, zrozumiano?

Obserwujący wszystko uważnie Rodney był przekonany, że zdumienie Horace'a jest jak najbardziej szczere. Ramiona chłopaka poruszyły się, niemal nimi wzruszył, ale oczywiście nie pozwolił sobie na tak arogancki gest. Stał teraz na baczność z mieczem opartym o prawe ramię i tarczą w pozycji paradnej.

– Nie pojmuję, panie... – odezwał się znowu. Starszy kadet zaczynał się już złościć. On sam nie zauważył dodatkowych uderzeń wykonywanych przez Horace'a i najwyraźniej uznał, że młodszy chłopak pewnie po prostu tłukł mieczem na oślep, byle jak. Podszedł bliżej i wrzasnął prosto w twarz Horace'a, o wiele zbyt głośno jak na tak mały dystans:

– Sir Karel wydaje komendy, a ty masz je wykonywać! Co do joty! Zrozumiano?

– Ale... ja wykonywałem komendy – sprzeciwił się Horace, czerwony na twarzy jak burak. Wiedział, że spór z instruktorem do niczego dobrego nie prowadzi, ale zarazem był pewien, że wykonał każde z uderzeń zgodnie z komendami Sir Karela.

Rodney zdał sobie sprawę, że starszy uczeń znalazł się w niezręcznej sytuacji. Tak naprawdę nie wiedział, na czym polegał błąd Horace'a. Najprościej było pokryć swoje zmieszanie krzykiem i drwiną:

– Wszystko wykonałeś prawidłowo, tak? Co ty powiesz! No to może powtórz dla mnie całą sekwencję. Która to była?

Horace odpowiedział bez wahania:

– Sekwencja piąta, panie. Pchnięcie. Z boku. Z lewej. Z prawej. Z lewej zza głowy.

Starszy kadet wyraźnie nie wiedział, jak się zachować. Sądził, że Horace po prostu się zagapił i młócił słup treningowy bez żadnego porządku. Jednak, o ile dobrze sobie przypominał, chłopak powtórzył sekwencję bez żadnego błędu. Tak przynajmniej sądził. Sam już nie był pewien, tymczasem młodszy uczeń nie wahał się ani przez chwilę. Teraz wszyscy uczniowie patrzyli w ich stronę, jak zawsze zadowoleni, gdy ktoś inny był ganiony za niedopatrzenia, zdawało im się, że w ten sposób przeoczone zostaną ich własne niedociągnięcia.

– Co tu się dzieje, Paul? – Sir Morton, asystent prowadzącego zajęcia Karela był wyraźnie niezadowolony z powstałego zamieszania. Polecił starszemu kadetowi, by udzielił uczniowi reprymendy z powodu nieuwagi tamtego, nic więcej. Sprawa dawno powinna być już załatwiona. Tymczasem przerwa w zajęciach przeciągała się. Starszy kadet Paul wyprostował się na baczność.

– Panie, on twierdzi, że wykonał całą sekwencję – odpowiedział, kładąc nacisk na słowo „twierdzi". Horace już chciał zaoponować i powtórzyć, że naprawdę wszystko wykonał według rozkazów, ale w ostatniej chwili rozmyślił się i zamknął usta.

– Chwileczkę – Paul i sir Morton odwrócili się, nieco zaskoczeni. Nikt z nich dotąd nie zauważył sir Rodneya. Wszyscy w Szkole Rycerskiej bali się go jak ognia, szczególnie zaś młodsi uczniowie. Wszyscy stanęli na baczność, nawet Morton wyprostował ramiona.

Horace, zdenerwowany, przygryzł wargę. Czuł, że bardzo niewiele dzieli go od tego, by być usuniętym ze Szkoły Rycerskiej. Najpierw naraził się trzem kadetom z drugiego roku, którzy bezustannie zatruwali mu życie. Teraz zupełnie niepotrzebnie zwrócił na siebie uwagę starszego kadeta Paula i sir Mortona. No i w końcu samego Mistrza Sztuk Walki. Mało tego, nie miał pojęcia, na czym polegał jego błąd. Pamiętał, i to wyraźnie, że całą sekwencję wykonał dokładnie według komend.

– Czy pamiętasz sekwencję, kadecie Horace? – spytał Mistrz Rodney.

Kadet gorliwie skinął głową, a zdawszy sobie w następnej chwili sprawę, że nie jest to właściwy sposób zwracania się do przełożonego, odpowiedział:

– Tak, panie. To była piąta sekwencja, panie.

Rodney odnotował, że Horace po raz drugi wymienił numer ćwiczenia. Gotów byłby się założyć, że żaden inny z uczniów nie byłby w stanie określić, którą sekwencję z podręcznika walki na miecze właśnie wykonał. Co więcej, podejrzewał, że starsi kadeci również mieliby z tym trudności. Sir Morton chciał coś powiedzieć, ale Rodney uniósł dłoń, by go powstrzymać.

– Powtórz ją dla nas – polecił. W jego oschłym głosie nie było słychać ani cienia zainteresowania, jakie wzbudził w nim ten rekrut. Wskazał dłonią słup treningowy.

– Zajmij pozycję. Wywołuj komendy i wykonuj. Zaczynaj!

Horace wykonał sekwencję bezbłędnie, wykrzykując nazwy poszczególnych uderzeń.

– Pchnięcie! Z boku! Z lewej! Z prawej! Z lewej zza głowy!

Ćwiczebny miecz walił w skórę w doskonałym rytmie, wszystkie uderzenia zostały wykonane bez zarzutu. Jednak tym razem – jak zauważył Rodney – dodatkowego ciosu nie było. Horace nie wykonał owego szybkiego jak błyskawica cięcia z boku. Mistrz miał wrażenie, że wie, dlaczego. Tym razem Horace skupiał się na prawidłowym wykonaniu ćwiczenia, natomiast poprzednio działał instynktownie.

Sir Karel, zdziwiony interwencją sir Rodneya w zwykłe, rutynowe ćwiczenia, podszedł ku nim wzdłuż szeregów uczniów czekających przy słupach treningowych na dalszy ciąg zajęć. Jego brwi uniosły się w niemym pytaniu, skierowanym do sir Rodneya. Jako członek rycerskiej starszyzny mógł sobie pozwolić na taką poufałość w stosunku do dowódcy. Mistrz Sztuk Walki znów uniósł dłoń. Nie życzył sobie, by w tej chwili cokolwiek rozpraszało uwagę Horace'a. Z drugiej jednak strony odpowiadało mu, że świadkiem tego, co – był tego pewien – za chwilę się wydarzy, będzie również sir Karel.

– Jeszcze raz – polecił tym samym oschłym głosem i Horace znów wykonał całe ćwiczenie. Gdy skończył, głos Rodneya zabrzmiał jak trzaśnięcie z bicza: – Jeszcze raz!

I znów Horace wykonał piątą sekwencję. Tym razem, gdy tylko skończył, Rodney wykrzyknął:

– Trzecia sekwencja!

– Pchnięcie! Pchnięcie! Krok w tył! Zasłona! Wziąć cios na tarczę! Cięcie z boku! – wykrzykiwał Horace, wykonując jednocześnie kolejne ruchy.

Teraz Rodney mógł z bliska zobaczyć, z jaką lekkością porusza się ten chłopak na ugiętych nogach, jak sprawnie i nieomylnie działa miecz w jego dłoniach. Nie zdając sobie z tego sprawy, Horace wykonał tę sekwencję niemal o połowę prędzej niż pod komendę nauczyciela.

Karel napotkał spojrzenie Rodneya i skinął głową z uznaniem. Rodney jednak jeszcze nie skończył. Nim Horace zdążył się zastanowić, znów kazał mu powtórzyć piątą sekwencję.

– Pchnięcie! Z boku! Z lewej! Z prawej! Z lewej zza głowy!

– Z lewej z boku! – krzyknął nagle sir Rodney i w tej samej chwili miecz Horace'a niemal sam z siebie wykonał to właśnie śmiercionośne cięcie.

Sir Rodney usłyszał ciche okrzyki zdumienia, które wydali Morton i Karel. Obaj zdali sobie sprawę ze znaczenia tego, co właśnie ujrzeli. Starszy kadet Paul, jak się zdawało, nie był równie spostrzegawczy. Dostrzegł tylko tyle, że uczeń wykonał dodatkowe polecenie ze strony Mistrza Sztuk Walki. Przy tym najwyraźniej wykonał je prawidłowo, z całą pewnością można było powiedzieć, że wie, który koniec miecza do czego służy. Jednak niczego więcej kadet już nie spostrzegł.

– Spocznij! – rozkazał sir Rodney; tym razem Horace opuścił koniec miecza na ziemię, opierając dłoń o głowicę rękojeści i stawiając stopę za mieczem, w paradnej pozycji na „spocznij". – Powiedz mi, Horace – spytał bezbarwnym głosem mistrz – czy pamiętasz, że zanim się pojawiłem, dodałeś to cięcie boczne, wykonując piątą sekwencję?

Horace zmarszczył brwi, a potem jego oblicze rozjaśniło się: zaczynał coś z tego wszystkiego rozumieć. Nie był jeszcze pewien, ale teraz, skoro Mistrz Sztuk Walki mu to przypomniał, uzmysłowił sobie, że może rzeczywiście, w samej rzeczy dopuścił się takiego wykroczenia.

– Eee... tak, panie. Tak mi się zdaje. Proszę o wybaczenie. To niechcący. Jakoś tak... samo mi wyszło.

Rodney rzucił szybkie spojrzenie nauczycielom fechtunku. Widział po ich oczach, że doskonale pojęli, co się wydarzyło. Skinął w ich stronę głową, bez słowa nakazując, by zachowali w tej sprawie milczenie – przynajmniej na razie.

– No cóż, nic się nie stało. Ale odtąd pilnuj się i wykonuj tylko takie uderzenia, do jakich sir Karel wydaje komendy, dobrze?

Horace wyprężył się na baczność.

– Tak jest, panie! Proszę o wybaczenie – dodał, zwracając się do sir Karela, który w odpowiedzi machnął niedbale ręką.

– Już dobrze. Tylko na przyszłość uważaj – Karel skłonił się lekko sir Rodneyowi, wyczuwając, że mistrz zamierza już się oddalić. – Dziękuję, sir. Czy możemy kontynuować zajęcia?

Sir Rodney skinął głową.

– Tak, fechtmistrzu, proszę sobie nie przeszkadzać – zaczął już odchodzić, ale w następnej chwili odwrócił się, jakby coś sobie przypominając, i dodał niedbałym tonem: – A przy okazji, czy zechciałbyś odwiedzić mnie w mojej kwaterze po zakończeniu dzisiejszych lekcji?

– Oczywiście, sir – odpowiedział Karel, również tonem pozbawionym jakichkolwiek emocji. Było jasne, że sir Rodney chce z nim omówić zjawisko, którego był świadkiem, natomiast nie życzy sobie, żeby Horace zdał sobie sprawę z jego zainteresowania.

Sir Rodney niespiesznym krokiem oddalił się w swoją stronę, czyli ku głównej siedzibie Szkoły Rycerskiej. Za sobą słyszał wpierw rozkazy wykrzykiwane przez Karela, a w następnej chwili monotonne „łup, łup, łup-łup-łup" kijów walących o ćwiczebne słupy.

ROZDZIAŁ 12

Halt przyjrzał się tarczy, do której strzelał Will i kiwnął głową.

– Całkiem nieźle – stwierdził. – Strzelasz coraz lepiej.

Will nie mógł powstrzymać uśmiechu. Ze strony Halta była to doprawdy niezwykła pochwała. Zwiadowca zauważył zadowolenie chłopca i natychmiast dodał:

– Jeśli będziesz ćwiczył – to znaczy ćwiczył bardzo dużo – być może uda ci się osiągnąć mierny poziom.

Will nie był do końca pewien, co znaczy słowo „mierny”, ale chyba nie było to nic szczególnego. Uśmiech zniknął z jego twarzy, a Halt zmienił temat:

– Dość już na dzisiaj strzelania. Idziemy – oznajmił i ruszył przed siebie wąską ścieżką biegnącą przez las.

– Idziemy? Ale dokąd? – dopytywał się Will, prawie biegnąc, by dotrzymać kroku zwiadowcy.

Halt spojrzał w górę, ku koronom drzew.

– Dlaczego ten chłopak zadaje tak wiele pytań? – spytał.

Rzecz jasna, żadne z drzew nie udzieliło mu odpowiedzi.

Szli przez mniej więcej godzinę, aż dotarli do jakichś zabudowań ukrytych głęboko w lesie.

Will miał wielką ochotę zadać kolejne pytania, które cisnęły mu się na usta, ale poznał swego opiekuna na tyle, żeby wiedzieć, iż w tej chwili nie ma szansy na żadną odpowiedź, toteż trzymał język za zębami, uzbrajając się w cierpliwość. Przecież prędzej czy później i tak się dowie, co sprowadziło ich w tę głuszę.

Halt podszedł do największej z chat i zatrzymał się, dając znak Willowi, by uczynił to samo.

– Hola, jest tam kto? – zawołał.

Will usłyszał, że wewnątrz ktoś się porusza, a po chwili w drzwiach pojawiła się pomarszczona, przygarbiona postać. Mężczyzna miał długą, potarganą brodę w kolorze brudnej bieli. Był niemal całkowicie łysy. Gdy zbliżył się, szczerząc zęby i kłaniając się raz po raz na powitanie Halta, Will wstrzymał oddech. Ten człowiek cuchnął jak stajnia. W dodatku niezbyt czysta.

– Witaj, zwiadowco! – odezwał się gospodarz. – Kogóż to mi przyprowadziłeś?

Popatrzył życzliwie na Willa. Jego oczy błyszczały i obserwowały.

– To jest Will, mój nowy uczeń – przedstawił chłopaka Halt. – Willu, to jest Stary Bob.

– Dzień dobry panu – chłopak przywitał się grzecznie. Starzec zaśmiał się.

– Mówi do mnie „pan”! Słyszałeś, zwiadowco, nazywa mnie „panem”! Z tego urwisa będzie zwiadowca nie lada!

Will uśmiechnął się. Może Stary Bob i był brudny, ale miał w sobie coś, co budziło sympatię; może fakt, że najwyraźniej nie czuł się onieśmielony w obecności Halta. Will nie przypominał sobie, by do ponurego zwiadowcy ktoś zwracał się równie swobodnym tonem. Halt mruknął coś niecierpliwie pod nosem.

– Są gotowe? – spytał. Starzec znów roześmiał się i kilkakrotnie skinął głową.

– Gotowe, jeszcze jak gotowe! – rzekł. – Chodź za mną, to je zobaczysz.

Zaprowadził ich na tyły chaty, gdzie znajdował się niewielki ogrodzony wybieg, w rogu którego stała wiata, złożona tylko z dachu i czterech podtrzymujących go słupów. Stary Bob gwizdnął przeraźliwie – aż Will się wzdrygnął.

– Oto one – wskazał w stronę wiaty.

Will ujrzał dwa małe koniki, biegnące truchtem ku przyzywającemu je starcowi. Gdy podeszły, zorientował się, że jeden z nich jest koniem normalnych rozmiarów, a drugi kucykiem. Jednak oba były niewielkie, kudłate i w niczym nie przypominały ognistych, potężnych koni bojowych, na których baron oraz jego rycerze wyruszali do walki.

Ten większy natychmiast podbiegł do Halta. Zwiadowca poklepał go po szyi i wręczył jabłko z kosza stojącego obok płotu. Koń schrupał je z wyraźną przyjemnością. Halt pochylił się i wyszeptał kilka słów do ucha zwierzęcia. Na to koń potrząsnął łbem i zarżał, jak gdyby zwiadowca opowiedział mu jakiś tylko dla niego przeznaczony dowcip.

Kucyk przyjął jabłko od Starego Boba, a potem łypnął dużym, rozumnym okiem w stronę Willa.

– Ten tutaj nazywa się Wyrwij. Tak jakby na twoją miarę, nie?

Podał zrobione z liny wodze Willowi, który ujął je i popatrzył w oczy konika. Stał przed nim drobnej budowy, kudłaty zwierzak o krótkich, lecz krzepkich nogach. Jego tułów miał beczkowaty kształt. Grzywa i ogon zwierzęcia dawno nie widziały grzebienia. Ogólnie kucyk nie robi piorunującego wrażenia – stwierdził w myśli Will.

Od niepamiętnych czasów w marzeniach Willa pojawiał się rumak, którego kiedyś będzie dosiadał, ruszając w bój: wielki i dumny, czarny jak smoła, wypucowany i lśniący niczym czarny pancerz.

Wydawało się, że konik wyczuwa jego myśli. Dotknął delikatnie pyskiem ramienia chłopca.

Może za wielki nie jestem, ale coś mi się zdaje, że potrafię cię zaskoczyć – mówiły jego oczy.

– No? – odezwał się Halt. – Co o nim sądzisz? – głaskał drugiego konia po pysku. Najwyraźniej byli starymi przyjaciółmi. Will zawahał się. Nie chciał nikogo urazić.

– No... jest dosyć mały – stwierdził w końcu.

– Tak jak ty – zauważył Halt. Will nie potrafił wymyślić na to żadnej odpowiedzi. Stary Bob zaniósł się od śmiechu.

– Nie jest to koń bojowy, co, chłopcze?

– No... raczej nie – wybąkał Will. Bob przypadł mu do gustu, a czuł, że jakiekolwiek słowa krytyki w stosunku do kucyka staruszek może potraktować jako obrazę własnej osoby. Jednak Stary Bob tylko się zaśmiał.

– Pewnie, że nie, ale jest o niebo wytrzymalszy od tych wszystkich wyelegantowanych bojowych rumaków! – stwierdził z dumą. – Jest mocny. Będzie biegł jeszcze przez cały dzień, gdy tamte dawno już padną.

Will popatrzył z powątpiewaniem na zwierzaka.

– Z pewnością – przyznał grzecznie.

Halt oparł się o ogrodzenie wybiegu.

– Sam się przekonaj – zaproponował. – Przecież szybko biegasz. Puść go luzem, zobaczymy, czy dasz radę go złapać.

Will zorientował się, że zwiadowca chce go wystawić na próbę. Wypuścił wodze. Konik, jakby zdając sobie sprawę, że uczestniczy w czymś na kształt sprawdzianu, pomknął lekko na środek wybiegu. Will dał nura pod ogrodzeniem i wolnym krokiem zbliżył się do konika. Wyciągnął dłoń przed siebie.

– Dobry konik – powiedział. – Stój spokojnie.

Wyciągnął rękę po wodze, ale kucyk dał susa w bok, potem w drugą stronę, obiegł zręcznie Willa i znalazł się tuż za nim, ale poza jego zasięgiem.

Will spróbował ponownie.

I znów kucyk bez trudu mu się wymknął. Chłopak zaczął zdawać sobie sprawę, że robi z siebie głupca. Podszedł jednak do konika, który cofał się i cofał, zbliżając do jednego z rogów ogrodzenia. A potem, kiedy Willowi już się zdawało, że go ma, przemknął tuż obok i wydostał się na otwartą przestrzeń.

Will tracił cierpliwość i pobiegł za nim. Rozbawiony konik zarżał radośnie, umykając chłopcu bez większego trudu. Najwyraźniej świetnie się bawił.

Sytuacja taka powtórzyła się jeszcze kilkakrotnie. Will podchodził do kucyka, który wymykał się, odskakiwał i uciekał. Nie sposób było go schwytać, choć wybieg był niewielki.

W końcu Will dał za wygraną. Zdawał sobie sprawę, że Halt obserwuje go uważnie. Zastanowił się przez chwilę... Nigdy nie uda mu się złapać tak szybkiego i zwinnego konika jak ten. Na pewno jest jakiś inny sposób...

Jego wzrok spoczął na koszu z jabłkami stojącym za płotem. Podbiegł do ogrodzenia, przeszedł pod nim i sięgnął po jabłko. Powrócił na wybieg i wyciągnął dłoń, w której trzymał owoc.

– No, chodź.

Wyrwij postawił uszy. Lubił jabłka. Miał też wrażenie, że będzie lubić tego chłopca, który umie się bawić. Potrząsnął głową z aprobatą, podbiegł truchtem i ostrożnie wziął jabłko. Will pochwycił uzdę; konik nie stawiał oporu, najwyraźniej całkowicie zaabsorbowany chrupaniem. Miał wręcz błogi wyraz pyska – o ile można tak powiedzieć o koniu.

Will spojrzał w stronę Halta, który kiwnął głową.

– Dobrze pomyślane – przyznał zwiadowca. Stary Bob szturchnął go pod żebra.

– Bystry chłopak! – zachichotał. – Bystry i uprzejmy! Będzie z nich dobrana para, no nie?

Will pogłaskał kucyka po włochatej szyi i sterczących uszach.

– Dlaczego nazywa się Wyrwij? – spytał, zwracając się do Boba.

W tej samej chwili ramię Willa zostało niemal wyrwane ze stawu, gdy konik szarpnął głową do tyłu. Will zachwiał się i z trudem odzyskał równowagę. Śmiech Boba odbijał się echem po polanie.

– Sam zgadnij! – zawołał, wyraźnie zachwycony.

Jego śmiech był zaraźliwy, Will mimo woli też się uśmiechnął. Halt rzucił okiem na słońce, które szybko chyliło się ku zachodowi, chowając się za drzewami, okalającymi łąkę Starego Boba i ciągnące się dalej mokradła.

– Zaprowadź go do wiaty. Bob pokaże ci, jak się nim opiekować i zakładać uprząż – stwierdził Halt. Następnie zaś dodał, zwracając się do starca – zostaniemy na noc, jeśli to ci nie sprawi kłopotu, dobrze?

Stary koniarz był wyraźnie zadowolony z takiego rozwoju wypadków.

– Rad będę waszemu towarzystwu. Spędzam tyle czasu z końmi, że sam zaczynam się uważać za jednego z nich. – W tej samej chwili machinalnie sięgnął po jabłko, które zaczął jeść, zupełnie tak samo jak Wyrwij parę minut wcześniej. Halt spoglądał na niego z uniesionymi brwiami.

– Kto wie, może zjawiliśmy się w samą porę – zauważył. – W takim razie jutro przekonamy się, czy Will zdoła dosiąść Wyrwija, skoro już potrafi go schwytać.

Coś mówiło zwiadowcy, że tej nocy jego ucznia czeka niespokojny sen.

Nie mylił się. W chatce Starego Boba były tylko dwa pokoje, więc po wieczerzy Halt wyciągnął się na podłodze przy kominku, a Will umościł się na ciepłej, czystej słomie w stajni, nasłuchując cichego parskania obu koni. Księżyc wzeszedł, a potem zaszedł, a on wciąż nie spał, rozmyślając i zastanawiając się nad tym, co miał przynieść następny dzień. Czy zdoła w ogóle dosiąść Wyrwija? Nigdy dotąd nie jechał konno. Czy natychmiast spadnie na ziemię?

Czy się przy tym potłucze? Gorzej, czy się nie ośmieszy? Polubił Starego Boba i nie chciał się przed nim wygłupić. Przed Haltem również – z czego zdał sobie sprawę z niejakim zaskoczeniem. Wciąż jeszcze zastanawiał się, w którym momencie opinia Halta stała się dlań tak ważna, gdy wreszcie zapadł w sen.

Rozdział 13

Sam widziałeś. Co o tym sądzisz? – spytał sir Rodney. Karel sięgnął po stojący na stole dzban i nalał sobie kolejny kufel piwa. Kwatera Rodneya urządzona była skromnie, wręcz po spartańsku, zwłaszcza jeśli wziąć pod uwagę, jak wysokie stanowisko zajmował na zamku. Mistrzowie Szkół Rycerskich w innych lennach korzystali ze swej pozycji i otaczali się luksusem, jednak Rodney był od tego jak najdalszy. W jego pokoju stał tylko sosnowy stół, służący za biurko, wokół którego ustawiono sześć zwykłych, prostych krzeseł.

Oczywiście, w rogu widniał kominek, bo choć Rodney był zwolennikiem umiaru i prostoty, nie zamierzał się umartwiać, a zimy w Zamku Redmont nie należały do łagodnych. Teraz jednak trwała pełnia lata, toteż grube, kamienne ściany zamkowych zabudowań zapewniały przyjemny chłód. Gdy nadchodziły mrozy, te same mury zatrzymywały ciepło płonącego w kominku ognia. Okno z wykuszem wychodziło na plac ćwiczebny Szkoły Rycerskiej. Naprzeciw niego znajdowały się drzwi, zasłonięte grubą kotarą, za którymi mieściła się sypialnia Rodneya, a w niej proste, żołnierskie łóżko i jeszcze kilka drewnianych mebli. Wystrój wnętrza był nieco bardziej wyszukany, gdy żyła jeszcze jego żona, Antoinette, lecz gdy umarła kilka lat przed opisywanymi przez nas wypadkami, pokoje na nowo przybrały swój kawalerski charakter i nie ostało się w nich nic, co służyłoby tylko ozdobie, a nie miało użytecznego charakteru.

– Widziałem – przyznał Karel. – Nie jestem pewien, czy powinienem wierzyć własnym oczom, ale w rzeczy samej, widziałem.

– Zaledwie raz – zauważył Rodney. – Tymczasem on czynił to po wielekroć, w dodatku przekonany jestem, że nie zdawał sobie z tego sprawy.

– Równie szybko, jak wtedy, gdy patrzyłem? – spytał Karel.

– Rzekłbym, że szybciej – odparł Rodney. – Włączał do sekwencji dodatkowe uderzenie, nie wypadając przy tym z rytmu. – Zawahał się przez chwilę, aż wreszcie wypowiedział na głos to, o czym obaj myśleli: – Ten chłopak to urodzony szermierz.

Karel w zamyśleniu przechylił głowę. Widział to na własne oczy, nie było powodu się spierać. Skoro mistrz obserwował chłopaka przez dłuższy czas podczas ćwiczeń, z pewnością nie rzucał słów na wiatr. Określenie

„urodzony szermierz" w języku zawodowych żołnierzy oznaczało człowieka obdarzonego niezwykle rzadką cechą, wyjątkowym talentem. Dla takich ludzi sztuka fechtunku nabierała całkiem innych wymiarów, stając się nie tyle umiejętnością, co szczególnym darem, instynktownym geniuszem.

Spośród takich właśnie ludzi rekrutowali się mistrzowie miecza. Doświadczeni wojownicy, jak sir Rodney czy sir Karel, należeli do wytrawnych szermierzy, jednak nie mogli równać się z maestrią fechtmistrza obdarzonego prawdziwym talentem, dla którego broń stanowiła nie tylko przedłużenie ciała, ale również nieodłączny element jaźni. W ręku kogoś takiego miecz osiągał doskonałą jedność oraz harmonię z umysłem szermierza, poruszając się szybciej niż świadoma myśl. Urodzeni fechtmistrze posiadali szczególną zdolność wyczucia rytmu i równowagi, nieosiągalną dla zwykłych śmiertelników.

Sprawiało to, że na ich nauczycielach, spoczywała szczególna odpowiedzialność. Naturalne uzdolnienia tego typu należało troskliwie pielęgnować i rozwijać, a służył temu specjalny, długoterminowy program ćwiczeń, dzięki któremu wojownik, z natury już dysponujący ogromnymi możliwościami, mógł przekształcić ten potencjał w niezrównane mistrzostwo.

– Czy na pewno? – spytał wreszcie Karel Rodneya, który wyglądał przez okno, przywołując w pamięci szybkie jak błyskawica dodatkowe uderzenia, wykonywane przez chłopca.

– Jestem pewien – odparł mistrz bez chwili namysłu. – Musimy powiedzieć Wallace'owi, że od następnego semestru będzie miał nowego ucznia.

Wallace był głównym nauczycielem szermierki w Szkole Rycerskiej Zamku Redmont i to jemu w udziale przypadała odpowiedzialność ostatecznego szlifowania podstawowych umiejętności wpajanych przez Karela i innych. Gdy zaś trafiał się wyjątkowo uzdolniony uczeń – a Horace niewątpliwie do takowych należał – udzielał mu wówczas prywatnych lekcji zaawansowanych technik szermierczych. Karel w zamyśleniu przygryzł dolną wargę, rozmyślając nad słowami sir Rodneya.

– Nie wcześniej? – zdziwił się. Od następnego semestru dzieliło ich jeszcze niemal trzy miesiące. – Przecież mógłby zacząć już teraz. Z tego, co widziałem, podstawy opanował do perfekcji.

Jednak Rodney potrząsnął głową.

– Nie poznaliśmy jeszcze tak naprawdę jego charakteru – stwierdził. – Zdaje się, że to chłopak do rzeczy, ale nigdy nic nie wiadomo. Jeśli miałoby się okazać, że z jakichś względów nie kwalifikuje się do dalszej nauki, nie chciałbym, żeby posiadł umiejętności, jakie może nabyć u Wallace'a.

Po namyśle Karel musiał zgodzić się z przełożonym. W istocie, Horace mógł zostać usunięty z grona uczniów z takiej czy innej przyczyny. Wówczas mógłby stanowić nie lada kłopot, o ile nie niebezpieczeństwo, zwłaszcza jeśli będzie miał już wstępne kwalifikacje zaawansowanego szermierza. Uczniowie usunięci ze szkoły często żywili silną urazę...

– Słusznie powiadacie, panie – zgodził się Karel. Dopił resztki piwa dwoma szybkimi łykami, odstawił kufel na stół i wstał. – Cóż, na mnie już czas. Mam kilka raportów do napisania.

– A kto nie ma? – rzekł z niejakim rozdrażnieniem w głosie sir Rodney; obaj przyjaciele wymienili gorzkie uśmiechy. – Nigdy bym się nie spodziewał, że prowadzenie Szkoły Rycerskiej wymaga aż tyle papierkowej roboty – stwierdził, a Karel żachnął się.

– Czasem wydaje mi się, że powinniśmy zapomnieć o szkoleniu rycerskim, wystarczy przecież cisnąć wszystkimi tymi papierami w nieprzyjaciela, a nigdy się spod nich nie wygrzebie.

Zasalutował niedbale – dotykając tylko jednym palcem czoła; między tak dobrymi przyjaciółmi służbowe formalności były zbędne. Odwrócił się i ruszył ku drzwiom. Zatrzymał się jednak, bo Rodney na zakończenie wymiany zdań dodał jeszcze:

– Miej chłopaka na oku – polecił – ale nie pozwól, żeby się zorientował.

– Jasne – zgodził się Karel. – Na razie, nie chcemy, żeby uważał się za kogoś wyjątkowego.

W tej akurat chwili Horace wcale nie miał przekonania, że traktowany jest w jakiś szczególny sposób, w każdym razie nie w pozytywnym znaczeniu tego słowa. Miał za to wrażenie, że jakimś zrządzeniem losu bezustannie ściąga na swą głowę kłopoty.

Wieść o dziwnej scenie, jaka rozegrała się podczas ćwiczeń, rozeszła się po szkole. Jego towarzysze, nie zrozumiawszy jej znaczenia, byli przekonani, iż Horace w jakiś sposób naraził się dyrektorowi szkoły i teraz należało spodziewać się nieuniknionej kary. Wiedzieli przy tym, że w pierwszym semestrze, jeśli któryś z nich dopuści się wykroczenia, będzie za to odpowiadać cała klasa. W rezultacie atmosfera w była, łagodnie mówiąc, dość napięta. Horace w końcu nie wytrzymał i opuścił sypialnię, zamierzając udać się nad rzekę, by uniknąć nieprzychylnych spojrzeń towarzyszy. Niestety, niemal natychmiast wpadł w otwarte ramiona Aldy, Bryna i Jerome'a.

Jego trzej prześladowcy usłyszeli mocno zniekształconą wersję opowieści o tym, co wydarzyło się podczas ćwiczeń. Uznali, że Horace został zganiony za nieudolność w posługiwaniu się mieczem i postanowili go za to ukarać na swój sposób.

Nawiasem mówiąc, dobrze wiedzieli, że ich postępowanie wcale niekoniecznie musiałoby zyskać aprobatę nauczycieli Szkoły Rycerskiej. Jednak Horace, jako nowicjusz, nie zdawał sobie sprawy, że sir Rodney i jego podwładni starali się zwalczać tego typu przejawy pastwienia się nad młodszymi kadetami. Tymczasem Horace uznał w prostocie ducha, że wszystko odbywa się zgodnie z założeniami wychowawczymi szkoły i pogodził się z takim stanem rzeczy, nie sprzeciwiając się prześladowaniom i obelgom.

Dlatego też i tym razem pozwolił trzem kadetom z drugiego roku zaprowadzić się nad brzeg rzeki z dala od zamku, poza zasięgiem wzroku nauczycieli – co było poniekąd ironią losu, bowiem tam właśnie zamierzał się wybrać, by uniknąć niechcianego towarzystwa.

Alda, Bryn i Jerome kazali mu wejść do rzeki, aż woda sięgała mu powyżej kolan, a potem stanąć na baczność.

– Dzidziuś nie umie posługiwać się mieczem – oznajmił Alda.

– Dzidziuś rozgniewał mistrza – podjął Bryn. – Dzidziuś nie nadaje się do Szkoły Rycerskiej. Takim dzieciom nie powinno się dawać miecza do zabawy.

– Zamiast tego powinien rzucać kamieniami – zakończył kpiącym tonem Jerome. – Dzidziusiu, weź kamień.

Horace zawahał się, rozejrzał się dookoła. Dno rzeki było kamieniste, schylił się więc, przy czym zmoczył rękaw i górną część kurty.

– Nie taki mały, dzidziusiu – Alda wykrzywił się w sarkastycznym uśmiechu. – Jesteś już przecież duży, dzidziusiu, więc weź duży kamień.

– Bardzo duży kamień – przytaknął Bryn, pokazując rękami, jak wielki głaz ma podnieść Horace. Chłopak schylił się znów i ujął dłońmi widoczny w kryształowo czystej wodzie pokaźnych rozmiarów kamień. Popełnił błąd, bo o ile pod wodą łatwo go było podnieść, to uniesienie kamienia nad jej powierzchnię sprawiło mu niemały kłopot. Stęknął od wysiłku.

– Pokaż go, dzidziusiu – polecił Jerome. – Podnieś do góry.

Horace wytężył siły – prąd w rzece był bystry, toteż niełatwo mu było utrzymać równowagę z takim ciężarem – a potem uniósł kamień na wysokość piersi, by prześladowcy mogli mu się przyjrzeć.

– Może być, dzidziusiu – stwierdził Alda. – Unieś go nad głowę.

Horace z trudem dźwignął głaz, który z każdą sekundą wydawał się coraz cięższy, jednak udało mu się unieść go nad głowę ku satysfakcji dręczycieli.

– Dobrze, dzidziusiu – pochwalił Jerome, a Horace odetchnął z ulgą i zaczął opuszczać kamień na dół. –

A co ty wyprawiasz? – oburzył się Jerome. – Powiedziałem, że jest dobrze. Więc tak ma zostać.

Horace wytężył siły i znów poddźwignął kamień nad głowę, wyprostowując ramiona. Alda, Bryn i Jerome wyrazili łaskawie swoją aprobatę.

– Teraz będziesz tak stał – powiadomił go Alda – dopóki nie doliczysz do pięciuset. Potem możesz sobie wracać do sypialni.

– Zacznij liczyć – rozkazał Bryn, zachwycony tym pomysłem.

– Jeden, dwa, trzy... – zaczął Horace, ale niemal od razu zakrzyczeli go.

– Nie tak prędko, dzidziusiu! Powoli i porządnie. Jeszcze raz, od początku.

– Jeden... dwa... trzy...

– Tak już lepiej. Policzysz teraz grzecznie do pięciuset, a potem możesz iść – powiadomił go Alda.

– Tylko nie próbuj szachrować, bo się o tym dowiemy – zagroził Jerome. – A wtedy będziesz liczył do tysiąca.

Trzej kadeci, śmiejąc się i dowcipkując, ruszyli ku swoim kwaterom. Horace tymczasem stał w wodzie, jego ramiona drżały od ciężaru kamienia, oczy były pełne łez upokorzenia. W pewnej chwili stracił równowagę i runął jak długi do wody. Potem, kiedy całe jego ubranie było już przemoczone, jeszcze trudniej było trzymać kamień nad głową, ale przemógł się i wytrzymał. Nie mógł być pewien, czy nie czekają gdzieś w ukryciu i nie obserwują go; wówczas za nieposłuszeństwo czekałaby go dodatkowa kara.

Jeśli tak być musi, to trudno – pomyślał. Obiecał sobie jednak, że przy pierwszej nadarzającej się okazji ktoś drogo mu zapłaci za te wszystkie upokorzenia.

Znacznie później, przemoczony do suchej nitki, z obolałymi rękami i bolesną zadrą w sercu, zakradł się do swej sypialni. Było już o wiele za późno na wieczorny posiłek, ale mało go to obchodziło. I tak był zbyt przygnębiony, żeby cokolwiek przełknąć.

ROZDZIAŁ 14

Przeprowadź go kawałek – polecił Halt.

Kudłaty kucyk spoglądał na Willa bystrymi oczami.

– Chodź – powiedział Will i pociągnął za lejce. Wyrwij natychmiast zaparł się przednimi nogami i nie ruszył się z miejsca. Will pociągnął mocniej, używając całego ciężaru ciała, by zmusić upartego konika do ruchu.

Stary Bob zanosił się od śmiechu.

– Przecież on jest silniejszy od ciebie! – zauważył.

Will poczuł, że czerwieni się ze wstydu. Pociągnął mocniej. Wyrwij zastrzygł tylko uszami i ani drgnął. Nie sposób było go zmusić, by uczynił choćby krok.

– Nie patrz na niego – poradził spokojnym głosem Halt. – Trzymaj linę w ręce i idź do przodu. Pójdzie za tobą.

Will odwrócił się plecami do Wyrwija i ruszył przed siebie, mocno trzymając linę. Konik od razu podreptał za nim. Will spojrzał na Halta z uśmiechem. Zwiadowca wskazał ruchem głowy ogrodzenie po przeciwległej stronie wybiegu. Will spojrzał tam i ujrzał niewielkie siodło przewieszone przez górną belkę.

– Osiodłaj go – rzekł zwiadowca.

Wyrwij potulnie potruchtał za Willem. Chłopiec przywiązał wodze do ogrodzenia i umieścił siodło na grzbiecie kucyka. Pochylił się, by zapiąć pasy siodła pod brzuchem wierzchowca.

– Zaciągnij popręgi mocno i starannie! – poradził Stary Bob.

Gdy siodło było już umocowane na swoim miejscu, Will spojrzał z wyczekiwaniem na Halta.

– Czy mogę się na nim przejechać? – spytał.

Zwiadowca w zamyśleniu pogładził się po brodzie, po czym odpowiedział:

– Jeśli uważasz, że to dobry pomysł, spróbuj.

Will zawahał się przez moment. To zdanie coś mu przypominało, jednak nie mógł się doczekać, by siąść na końskim grzbiecie i niecierpliwość wzięła górę nad ostrożnością. Wsunął stopę w strzemiono i zręcznie przerzucił ciężar ciała nad grzbietem konika. Wyrwij stał bez ruchu.

– Naprzód! – zawołał Will, uderzając piętami w jego boki.

Jeszcze przez chwilę nic się nie działo. A potem Will poczuł, jak przez całe ciało konika przebiegło coś na kształt drżenia.

Nagle Wyrwij wygiął grzbiet w łuk i skoczył w powietrze, odrywając się od ziemi wszystkimi czterema kopytami jednocześnie. Następnie skręcił się gwałtownie na bok, wylądował na przednich nogach, a tylnymi wierzgnął gwałtownie w stronę nieba. Will przeleciał nad uszami kucyka, wykonał salto w powietrzu i walnął plecami o ziemię. Podniósł się z trudem, rozmasowując obolały grzbiet.

Wyrwij stał opodal z postawionymi uszami i przyglądał mu się z życzliwym zaciekawieniem.

Ejże, co ci strzeliło do głowy, żeby wyprawiać takie głupoty? – zdawały się mówić jego oczy.

Stary Bob opierał się o ogrodzenie i śmiał się, wielce uradowany. Will popatrzył na Halta.

– Co zrobiłem źle? – spytał. Halt przeszedł pod belkami ogrodzenia i zbliżył się do miejsca, gdzie stał Wyrwij, przyglądający się im obu z wyczekiwaniem. Zwiadowca podał wodze Willowi i położył rękę na jego ramieniu.

– Nic, o ile miałbyś do czynienia ze zwykłym koniem – powiedział. – Tylko że Wyrwij został wyszkolony jako koń zwiadowcy…

– Co za różnica? – przerwał Will, któremu jeszcze nie minęła złość. Halt uniósł dłoń, by go uciszyć.

– Różnica polega na tym, że każdego konia zwiadowcy trzeba spytać o zgodę, nim wsiądzie się na jego grzbiet po raz pierwszy – wyjaśnił Halt. – W ten właśnie sposób zostały wyszkolone i dzięki temu właśnie nie można żadnego z nich ukraść.

Will podrapał się po głowie.

– Nigdy nie słyszałem o czymś takim! – stwierdził.

Stary Bob uśmiechnął się, podchodząc do nich.

– O tym słyszał mało kto – zauważył. – Dlatego nikt nie kradnie zwiadowcom koni.

– No dobrze – rzekł Will – a co trzeba powiedzieć do konia zwiadowcy, nim się wsiądzie na jego grzbiet?

Halt wzruszył ramionami.

– Każdy z nich reaguje na inne hasło – wskazał większego z wierzchowców. – Na przykład mój, nim pozwoli się dosiąść, musi usłyszeć słowa „permettez-moi".

– Permettez-moi? – powtórzył Will niczym echo. – Co to za dziwne słowa?

– To po gallijsku znaczy „pozwól mi". Wiesz, jego przodkowie pochodzą z Galii – wyjaśnił Halt. – Jak brzmi hasło dla tu obecnego Wyrwija? – spytał, zwracając się do Starego Boba.

Bob przetarł oczy, udając, że nie może sobie przypomnieć. Następnie na jego twarzy zagościł uśmiech.

– Ach, tak, już pamiętam! – zawołał. – Nim wsiądzie się na jego grzbiet, trzeba go spytać następującymi słowy: „czy można?".

– Czy można? – powtórzył Will, a Bob potrząsnął głową.

– Nie mów tego do mnie, młodzieńcze! Szepnij te słowa do końskiego ucha!

Will czuł się trochę niepewnie i obawiał się odrobinę, że tamci dwaj żartują sobie z niego, ale podszedł do Wyrwija i cichym głosem szepnął mu do ucha:

– Czy można?

Wyrwij zarżał cicho. Will zerknął ku mężczyznom; Bob skinął zachęcająco głową.

– Dalej, wsiadaj! Teraz Wyrwij nic ci nie zrobi.

Will bardzo ostrożnie usadowił się na kudłatym grzbiecie kucyka. Ciągle jeszcze czuł w plecach skutki poprzedniej próby. Siedział przez chwilę, ale nic się nie wydarzyło. Uderzył więc lekko piętami w żebra Wyrwija.

– Naprzód, koniku – powiedział cicho.

Wyrwij zastrzygł uszami i ruszył przed siebie, człapiąc niespiesznie.

Nadal mając się na baczności, Will pozwolił mu obejść wybieg raz i drugi, potem znów uderzył piętami. Wyrwij przeszedł w trucht. Will unosił się i opadał w strzemionach zgodnie z rytmem końskich ruchów.

Halt z uznaniem pokiwał głową. Chłopak jakby urodził się w siodle.

Zwiadowca rozwiązał krótki sznur, służący za zamknięcie, i otworzył bramę na oścież.

– Zabierz go na przejażdżkę – zawołał – i przekonaj się, na co naprawdę go stać!

Will posłusznie skierował konika ku bramie, a gdy wyjeżdżali na otwartą przestrzeń, raz jeszcze uderzył piętami. Natychmiast poczuł, jak mięśnie wierzchowca spięły się i Wyrwij niemal z miejsca ruszył szybkim galopem.

Wiatr świstał Willowi w uszach; pochylił się nad szyją konika, by skłonić go do jeszcze szybszego biegu. Rzeczywiście, Wyrwij zastrzygł tylko uszami i pognał z jeszcze większą prędkością.

Konik pędził niczym wiatr. Jego krótkie nogi poruszały się w takim tempie, że ktoś spoglądający z boku mógłby uznać, iż kucyk nie ma czterech kończyn, lecz co najmniej szesnaście. Zbliżali się do granicy lasu. Will nie bardzo wiedział, jak konik zareaguje, ale lekko pociągnął wodze z lewej strony.

Wyrwij natychmiast skręcił w lewo, drzewa znalazły się po ich prawej stronie; Will nadal ściągał nieco wodze, aż Wyrwij całkowicie zawrócił, pędząc teraz z powrotem ku wybiegowi. Will aż zachłysnął się z wrażenia, gdy zobaczył, jak bardzo się od niego oddalili. Halt i Stary Bob wyglądali teraz jak maleńkie figurynki. Jednak ich postacie rosły z każdą sekundą, gdy Wyrwij zbliżał się ku nim, frunął ponad gęstą trawą.

Nagle Will ujrzał, że na drodze konika leży potężny zwalony pień, jednak nim zdążył poczynić jakikolwiek wysiłek, by go ominąć, Wyrwij zebrał się w sobie, spiął i przeskoczył przeszkodę. Will wydał głośny okrzyk, a konik zarżał krótko w odpowiedzi.

Znajdowali się już niemal u bramy wybiegu, toteż Will pociągnął lekko za wodze. Wyrwij w tej samej chwili zwolnił do cwału, potem do truchtu, a wreszcie do zwykłego chodu, aż zatrzymał się tuż przy boku Halta. Potrząsnął kudłatym łbem i znów zarżał. Will pochylił się i poklepał kucyka po szyi.

– Jest świetny! – rzekł bez tchu. – Szybki jak wiatr!

Halt poważnie pokiwał głową.

– Może nie aż tak szybki – zauważył – ale biegać potrafi, to pewne.

Odwrócił się ku treserowi. – Nieźle się spisałeś, stary.

Stary Bob przekrzywił głowę i teraz on poklepał konika po szyi. Od najmłodszych lat zajmował się hodowlą, szkoleniem i przygotowywaniem koni dla zwiadowców, ten zaś zaliczał się do najlepszych okazów, z jakimi miał do czynienia.

– Potrafi utrzymać takie tempo przez cały dzień – zapewnił, dumny ze swego podopiecznego. – Tłuste konie bojowe padną i już nigdy nie wstaną, a ten będzie biegł i biegł. Trzeba też przyznać, że ten młodzik świetnie się trzyma w siodle, nieprawdaż, zwiadowco?

Halt pogładził się po brodzie.

– Owszem, całkiem znośnie – przyznał.

Bob był oburzony.

– Znośnie? Trudno cię zadowolić, panie! Chłopak radził sobie doskonale, sam widziałeś ten skok! – Starzec zerknął na Willa, siedzącego okrakiem w siodle i puścił do niego oko. – W dodatku nie szarpał za wodze, jak niektórzy. Nie porani delikatnego końskiego pyska.

Na dźwięk pochwał, wygłaszanych przez starego koniarza, Will rozpromienił się. Rzucił okiem na Halta, ale zwiadowca jak zawsze miał grobową minę.

On nigdy się nie uśmiecha – pomyślał Will. Już miał zsiąść, gdy nagle coś sobie uświadomił.

– Czy powinienem coś mu powiedzieć, zanim zejdę na ziemię?

Bob zaśmiał się głośno.

– Nie, młodzieńcze. Starczy, że powiedziałeś raz, a Wyrwij nigdy nie zapomni – o ile to ty będziesz go dosiadał.

Will zeskoczył z siodła. Stanął obok konika, który przyjaźnie musnął wilgotnym pyskiem jego dłoń. Will zerknął w stronę kosza z jabłkami.

– Mogę mu dać jeszcze jedno? – upewnił się.

– Jedno, nie więcej – zgodził się Halt. – Nie można przesadzić, bo jeżeli będziesz go karmił bez przerwy, zrobi się zbyt gruby, żeby biegać.

Wyrwij parsknął głośno. Najwyraźniej miał inne zdanie niż Halt co do tego, ile jabłek dziennie może zjeść koń w jego wieku.

Resztę dnia Will spędził, wysłuchując porad Starego Boba na temat techniki jeździeckiej oraz ucząc się, w jaki sposób należy dbać o siodło i uprząż, jak je reperować, a także jak trzeba opiekować się małym konikiem.

Szczotkował i rozczesywał sierść zwierzęcia, aż zaczęła lśnić, a Wyrwijowi najwyraźniej te zabiegi przypadły do gustu. Wreszcie był już tak zmęczony, a jego ramiona tak obolałe od wysiłku, że przysiadł na beli słomy. Rzecz jasna, w tej właśnie chwili do stajni wkroczył Halt.

– Nie ma czasu, żeby się obijać – stwierdził. – Pora nam ruszać, jeśli mamy znaleźć się w domu przed nocą.

I nie mówiąc więcej ani słowa, przerzucił siodło przez grzbiet swojego wierzchowca. Will nawet nie próbował oponować i twierdzić, że wcale nie „obijał się". Po pierwsze wiedział, że na nic się to nie zda, a po drugie cieszył się na myśl o jeździe konno wzdłuż skraju lasu. Najwyraźniej oba konie już na stałe miały im towarzyszyć. Teraz zdał sobie sprawę, że koń Halta z pewnością przez większość czasu zamieszkiwał niewielką stajenkę przylegającą do jego domu i zwiadowca czekał tylko, aż Will sprawdzi się jako jeździec i udowodni, że ma właściwe podejście do swego przyszłego wierzchowca, by odebrać oba konie ze stajni Starego Boba.

Przez całą drogę zwierzęta od czasu do czasu rżały do siebie, przemierzając truchtem mroczny, zielony las, całkiem jakby prowadziły między sobą jakąś interesującą rozmowę. Willa zżerała ciekawość i miał ochotę zadać zwiadowcy parę pytań, starał się jednak wystrzegać zbytniej gadatliwości.

A jednak nie mógł wytrzymać.

– Halt? – spytał ostrożnie.

Mężczyzna mruknął coś pod nosem. Will uznał to za znak, że może mówić dalej.

– Jak się nazywa twój koń? – zagaił chłopak.

Halt zerknął ku niemu. Jego wierzchowiec był nieco większy od Wyrwija, choć w żadnym razie nie dorównywał wzrostem bojowym rumakom ze stajni barona.

– Abelard, jak mi się zdaje.

– Abelard? – powtórzył Will. – A cóż to za imię?

– Galijskie – rzekł zwiadowca, najwyraźniej ucinając rozmowę na ten temat.

Przez kilka mil jechali w milczeniu. Słońce chyliło się ku zachodowi, cienie drzew stały się długie, wyciągnięte, ścieląc się u ich stóp. Will przyjrzał się cieniowi Wyrwija: miał niezwykle długie nogi i śmiesznie karłowaty tułów. Chłopiec przez moment zamierzał zwrócić na to uwagę Halta, natychmiast jednak z tego zrezygnował; przecież tak banalna obserwacja nie zrobiłaby na zwiadowcy żadnego wrażenia. Zamiast tego postanowił zebrać się na odwagę i zadać kolejne pytanie, które nurtowało go już od wielu dni.

– Halt? – odezwał się raz jeszcze.

Zwiadowca westchnął.

– Co znowu? – ton jego głosu zdecydowanie nie brzmiał zachęcająco. Will jednak nie dawał za wygraną.

– Pamiętasz, opowiadałeś mi kiedyś, jak zwiadowca przyczynił się do zwycięstwa nad Morgarathem?

– Yhm – mruknął Halt.

– Chciałbym wiedzieć, jak ten zwiadowca miał na imię? – spytał chłopak.

– Imiona są nieważne – stwierdził Halt. – Naprawdę, nie pamiętam.

– Czy to byłeś ty? – Will był pewien, że tak. Halt znów obdarzył go tym pozbawionym wyrazu, ponurym spojrzeniem.

– Mówię ci, że imiona są bez znaczenia – powtórzył. Przez chwilę panowało milczenie, a potem zwiadowca dodał: – A wiesz, co tak naprawdę się liczy?

Will potrząsnął głową.

– Teraz liczy się kolacja! – oznajmił mężczyzna. – A jeśli się nie pospieszymy, to przyjedziemy do domu za późno.

Uderzył piętami w boki Abelarda i koń wystrzelił przed siebie niczym strzała z łuku Halta, w ciągu kilku sekund pozostawiając Willa i Wyrwija daleko w tyle.

Gdy tylko Will ochłonął z zaskoczenia, pędził już na grzbiecie Wyrwija ich śladem.

– Prędzej, prędzej! – poganiał kucyka. – Pokaż im, na co cię stać!

ROZDZIAŁ 15

Will przeciskał się przez tłum na grzbiecie swego kucyka. Ludzie zgromadzili się, by korzystać z uciech wesołego miasteczka, jakie rozłożyło się pod murami zamku. Zdawało się, że przybyli wszyscy mieszkańcy wioski i zamku, toteż Will musiał uważać, żeby Wyrwij nie nastąpił komuś na stopę.

Nastał właśnie Dzień Plonów, święto obchodzone po zakończeniu żniw, gdy zboże zostało już zebrane z pól, a zapasy na długie zimowe miesiące zwiezione do spichlerzy. Poddani barona mieli za sobą wiele dni ciężkiej pracy, teraz więc należało im się nieco rozrywki i wypoczynku. Tradycyjnie, jak co roku o tej porze, do zamku przybywali, rozstawiając swe stoiska i namioty, połykacze ognia, żonglerzy, pieśniarze i bajarze. Na niektórych straganach można było powalczyć o nagrody; aby je zdobyć, należało miękką skórzaną piłeczką trafić w piramidę ustawioną z kawałków drewna w kształcie butelek lub zarzucić obręcz na drewnianą skrzynkę. Will podejrzewał niekiedy, że skrzynki te były akurat o niezbędną odrobinę większe niż obręcze. Nie widział bowiem nigdy, by ktokolwiek wygrał jakąś nagrodę. Wszystko to jednak była tylko zabawa, za którą zresztą baron płacił z własnej kiesy.

Póki co, uwagę Willa zaprzątało coś innego niż atrakcje oferowane na straganach. Na to będzie miał czas później. W tej chwili udawał się na spotkanie swych towarzyszy z sierocińca.

Zgodnie z tradycją wszyscy mistrzowie z okazji Dnia Plonów dawali wolne swoim czeladnikom, choć nie brali oni bezpośredniego udziału w pracach polowych. Will już od dobrych kilku tygodni zastanawiał się, czy Halt zastosuje się do tego zwyczaju. Zwiadowca na ogół lekceważył tradycję i robił wszystko po swojemu. Jednak dwa dni przed nadejściem święta wątpliwości chłopca zostały rozwiane: Halt mruknął niechętnie, że jeśli chce, może mieć dzień wolny, dodając przy tym, że najpewniej w ciągu tego jednego dnia zapomni wszystko, czego nauczył się podczas minionych trzech miesięcy.

A były to miesiące nieustających ćwiczeń w strzelaniu z łuku i posługiwaniu się otrzymanymi od Halta nożami. Trzy miesiące skradania się po chaszczach wokół zamku, przemykania cichaczem od jednej kryjówki do drugiej i starania się, by podczas ćwiczeń nie dojrzały go sokole oczy Halta. Przez cały ten czas doskonalił też sztukę jeździecką i opiekował się Wyrwijem, z którym zaprzyjaźnił się serdecznie.

Teraz, gdy o tym rozmyślał, właśnie tę część swych zajęć uznał za najprzyjemniejszą.

Po raz pierwszy od trzech miesięcy miał chwilę wytchnienia, choć myśl o tym, że spotka również Horace'a, trochę psuła mu tę przyjemność. Jednak kto wie – pomyślał – może tych kilka miesięcy intensywnego szkolenia rycerskiego zmieniło choć trochę napastliwy charakter Horace'a?

Pomysł spotkania wyszedł od Jenny, która obiecała im wszystkim świeże babeczki bakaliowe z kruchego ciasta, upieczone w zamkowej kuchni. Zdążyła już stać się ulubienicą Mistrza Chubba, który wychwalał jej umiejętności wobec każdego, kto chciał słuchać – podkreślając oczywiście przy tym niezwykle istotną rolę swych bezcennych rad.

Na myśl o ciasteczkach Willowi zaburczało w brzuchu. Był głodny, bo specjalnie zrezygnował ze śniadania, żeby zostawić sobie miejsce na obiecane przysmaki. Ciasteczka Jenny cieszyły się już w Zamku Redmont niemałą sławą.

Pojawił się w umówionym miejscu przed czasem, nikogo z kolegów jeszcze nie było. Zaprowadził Wyrwija w cień jabłonki. Konik zadarł łeb, spoglądając łakomie na jabłka, znajdujące się daleko poza jego zasięgiem. Will uśmiechnął się na ten widok i czym prędzej wdrapał się po pniu drzewa, zerwał jabłko i podał je swemu ulubieńcowi.

– Więcej nie dostaniesz – oznajmił. – Znasz opinię Halta na temat obżerania się, prawda?

Wyrwij potrząsnął głową. Akurat pod tym względem jego zdanie różniło się zasadniczo od przekonań zwiadowcy. Will rozejrzał się. Nikogo z kolegów nie było jeszcze widać, toteż siadł w cieniu drzewa, opierając się o pień.

– Ejże, przecież to młody Will, nieprawdaż? – odezwał się tubalny głos.

Will czym prędzej zerwał się na równe nogi i uniósł dłoń do czoła w powitalnym, pełnym szacunku geście. Oto z zamyślenia wyrwał go baron Arald we własnej osobie, dosiadający wielkiego bojowego konia, a towarzyszyło mu kilku wysokich rangą rycerzy.

– Tak, panie – odezwał się Will głosem nieco drżącym ze zdenerwowania. Nie był przyzwyczajony do rozmów z dostojnym wielmożą. – Wszystkiego najlepszego z okazji Dnia Plonów, panie.

Baron skinął głową w podziękowaniu i pochylił się w siodle, ale rozmawiając z nim, Will i tak musiał mocno zadzierać głowę do góry.

– Muszę przyznać, młodzieńcze, że ledwo cię widać – stwierdził baron. – Czy Halt już zaczął uczyć cię swoich sztuczek, czy to tylko ten szary płaszcz?

Will okryty był peleryną w szare i zielone plamy, którą dostał kilka tygodni wcześniej od Halta. Zwiadowca pokazał Willowi, jak dzięki temu strojowi można łatwiej wtopić się w otoczenie. Między innymi, właśnie dzięki takiemu maskowaniu – jak stwierdził – zwiadowcy mogą poruszać się niepostrzeżenie.

– Raczej płaszcz, panie – odpowiedział Will baronowi. – Halt nazywa to kamuflażem. – Baron skinął głową, najwyraźniej określenie to nie było mu obce, choć Will usłyszał je po raz pierwszy bardzo niedawno.

– Tylko żebyś go nie wykorzystywał do niecnych celów, takich jak podbieranie ciastek z kuchni! – pouczył go z żartobliwą surowością, na co Will gorliwie pokręcił głową.

– O nie, panie! – odparł natychmiast. – Halt powiedział, że jeśli jeszcze raz zrobię coś podobnego, to tak skroi mi ty... – urwał i przestąpił z nogi na nogę w zakłopotaniu. Nagle uświadomił sobie, że słowo „tyłek" nie jest najwłaściwszym określeniem w konwersacji z tak dostojną osobą jak baron.

Wielmoża jednak skinął tylko głową, starając się powstrzymać uśmiech.

– Nie wątpię, nie wątpię – rzekł. – A tak w ogóle, jak dogadujesz się z Haltem? Podoba ci się nauka u zwiadowcy?

Will milczał przez chwilę. Tak naprawdę nie miał dotąd czasu się nad tym zastanowić. Wciąż zajęty był uczeniem się czegoś nowego, ćwiczeniami łuczniczymi, rzucaniem nożem i opieką nad Wyrwijem. Po raz pierwszy od trzech miesięcy nie miał mnóstwa pilnych zajęć i mógł sobie pozwolić na chwilę refleksji.

– Chyba tak – powiedział z wahaniem. – Tylko... – umilkł, a baron popatrzył na niego uważniej.

– Tylko co? – ponaglił.

Will znów przestąpił z jednej stopy na drugą, po raz nie wiadomo który przeklinając swą niewyparzoną gębę, która wciąż stawiała go w tak kłopotliwych sytuacjach. Jakimś sposobem słowa same wymykały mu się z ust, nim zdołał się porządnie zastanowić, czy chciał je wypowiedzieć, czy raczej wręcz przeciwnie.

– No... tylko że Halt nigdy się nie uśmiecha – wybąkał. – Wszystko traktuje tak strasznie poważnie.

Miał wrażenie, że baron znów przygryza wąsy.

– No cóż – rzekł feudał – być zwiadowcą to rzecz poważna, temu się nie da zaprzeczyć. Jestem pewien, że Halt dał ci to już do zrozumienia.

– O tak, i to wiele razy, panie. – Tym razem baron nie zdołał już zachować należytej powagi.

– Słuchaj go więc uważnie, młodzieńcze – polecił chłopakowi. – Nabywasz niezwykle ważnych umiejętności.

– Tak, panie. – Will z pewnym zdziwieniem zdał sobie sprawę, że naprawdę zgadza się ze słowami barona. Tymczasem wielmoża sięgnął po wodze. Nagle Willa coś tknęło; nim baron Arald zdążył odjechać, chłopak postąpił krok do przodu. – Proszę o wybaczenie, panie… – odezwał się niepewnym głosem. Baron znów odwrócił się w jego stronę.

– Tak?

– Panie, pamiętasz ten dzień, gdy nasze wojska pokonały Morgaratha?

Jowialne oblicze barona Aralda zachmurzyło się nieco.

– Nieprędko o tym zapomnę, chłopcze – zapewnił. – Czemu pytasz?

– Panie, od Halta dowiedziałem się, że jeden ze zwiadowców przeprowadził kawalerię tajnym brodem na Slipsunder, dzięki czemu rycerze mogli zaatakować tyły wroga…

– To prawda – stwierdził Arald.

– Chciałbym wiedzieć, panie, jakie imię nosił ten zwiadowca? – dokończył Will jednym tchem, czując, jak się czerwieni, zawstydzony własną śmiałością.

– Halt ci tego nie wyjawił? – zdziwił się baron. Will rozłożył ręce.

– Powiedział tylko, że imiona nie są ważne. Że ważna jest kolacja, a imiona nie.

– Ty jednak jesteś innego zdania i nie zadowala cię odpowiedź twojego mistrza, co? – Baron jakby nachmurzył się znowu. Will przełknął nerwowo ślinę.

– Ja myślę, że to był właśnie Halt, panie – stwierdził. – Zastanawiałem się, dlaczego nie został jakoś udekorowany czy uhonorowany za swoje dokonania.

Baron zamyślił się na moment, nim powiedział:

– Cóż, masz słuszność – oznajmił. – To był Halt. A ja chciałem go wynagrodzić, ale on się na to nie zgodził. Powiedział, że to nie przystoi zwiadowcy.

– Ale... – zaczął Will, nic nie pojmując, lecz baron uniósł dłoń, by mu przerwać.

– Wy, zwiadowcy, rządzicie się własnymi prawami i obyczajami. Nie wątpię, że poznałeś już wiele z nich. Nie wszyscy potrafią to zrozumieć. Póki co, słuchaj uważnie słów Halta i postępuj tak jak on, a czeka cię chlubna przyszłość.

– Tak, panie – Will znów zasalutował, a baron uderzył lekko wodzami szyję swego konia, zwracając go w stronę wesołego miasteczka.

– No, starczy tego – stwierdził. – Nie możemy tak gawędzić przez cały dzień. Muszę wybrać się na jarmark. Może w tym roku uda mi się wreszcie zarzucić tę przeklętą obręcz na którąś z tych przeklętych skrzynek!

Jego rumak postąpił kilka kroków, ale najwyraźniej nagle baronowi przyszło coś do głowy, więc powstrzymał go jeszcze na chwilę.

– Chłopcze! – rzucił przez ramię.

– Tak, panie?

– Nie mów Haltowi, że dowiedziałeś się ode mnie, kto poprowadził wtedy kawalerię. Nie chcę, żeby się na mnie obraził.

– Tak, panie – uśmiechnął się Will. Wielmoża odjechał, a chłopak znów usiadł i czekał na swych przyjaciół.

Rozdział 16

Jenny, Alyss i George pojawili się wkrótce potem. Zgodnie z obietnicą, Jenny przyniosła zawinięte w czerwoną szmatkę świeżo upieczone przez siebie ciasteczka. Rozłożyła je starannie na ziemi pod jabłonią, pozostali zaś zgromadzili się wokół niej. Nawet Alyss, zawsze tak pełna godności i dystyngowana, nie mogła się doczekać, by skosztować słynnego arcydzieła Jenny.

– Zaczynajmy! – zawołał George. – Prawie umieram z głodu!

– Powinniśmy zaczekać na Horace'a – zaoponowała Jenny, rozglądając się dookoła. Jednak rycerskiego czeladnika nie było widać w tłumie.

– Daj spokój – upierał się George. – Przez cały ranek harowałem jak wół nad petycją do barona, coś mi się należy od życia!

Alyss westchnęła ciężko, unosząc oczy ku niebu.

– Może rzeczywiście powinniśmy zacząć – zauważyła. – W przeciwnym razie usłyszymy wywód prawny, a to zajmie nam cały dzień. Przecież możemy odłożyć porcję dla Horace'a.

Will przysłuchiwał się tej wymianie zdań z uśmiechem. George był teraz innym człowiekiem. Zupełnie nie przypominał już tego onieśmielonego chłopaka, który jąkał się podczas ceremonii Wyboru. Najwyraźniej Szkoła Skrybów dobrze mu służyła.

Jenny wydzieliła każdemu z przyjaciół po dwie babeczki, odkładając też dwie dla Horace'a.

– W takim razie zaczynajmy – zarządziła. Pozostali rzucili się na ciasteczka i wkrótce rozległ się zgodny chór pochwał. Reputacja Jenny była uzasadniona.

– Oto, drodzy państwo – oznajmił George, wstawszy i rozłożywszy ramiona niczym podczas przemowy sądowej – oto mamy przed sobą coś więcej niźli tylko babeczki, Wysoka Ławo. Zwać to cudo zwykłym wypiekiem byłoby pomyłką sądową, istną obrazą sprawiedliwości!

– Dawno mu się tak zrobiło? – spytał Will.

Alyss uśmiechnęła się.

– Po kilku miesiącach szkółki prawniczej wszyscy robią się tacy. Ostatnimi czasy główny problem związany z Georgem polega na tym, żeby go jakoś uciszyć.

– Daj spokój, George – Jenny zaczerwieniła się, ale widać było, że pochwały sprawiały jej przyjemność. – Zgłupiałeś do reszty.

– To możliwe, piękna panno. Jednak to właśnie za sprawą szlachetnej magii tego oto dzieła sztuki mój umysł uległ zmąceniu. To nie ciastko, lecz symfonia!

Uniósł pozostałą połówkę babeczki w żartobliwym toaście.

– Uczcijmy więc, panie i panowie, tę wypiekaną symfonię!

Alyss i Will radośnie przyłączyli się do toastu George'a, a potem wszyscy czworo wybuchnęli śmiechem.

Niestety, właśnie w tym momencie pojawił się Horace. On jeden z nich wszystkich czuł się całkowicie zgnębiony nową sytuacją. Nie szło tu jedynie o ciężką pracę i twardą dyscyplinę – tego się spodziewał i w normalnych okolicznościach nie byłoby to dla niego obciążeniem ponad siły. Jednak prócz tego stał się ofiarą prześladowań ze strony Bryna, Aldy i Jerome'a, przez co jego życie przemieniło się w koszmar. Kadeci z drugiego roku nie poprzestawali na pastwieniu się nad Horace'em w dzień, budzili go o najrozmaitszych porach nocy i zmuszali do spełniania najbardziej upokarzających i wyczerpujących poleceń.

Niewyspanie i bezustanny lęk – nigdy bowiem nie wiedział, czy w następnej chwili nie pojawią się jego prześladowcy – przyczyniły się do tego, że jeszcze bardziej opuścił się w nauce. Inni pierwszoroczniacy zdawali sobie sprawę, że jeśli okażą mu choć cień sympatii, mogą tak jak on stać się ofiarą, toteż trzymali się od chłopca z daleka, a on czuł się całkowicie osamotniony. Wymarzona Szkoła Rycerska okazała się dla niego przedsionkiem piekła. Nienawidził jej, ale nie widział żadnego sposobu, który pozwoliłby mu uwolnić się od cierpień, a zarazem wyjść z sytuacji bez uszczerbku na honorze.

A teraz, gdy wreszcie miał jeden dzień wolny od restrykcji i napięć panujących w szkole, gdy przybył na spotkanie ze swoimi dawnymi towarzyszami z przytułku, zastał ich już podczas uczty, bawiących się w najlepsze. Uraziło go, że nawet na niego nie zaczekali. Nie miał pojęcia, że Jenny odłożyła dla niego porcję ciastek. Pomyślał, że wszystko zostało już zjedzone i to właśnie jej wina, że o nim nie pomyślała. Było to tym boleśniejsze, że ze wszystkich czworga towarzyszy Jenny była mu w jakiś sposób najbliższa. Zawsze była radosna, przyjazna, zawsze gotowa wysłuchać cudzych zwierzeń. Uświadomił sobie, że to właśnie z nią najbardziej chciał się spotkać, a teraz poczuł się przez nią podle zdradzony.

W ogóle miał tendencję, by raczej źle myśleć o bliźnich. Alyss zawsze się wywyższała – tak mu się przynajmniej zdawało – a Will drażnił się z nim, a potem uciekał na drzewo, gdzie Horace nie mógł go dopaść. Nie pamiętał już, bo nie chciał pamiętać, jak ciągnął Willa za ucho albo trzymał jego głowę pod pachą tak długo, aż mniejszy i słabszy chłopak nie krzyknął, że się poddaje.

Na George'a nigdy nie zwracał większej uwagi. Chudzielec, który siedział z nosem w książkach, był w oczach Horace'a postacią całkiem bezbarwną i nudną. A teraz, proszę: robił z siebie błazna przed nimi wszystkimi, oni zaś zajadali się ciastkami, nic dla niego nie zostawiwszy... Nagle poczuł, że nienawidzi ich wszystkich.

– No, ładnie to tak? – spytał z goryczą w głosie. Odwrócili się ku niemu, śmiech zamarł na ich twarzach. Jenny odezwała się pierwsza:

– Horace! Jesteś wreszcie! – ucieszyła się i już chciała podbiec do niego, ale powstrzymał ją jego wyraz twarzy.

– Wreszcie? – powtórzył. – Spóźniłem się ledwie parę minut, a już jest „wreszcie"? Widzę, że zeżarliście wszystkie ciastka.

Było to niesprawiedliwe wobec biednej Jenny. Jak większość kucharzy, kiedy przyrządziła jakiś przysmak, mało interesowało ją samo jedzenie; największą radość sprawiało jej przyglądanie się, jak jej wytworami delektują się inni – i oczywiście wysłuchiwanie pochwał. Tak więc nie tknęła jeszcze ani jednego ze swych ciasteczek. Odkryła serwetkę i pokazała mu dwa czekające na niego przysmaki.

– Nie, nie – rzekła prędko. – Zostały jeszcze dla ciebie, zobacz!

Jednak nagromadzony gniew i uraza nie pozwalały Horace'owi myśleć ani mówić racjonalnie.

– No cóż – stwierdził z przekąsem – może powinienem przyjść trochę później, to zdążylibyście zjeść i te.

– Horace! – do oczu Jenny napłynęły łzy. Nie miała pojęcia, co się z nim dzieje. Wiedziała tylko, że przez swoje dąsy Horace zaraz zepsuje całe spotkanie.

George postąpił krok w stronę Horace'a, przyglądając mu się ciekawie. Wysoki, szczupły chłopak przechylił głowę na bok, aby lepiej widzieć rycerskiego czeladnika – jakby był to jakiś dziwaczny okaz lub przedstawiony sądowi dowód rzeczowy.

– Nie musisz być taki niemiły – zwrócił mu uwagę. Horace jednak nie zamierzał wysłuchiwać niczyich pouczeń. Gniewnie odepchnął kolegę.

– Odczep się – warknął. – I pilnuj się, kiedy mówisz do wojownika.

– Jeszcze nie jesteś wojownikiem – wypomniał mu Will. – Jesteś uczniem, tak samo jak my wszyscy.

Jenny dała mu znak, żeby przestał i nie pogarszał sytuacji. Horace, który właśnie posilał się zostawionymi dla niego ciastkami, z wolna podniósł głowę. Uważnie zmierzył Willa od stóp do głów.

– Oho! – stwierdził. – Widzę, że jest z nami ten lebiega, uczeń szpiega! – popatrzył po innych, by sprawdzić, czy śmieją się z jego dowcipu. Najwyraźniej jednak nikogo to nie rozbawiło, co wprawiło Horace'a w jeszcze bardziej napastliwy nastrój. – Uczysz się u Halta, jak podglądać wszystkich i donosić, no nie? – Nie czekając na odpowiedź, Horace podszedł do Willa i ujął w palce połę jego peleryny. – A to co za szmata? Zabrakło wam farby, żeby pomalować ją na jeden kolor?

– To płaszcz zwiadowcy – wyjaśnił spokojnie Will, powstrzymując wzbierający w nim gniew.

Horace parsknął pogardliwie, wpychając pół babeczki do ust i rozsypując okruszki.

– Przestań być taki niemiły – powtórzył George. Horace poczerwieniał na twarzy i odwrócił się do ucznia Szkoły Skrybów.

– Pilnuj swego języka, mały! – wrzasnął. – Rozmawiasz z rycerzem!

– Z czeladnikiem, który może kiedyś zostanie rycerzem – poprawił go znów Will, kładąc nacisk na słowo „czeladnik".

Horace poczerwieniał jeszcze bardziej i rzucił mu wściekłe spojrzenie. Will spiął się w sobie, czując, że zaraz zostanie zaatakowany. Jednak coś w oczach Willa i jego zdecydowana postawa powstrzymały Horace'a. Will nigdy dotąd nie zachowywał się tak wyzywająco. W przeszłości, kiedy mu groził, widział w jego oczach tylko strach.

Natomiast teraz dostrzegł determinację i pewność siebie, co zbiło go z tropu.

Tak więc zamiast tego zajął się Georgem. Pchnął go mocno w pierś.

– Tu masz coś niemiłego! – rzucił, gdy wysoki chudzielec zachwiał się i zaczął młócić ramionami powietrze, próbując odzyskać równowagę. Przy okazji musnął ręką Wyrwija. Wystraszony konik, który dotąd spokojnie skubał trawę, wspiął się na tylne nogi, naciągając wodze.

– Spokojnie, Wyrwij – powiedział Will, a kucyk natychmiast przestał wierzgać. Teraz jednak uwagę Horace'a przykuło zwierzę, którego dotąd nie zauważył. Podszedł do konika i przyjrzał się jego kudłatej postaci.

– A to co znowu? – spytał z udawanym niedowierzaniem. – Kto tu przyprowadził to wielkie, brzydkie psisko?

Will zacisnął pięści.

– To mój koń – wyjaśnił spokojnie. Mógł znieść docinki Horace'a dotyczące swojej osoby, ale nie zamierzał pozwolić, by ten osiłek obrażał jego ulubieńca.

Horace ryknął śmiechem.

– To ma być koń? To nie jest żaden koń! W naszej szkole jeździmy na prawdziwych koniach, nie jakichś kudłatych kundlach! W dodatku coś mi się zdaje, że przydałoby się go porządnie wykąpać! – zmarszczył nos, udając, że obwąchuje Wyrwija.

Zwierzak spojrzał z ukosa na Willa. Co to za prostak? – pytały jego oczy. Wówczas Will, starannie pilnując się, by na jego twarzy nie pojawił się złośliwy uśmiech, stwierdził niedbałym tonem:

– To jest koń zwiadowcy. Tylko zwiadowca może go dosiąść.

Horace znów wybuchnął głośnym śmiechem.

– Moja babka mogłaby dosiąść tego pokurcza!

– Może by mogła, kto wie? – zgodził się Will. – Ale założę się, że ty nie dasz rady.

Nim zdążył wypowiedzieć te słowa, Horace już odwiązywał wodze. Wyrwij popatrzył na Willa i chłopiec przysiągłby, że konik nieznacznie skinął głową.

Horace bez trudu wskoczył na grzbiet Wyrwija. Kucyk ani drgnął.

– Łatwizna! – napuszył się Horace, a potem uderzył piętami w bogi Wyrwija. – Rusz się, piesku!

Will dostrzegł, jak wszystkie mięśnie tułowia i nóg Wyrwija spinają się, a w następnej sekundzie kucyk wyskoczył w powietrze na wszystkich czterech nogach, skręcił się gwałtownie, opadł na przednie kopyta i wyrzucił zad w powietrze.

Przez kilka chwil Horace unosił się w powietrzu niczym ptak. Wylądował z głośnym łoskotem na plecach, wzbijając chmurę kurzu. George i Alyss z niedowierzaniem, ale i zachwytem, przyglądali się, jak oszołomiony i zaskoczony osiłek próbuje dojść do siebie. Jenny w pierwszym odruchu chciała podejść i sprawdzić, czy nic mu się nie stało, ale zatrzymała się w pół kroku, zagryzając usta. Horace sam się prosił o to, co go spotkało – pomyślała.

Być może istniał jeszcze cień, malutki cień szansy, że na tym się skończy. Jednak Will nie mógł powstrzymać pokusy, by mieć ostatnie słowo.

– Może powinieneś poprosić swoją babkę o kilka lekcji jazdy konnej – zaproponował z kamienną twarzą. George i Alyss zdołali zachować powagę, ale Jenny niestety zachichotała, nim zdążyła się opanować.

W jednej chwili Horace zerwał się na nogi z twarzą pociemniałą od gniewu. Rozejrzał się szybko dookoła, ujrzał leżącą na ziemi odłamaną gałąź jabłoni, chwycił ją i uniósł nad głowę, rzucając się w kierunku Wyrwija.

– Ja ci pokażę, przeklęta bestio! – wrzasnął wściekle i wymierzył potężny cios. Konik odskoczył na bok, unikając uderzenia, a nim Horace zdołał znów unieść gałąź, Will skoczył na niego.

Wylądował na plecach Horace'a z takim impetem, że obaj runęli na ziemię. Tarzali się przez chwilę, mocując się ze sobą. Wyrwij, widząc swego pana w niebezpieczeństwie, rżał nerwowo i wspinał się na zadnie nogi.

Waląc na oślep, Horace w pewnym momencie trafił Willa w ucho. Zaraz potem Willowi udało się oswobodzić prawą rękę i z całej siły walnąć Horace'a w nos.

Po twarzy większego z chłopców pociekła krew. Trzy miesiące treningu u Halta sprawiły, że mięśnie Willa stwardniały i nabrały krzepy. Jednak i Horace przez ten czas nie próżnował. Walnął przeciwnika w brzuch tak potężnie, że Will stracił oddech i stęknął głucho.

Horace dźwignął się wówczas na nogi, ale Will ruchem wyuczonym od Halta podciął go, więc przyszły rycerz znów runął na ziemię.

„Zawsze uderzaj pierwszy" – tę zasadę Halt wbijał mu do głowy podczas długich godzin spędzonych na ćwiczeniu walki wręcz. Toteż gdy tamten znów wylądował na plecach, Will rzucił się na niego, próbując przygwoździć jego ramiona kolanami.

Jednak wówczas poczuł, że ktoś żelazną ręką chwyta go za kołnierz i unosi w powietrze, niczym rybę złowioną na haczyk, nie zważając na jego wyrywanie się i protesty.

– Co tu się dzieje, wy łobuzy? – rozległ się donośny, gniewny głos koło jego ucha.

Will wykręcił głowę i zorientował się, że rozdzielił ich sam sir Rodney, Mistrz Szkoły Rycerskiej. Rosły wojownik był najwyraźniej bardzo zagniewany. Horace dźwignął się i stanął na baczność. Sir Rodney puścił kołnierz Willa; uczeń zwiadowcy upadł na ziemię jak worek kartofli. W następnej chwili także i on stanął wyprostowany.

– Dwaj czeladnicy – zagrzmiał sir Rodney – którzy tłuką się jak najgorsza hołota i psują święto! Co gorsza, jeden z nich to uczeń mojej szkoły!

Will i Horace stali ze wzrokiem wbitym w ziemię.

– No, mów, Horace. Co tu się wyprawia?

Horace przestąpił z nogi na nogę i poczerwieniał. Nie odpowiedział, więc sir Rodney zwrócił się do Willa.

– W takim razie ty mi powiedz, czeladniku zwiadowcy! O co wam poszło?

Will zawahał się.

– Pobiliśmy się i tyle, panie – wymamrotał.

– To sam widzę! – krzyknął Rodney. – Nie jestem aż takim durniem!

Czekał jeszcze przez chwilę, myśląc, że któryś z chłopców coś powie na swoje wytłumaczenie. Jednak obaj milczeli. Sir Rodney westchnął ciężko. Ech, ci chłopcy. Jeśli nie plączą się pod nogami, to się biją. A jak się nie biją, to albo kradną, albo coś psują.

– No, dobra – odezwał się wreszcie. – Koniec bójki. Podajcie sobie ręce na zgodę.

Zawiesił głos, a ponieważ żaden z chłopców nie ruszył się, ryknął głosem, jakiego używał wydając komendy na placu ćwiczebnym:

– WYKONAĆ!

Will i Horace niechętnie podali sobie dłonie. Jednak gdy Will spojrzał w oczy Horace'a, pojął, że jego przeciwnik wcale nie uważa sprawy za załatwioną.

Skończymy innym razem – mówiło gniewnie spojrzenie Horace'a.

Kiedy tylko zechcesz – odpowiedziały mu oczy ucznia zwiadowcy.

ROZDZIAŁ 17

Gdy Will i Halt wracali stępa z lasu, pola pokryte były grubą warstwą pierwszego tej zimy śniegu.

Minęło sześć tygodni od konfrontacji podczas Dnia Plonów, a spór z Horacem nadal pozostał nierozstrzygnięty. Po prostu nie nadarzyła się po temu okazja, obaj mieli mnóstwo zajęć, a ich drogi rzadko się krzyżowały.

Will widział w tym czasie rycerskiego czeladnika kilkakrotnie, ale za każdym razem z daleka. Nie zamienili ani słowa, nawet nie wymienili spojrzeń. Jednak Will wiedział, że uraza pozostała i pewnego dnia musi dojść do spotkania.

Co dziwne, myśl ta nie wprawiała go w taki niepokój, jaki bez wątpienia pojawiłby się jeszcze kilka miesięcy wcześniej. Nie żeby tęsknił za wznowieniem bójki z Horace'em, jeśli jednak musiało dojść do starcia, nie lękał się go. Z niemałą satysfakcją wspominał solidny, mocny cios, który wylądował na nosie Horace'a. Z pewnym zaskoczeniem zdał sobie sprawę, że wspomnienie to było tym milsze, że wszystko rozgrywało się w obecności Jenny oraz – i to go zaskoczyło najbardziej – Alyss. Choć walki nie dokończyli, dała ona Willowi niejeden temat do rozmyślań.

Jednak nie powinien oddawać im się w tej chwili, co uświadomił sobie, gdy gniewny głos Halta przywołał go do rzeczywistości.

– Czy mógłbyś łaskawie powrócić do tropienia śladów, czy też masz coś ważniejszego do roboty? – upomniał ucznia.

Will szybko rozejrzał się, próbując dostrzec ślady, o których mówił Halt. Kopyta końskie prawie nie czyniły hałasu na świeżym, puszystym śniegu, którego gładką powierzchnię tu i ówdzie przecinały tropy zwierząt, a zadanie Willa polegało na tym, by je dostrzec i rozpoznać. Miał bystre oczy i dobrą pamięć, więc zazwyczaj radził sobie w tej dziedzinie bardzo sprawnie, przy tym tropienie należało do jego ulubionych zajęć. Jednak chwila zamyślenia sprawiła, że poczuł się zdezorientowany i nie miał pojęcia, gdzie powinien szukać tropów, o których mówił Halt.

– Tutaj – stwierdził Halt lodowatym tonem, pokazując na lewo od siebie. Ton jego głosu wyraźnie dawał do zrozumienia, że nie ma zamiaru drugi raz podpowiadać swojemu uczniowi. Will uniósł się w strzemionach i pochylił, by lepiej zobaczyć wgłębienia na śniegu.

– Królik – powiedział od razu. Halt popatrzył na niego z ukosa.

– Królik? – zdziwił się, więc Will spojrzał raz jeszcze i natychmiast się poprawił.

– Króliki – stwierdził, kładąc akcent na ostatniej sylabie, wskazującej liczbę mnogą. Halt wymagał od niego odpowiedzi nie tylko prawidłowych, ale i dokładnych.

– No właśnie – burknął Halt. – Gdyby to były ślady Skandów, to lepiej, żebyś wiedział, ilu ich masz przed sobą.

– Pewnie tak – zgodził się potulnie Will.

– Pewnie? – powtórzył Halt, przedrzeźniając go. – Zapewniam cię, Willu, że różnica między jednym Skandem w okolicy a pół tuzinem jest doprawdy znaczna.

Will bez słowa skinął głową. Jedną ze zmian, jakie zaszły ostatnimi czasy w ich wzajemnych relacjach, był fakt, że Halt niemal już nigdy nie zwracał się do niego „chłopcze". Teraz prawie zawsze mówił do niego po imieniu. Willowi sprawiało to przyjemność. Miał dzięki temu poczucie, że zwiadowca o kamiennej twarzy poniekąd go zaakceptował. Szkoda jednak, że nigdy się przy tym nie uśmiechał.

Albo że nie uśmiechnął się chociaż jeden raz.

Głęboki głos Halta wyrwał go znów z zamyślenia.

– No więc... króliki. To wszystko?

Will spojrzał znowu. Niełatwo było dostrzec coś więcej pod śladami królików, ale jednak zauważył jeszcze inne tropy.

– Gronostaj! – oznajmił triumfalnie, a Halt pokiwał głową.

– Gronostaj, a jakże – zgodził się. – Powinieneś jednak mieć na uwadze, że było tu coś jeszcze, Willu. Spójrz, jak głębokie są te ślady królików. Najwyraźniej coś je wystraszyło. Kiedy widzisz takie tropy, to znak, że należy szukać czegoś więcej.

– Rozumiem – stwierdził Will.

Halt jednak potrząsnął głową.

– Rozumiesz, ale nie widzisz. Zbyt często nie widzisz, bo nie potrafisz się skupić i utrzymać tego skupienia. Musisz nad tym popracować.

Will nie odezwał się, tym razem po prostu przyjął krytyczną uwagę zwiadowcy. Nauczył się już, że Halt nie czyni takich uwag bez powodu. A jeśli nawet miał coś na swoją obronę, tłumaczenie i tak zdałoby się na nic.

Jechali w milczeniu. Will wytężał wzrok, wypatrując dalszych śladów. Przejechali jeszcze około kilometra; zbliżali się już do domu, kiedy coś dostrzegł.

– Spójrz, Halt! – zawołał, wskazując na spore zagłębienie w śniegu tuż obok ścieżki. – Co to takiego?

Halt podjechał bliżej. Tropy, jeśli to były tropy, nie przypominały żadnych innych, jakie Will dotąd widział. Zwiadowca podprowadził konia tuż do krawędzi ścieżki.

– Hm – rzekł w zamyśleniu. – Tych śladów jeszcze ci nie pokazywałem. Nieczęsto się je widuje w ostatnich czasach, więc przyjrzyj się dobrze, Willu.

Zeskoczył lekko z siodła i podszedł do interesującego miejsca, brnąc po kolana w śniegu. Will podążył za nim.

– Ale co to? – spytał chłopiec.

– Dzik – odparł krótko Halt. – Dzik, i to duży.

Will rozejrzał się nerwowo dookoła. Co prawda nigdy dotąd nie widział tropów odyńca w śniegu, ale wiedział wystarczająco wiele o tych stworzeniach, by mieć świadomość, że są one bardzo, ale to bardzo niebezpieczne.

Halt zauważył jego nerwowe spojrzenie i uczynił uspokajający gest ręką.

– Spokojnie – powiedział. – Nie ma go w pobliżu.

– Czy można to stwierdzić po śladach? – zdziwił się Will. Wpatrywał się zafascynowany w śnieg. Głębokie koleiny i zagłębienia uczyniło bardzo duże zwierzę. Nie tylko wielkie, ale i wyjątkowo groźne.

– Nie, po śladach nie – odpowiedział spokojnie Halt. – Jednak gdyby gdziekolwiek w okolicy znajdował się odyniec tej wielkości, oba nasze konie wyczułyby go i narobiły takiego zgiełku, rżąc i tupiąc kopytami, że nie słyszelibyśmy własnych myśli.

– Aha – mruknął Will, który trochę się zawstydził i przestał już ściskać tak mocno w dłoni majdan łuku. Jednak, pomimo zapewnień zwiadowcy, bezwiednie rozejrzał się raz jeszcze dookoła i spojrzał za siebie. W tej samej chwili jego puls przyspieszył, a serce zaczęło bić mocniej.

Gęste zarośla po drugiej stronie traktu poruszały się, choć nieznacznie. Dawniej uznałby, że dzieje się to za sprawą wiatru i zlekceważył; jednak dzięki szkoleniu Halta jego zmysł obserwacyjny i zdolność kojarzenia ze sobą prostych faktów wyostrzyły się: otóż w tej chwili nie było wiatru. Nawet najmniejszego podmuchu.

A zarośla nadal się poruszały.

Sięgnął powoli do kołczanu – powoli, by gwałtownym ruchem nie spłoszyć kryjącego się w krzakach stworzenia. Wydobył strzałę i założył ją na cięciwę.

– Halt? – powiedział to cicho, ale w jego głosie słychać było jednak lekkie drżenie. Nie miał pojęcia, czy taki łuk byłby w stanie powstrzymać szarżującego odyńca... miał wrażenie, że raczej nie.

Halt zerknął w jego stronę, potem na grot strzały i w kierunku przez nią wskazywanym.

– Mam nadzieję, że nie zamierzasz ustrzelić na kolację tego biednego starego wieśniaka, który kryje się w zaroślach – stwierdził. Rzekł jednak te słowa podniesionym głosem, tak żeby słychać go było również po drugiej stronie drogi i w krzakach.

Gałęzie natychmiast poruszyły się gwałtownie i Will usłyszał czyjś bardzo zaniepokojony głos:

– Nie strzelajcie, dobry panie! Proszę, proszę, nie strzelajcie! To przecież tylko ja!

Zarośla rozchyliły się, wyszedł z nich wystraszony starzec o niechlujnym wyglądzie. Spieszył się tak bardzo, że zaplątał się stopą w gałęzie i runął jak długi w śnieg. Dźwignął się jednak czym prędzej, z rękami uniesionymi do góry i otwartymi dłońmi, by pokazać, że nie jest uzbrojony. Zmierzając ku nim, powtarzał bez przerwy:

– To tylko ja, panie! Nie ma po co strzelać, panie! To tylko ja, przysięgam, nikomu nic złego nie zrobię, a zwłaszcza takim, jak wy!

Wyszedł na środek traktu, wpatrując się w trzymany przez Willa łuk i lśniący, niepokojąco ostry grot strzały. Will przyjrzał mu się, a następnie opuścił łuk. Starzec był chudy jak szczapa, odziany w brudną i podartą sukmanę. Miał długie, niezdarne kończyny i ogólnie był bardzo kościsty. Całości dopełniała przybrudzona siwa broda i łysina na czubku głowy.

Starzec zatrzymał się parę metrów przed nimi i z nerwowym uśmiechem zapewnił raz jeszcze, zwracając się do obu zakapturzonych postaci:

– To tylko ja.

ROZDZIAŁ 18

Will uśmiechnął się mimo woli. Trudno było wyobrazić sobie dokładniejsze przeciwieństwo wściekłego, groźnego odyńca.

– Skąd wiedziałeś, że tam jest? – spytał Halta.

Zwiadowca machnął niedbale ręką.

– Dostrzegłem go parę minut temu. Z czasem nauczysz się wyczuwać, kiedy ktoś na ciebie patrzy. Jak już wyczujesz, zaczynasz się za tym kimś rozglądać.

Will pokręcił głową z podziwem. Halt posiadał niemal nadprzyrodzoną umiejętność obserwacji. Nic dziwnego, że mieszkańcy zamku czuli przed nim zabobonny lęk!

– No dobra – rzekł Halt surowo – czemu tak się skradałeś? Kto kazał ci nas szpiegować?

Starzec nerwowo zatarł dłonie, spoglądając na przemian na Halta i ku grotowi strzały, skierowanej teraz w dół, lecz wciąż założonej na cięciwę łuku Willa.

– Gdzieżbym tam szpiegował, panie! Nie, skądże! Wcale nie szpiegowałem. Usłyszałem tylko jakiś hałas i pomyślałem sobie, że to ten wielki świniak tu wraca, to i żem się schował! A tymczasem to panowie nadjeżdżali.

Halt ściągnął brwi.

– Wziąłeś mnie za dzika? – spytał.

Wieśniak znów potrząsnął głową.

– Nie. Nie. Nie. Nie – powtórzył. – Gdzieżby, panie. Przynajmniej nie kiedym was ujrzał! Ale wonczas przecie nie wiedziałem, kto zacz. Czy nie jacy zbóje.

– Co tu robisz? – przesłuchiwał go dalej Halt. – Nie pochodzisz z tych stron, prawda?

Wieśniak, który ze wszech miar pragnął go zadowolić, znów pokręcił głową.

– Gdzie tam, panie. Przybyłem aż znad rzeki Willowtree! – oznajmił. – Szedłem tropem tego świniaka, w nadziei, że trafi się ktoś, kto go przerobi na bekon.

Halt nagle zainteresował się słowami nieznajomego. Przestał wypytywać go żartobliwie surowym tonem, teraz jego głos brzmiał rzeczowo i poważnie.

– A, to znaczy widziałeś dzika, tak? – spytał, a wieśniak znów zatarł dłonie i rozejrzał się lękliwie wokół, jakby spodziewał się, że „świniak" w każdej chwili może wyskoczyć zza drzew.

– A jakże, widziałem. I słyszałem. I nie chcę go więcej oglądać. Powiadam, panie, bestia, jakich mało!

Halt zerknął w stronę śladów.

– Mały nie jest, to pewne – mruknął.

– Diabeł wcielony, panie! – ciągnął wieśniak. – Istny diabelski pomiot. Dla takiego rozszarpać człeka czy konia, to jak zjeść śniadanie!

– Co w takim razie planowałeś? – spytał Halt, a potem dodał: – A tak przy okazji, jak się nazywasz?

Wieśniak skłonił się i uniósł dłoń do czoła w pozdrowieniu.

– Piotr, panie. Mówią na mnie Solny Piotr, tak mnie wołają, panie, bo lubię sobie nieźle mięsko posolić. Słowo daję.

– Nie wątpię – odparł Halt. – Ale pytałem cię, co zamierzałeś uczynić w sprawie tego dzika?

Solny Piotr podrapał się po głowie, miał w tej chwili niezbyt mądrą minę.

– Prawdę rzekłszy, nie wiem. Myślał żem sobie – znajdę jakiego żołnierza albo rycerza czy wojownika, co mu da radę. Albo i zwiadowcę – dodał po namyśle.

Will uśmiechnął się. Halt, który uprzednio przyklęknął, by przyjrzeć się śladom na śniegu, wstał. Otrzepał biały puch z kolana i podszedł do miejsca, gdzie stał Solny Piotr, przestępujący nerwowo z nogi na nogę.

– Pewnie dzik spowodował niemałe zniszczenia? – spytał, a stary skwapliwie pokiwał głową.

– Ano, panie! Jakże by inaczej! Trzy psy ubił. Płoty pozwalał i szkód w polu narobił, a jakże. Mało co mojego zięcia nie ukatrupił, kiedy ten próbował go dopaść. Jakem mówił, panie, istny diabeł!

Halt w zamyśleniu podrapał się po brodzie.

– Hm – odezwał się. – Bez wątpienia powinniśmy coś w tej sprawie zrobić. – Zerknął na słońce, które stało już nisko nad horyzontem po zachodniej stronie nieba, a potem zwrócił się do Willa: – Ile zostało nam jeszcze światła dziennego, Willu?

Will przyjrzał się położeniu słońca. Ostatnio Halt nie zaniedbywał żadnej okazji, by nauczyć go czegoś nowego lub sprawdzić zdobytą już wiedzę i posiadane umiejętności. Wiedział też dobrze, że oczekuje od niego wyważonej i przemyślanej odpowiedzi. Raczej trafnej niż pochopnej.

– Trochę ponad godzinę? – zapytał. Ujrzał, jak brwi Halta ściągają się, a czoło marszczy i poniewczasie przypomniał sobie, że zwiadowca wyjątkowo nie cierpi, kiedy ktoś odpowiada mu pytaniem na pytanie.

– Chcesz wiedzieć, czy chcesz powiedzieć? – zirytował się jak zwykle w takich sytuacjach Halt. Niezadowolony z siebie, Will potrząsnął głową.

– Nieco ponad godzinę – stwierdził teraz pewniejszym tonem, ku usatysfakcjonowaniu zwiadowcy.

– Prawidłowo – pochwalił go. – Doskonale, Solny Piotrze, chcę, żebyś zaniósł wiadomość do barona Aralda – rzekł, zwracając się do starego wieśniaka.

– Barona Aralda? – powtórzył ten niespokojnie. Halt przybrał surowy wyraz twarzy.

– Widzisz, co narobiłeś? – zwrócił się do Willa. – Przez ciebie i on zaczął odpowiadać pytaniami na pytania!

– Przykro mi – mruknął Will, uśmiechając się mimo woli. Halt pokręcił karcąco głową i podjął przemowę do Solnego Piotra.

– Tak jest, do barona Aralda. Jeśli pójdziesz jeszcze milę czy dwie tą drogą, ujrzysz jego zamek.

Solny Piotr przysłonił oczy dłonią i spojrzał w dal, jakby już stąd mógł ujrzeć siedzibę wielmoży.

– Zamek, powiadacie? – w jego głosie słychać było powątpiewanie. – Nigdy w życiu nie widziałem żadnego zamku!

Halt westchnął, zaczynał się niecierpliwić. Roztrzepanie starego gaduły, którego umysł nie był w stanie trzymać się właściwego tematu, stawało się trudne do zniesienia.

– Tak jest, mówiłem o zamku. Podejdziesz do strażnika u bramy...

– A duży ten zamek? – spytał starzec.

– Zamek jest OGROMNY! – ryknął na niego Halt. Przerażony Solny Piotr odskoczył do tyłu. Na jego obliczu malowała się uraza.

– Nie trzeba krzyczeć, młody panie – ofuknął go. – Przecie ja tylko pytałem, nic więcej.

– Więc przestań pytać i bez przerwy mi przerywać – polecił zwiadowca. – Tracimy przez to tylko czas. Słuchasz mnie uważnie?

Solny Piotr skinął głową.

– Doskonale – mówił dalej Halt. – Podejdziesz więc do strażnika stojącego u bramy i powiesz, że masz wieść dla barona Aralda i że przychodzisz od Halta.

Twarz starca ożywiła się, to imię wyraźnie nie było mu obce.

– Od Halta? – spytał. – Ale nie zwiadowcy Halta?

– Owszem – odparł Halt znużonym tonem. – Od zwiadowcy Halta.

– Tego samego, który poprowadził zbrojnych, by pokonali wargalów Morgaratha? – dopytywał się Solny Piotr.

– Właśnie od niego – potwierdził Halt niebezpiecznie niskim głosem. Solny Piotr rozejrzał się wokół.

– No dobrze – stwierdził. – A gdzie on jest?

– To ja jestem Halt! – zagrzmiał na niego zwiadowca, krzycząc mu prosto w twarz. Stary wieśniak znów cofnął się o parę kroków. Szybko jednak doszedł do siebie i stanowczo pokręcił głową.

– Nie, nie, nie – powiedział. – Nie możecie nim być, panie. Przecie zwiadowca Halt jest wzrostu dwóch mężczyzn i w barach taki sam szeroki. Toć to olbrzym, panie! Niepokonany, w boju nieustraszony, ot co. Nie może być, żebyście to wy nim byli, panie.

Halt odwrócił się, starając opanować gniew. Will natomiast bawił się coraz lepiej.

– Ja... jestem... Halt – wycedził zwiadowca z naciskiem, by Solny Piotr nie miał ani cienia wątpliwości. – Kiedy byłem młodszy, byłem wyższy i szerszy w barach. Teraz jednak się skurczyłem – patrzył groźnie wieśniakowi prosto w oczy. – Zrozumiałeś?

– Skoro tak powiadacie... – Solny Piotr zawiesił głos. Wciąż nie wierzył zwiadowcy, ale w jego oczach dostrzegł groźny błysk, dający do zrozumienia, że dalszy spór mógłby się dla niego źle skończyć.

– Wyśmienicie – stwierdził Halt lodowatym tonem. – Otóż powiesz baronowi, że Halt i Will...

Solny Piotr miał właśnie zadać następne pytanie, ale Halt położył mu dłoń na ustach, a drugą ręką wskazał chłopca, stojącego obok Wyrwija.

– To jest Will. – Solny Piotr gorliwie skinął głową; dłoń zwiadowcy była mocno zaciśnięta na jego twarzy, co skutecznie zapobiegło dalszym pytaniom. – Powiedz mu, że Halt i Will są na tropie odyńca – ciągnął zwiadowca. – Kiedy znajdziemy jego kryjówkę, powrócimy do zamku.

Tymczasem, niech baron zbierze swych ludzi i przygotuje się na łowy jutro rano.

Z wolna cofnął rękę, odejmując ją od ust wieśniaka.

– Zapamiętałeś wszystko? – spytał.

Solny Piotr skwapliwie skinął głową.

– W takim razie powtórz – nakazał mu Halt.

– Iść do zamku, powiedzieć strażnikowi przy bramie, że jest wiadomość od pana... Halta... dla barona. Powiedzieć, że jesteście, panie... że Halt... i on... ten, Will... są na tropie odyńca i szukają jego kryjówki. Powiedzieć, coby gotowali się jutro na łowy.

– Dobrze – stwierdził Halt. Skinął w stronę Willa i obaj wskoczyli na siodła. Solny Piotr stał pośrodku drogi i spoglądał na nich. – No, ruszaj! – zawołał Halt.

Wieśniak uszedł parę kroków, lecz gdy uznał, że dzieli ich już bezpieczna odległość, odwrócił się i zawołał do zwiadowcy o posępnym obliczu:

– Wcale wam nie wierzę, panie, nic a nic! Nie ma tak, żeby człek się z wiekiem tyle skurczył!

Halt westchnął ciężko i skierował swojego konia w stronę lasu.

Rozdział 19

Jechali stępa w zapadającym zmroku, przechyleni w siodłach, by łatwiej śledzić trop dzika.

Przyznać trzeba, że nie było to trudne. Potężne cielsko pozostawiło w śniegu głębokie wyżłobienie, zresztą nawet latem nietrudno byłoby odnaleźć jego ślad. Odyniec najwyraźniej był rozjuszony, uderzał kłami w drzewa, deptał poszycie, pozostawiając widoczne oznaki zniszczenia.

– Halt? – spytał trochę niepewnie Will, gdy ujechali już około pół mili gęstym lasem.

– Hm? – mruknął zwiadowca bez zainteresowania.

– Po co trudzić barona? Czy nie moglibyśmy ustrzelić tego dzika z naszych łuków?

Halt pokręcił głową.

– Jest na to zbyt wielki, Willu. Świadczą o tym rozmiary śladów. Trzeba by z pół tuzina strzał, żeby go położyć trupem, a i wówczas nie padłby od razu. Gdy ma się do czynienia z taką bestią, trzeba się mieć na baczności.

– Jak więc to się robi?

Halt rzucił okiem w jego stronę.

– Jasne, przecież nigdy nie widziałeś prawdziwego polowania...

Will potrząsnął głową. Halt powstrzymał konia, by wyjaśnić chłopcu, w czym rzecz; Will zatrzymał Wyrwija u jego boku.

– Po pierwsze – zaczął zwiadowca – do tego potrzebne są psy. Bowiem jest jeszcze drugi powód, dla którego nie możemy po prostu go dopaść i ustrzelić z łuków. Prawdopodobnie, gdy go znajdziemy, skryje się w jakimś gąszczu, w krzakach czy zagajniku, gdzie nie zdołamy się bezpiecznie dostać. Natomiast psy wypłoszą go z kryjówki, wokół której będzie już czekać krąg myśliwych z oszczepami.

– Którymi będą w niego ciskać? – spytał Will.

– Nie, o ile mają choć trochę oleju w głowie – odpowiedział Halt. – Oszczep na dzika ma ponad dwa metry długości i zakończony jest dwusiecznym, długim grotem z rodzajem poprzecznego jelca u nasady. Idzie o to, żeby odyniec ruszył na oszczepnika, szarżując. Ten wówczas zatyka drzewce w ziemię i nachyla oszczep tak, by zwierz nadział się na ostrze. Poprzeczny jelec służy temu, by powstrzymać impet dzika, w przeciwnym razie oszczep mógłby przejść na wylot, a ranna bestia dopadłaby myśliwego.

Will nie był zachwycony.

– Brzmi to niebezpiecznie.

Zwiadowca skinął głową.

– Bo jest niebezpieczne. Jednak ludzie tacy jak baron i sir Rodney oraz inni rycerze uwielbiają podobne zabawy. Za żadne skarby nie wyrzekliby się polowania na odyńca, skoro nadarza się okazja.

– A ty? – zaciekawił się Will. – Też będziesz miał oszczep?

Halt pokręcił głową.

– Nie, będę siedział sobie na grzbiecie Abelarda – odparł – a ty na grzbiecie Wyrwija. A to na wypadek, gdyby dzik przebił się przez krąg myśliwych lub gdyby był tylko raniony i uciekł.

– Ale co zrobimy, kiedy tak się stanie?

– Dopadniemy go, nim znów skryje się w gąszczu – oznajmił Halt ponuro. – I wtedy rzeczywiście ustrzelimy go z naszych łuków.

Następnego dnia była sobota, toteż po śniadaniu uczniowie Szkoły Rycerskiej mieli czas wolny, który mogli spędzić, jak tylko chcieli. Co do Horace'a, oznaczało to zazwyczaj usilne starania, by schodzić z oczu Aldzie, Brynowi i Jerome'owi. Wkrótce jednak prześladowcy zorientowali się, że chłopak próbuje im uciec, toteż zazwyczaj czekali na niego u wyjścia z sali jadalnej. Gdy tego ranka wyszedł na plac manewrowy, ujrzał, że już tam są z niewróżącymi nic dobrego, szyderczymi uśmiechami na twarzach. Zawahał się, ale było już zbyt późno, żeby zawrócić. Powłócząc nogami, ruszył w ich stronę.

– Horace! – drgnął, gdy ktoś z tyłu zawołał go po imieniu. Odwrócił się i zobaczył sir Rodneya, który teraz spoglądał z dziwnym wyrazem twarzy ku trzem kadetom, oczekującym na dziedzińcu. Horace zastanawiał się nieraz, czy mistrz wie o prześladowaniach, jakich systematycznie padał ofiarą, ale przypuszczał, że raczej tak. Pewnie chodziło o zahartowanie młodszych uczniów Szkoły Rycerskiej.

– Tak jest! – krzyknął, zastanawiając się jednocześnie, czym zawinił. Jednak rysy Rodneya nie wyrażały gniewu, przeciwnie; uśmiechał się do młodzieńca i wyglądał na bardzo zadowolonego z jakiejś przyczyny.

– Spocznij, Horace. W końcu to sobota. Byłeś kiedyś na polowaniu?

– Ee... nie, panie – choć sir Rodney pozwolił mu przyjąć swobodniejszą postawę, wciąż prężył się na baczność.

– Pora, żebyś zobaczył, jak to się odbywa. Zgłoś się do zbrojowni po oszczep na dziki i nóż myśliwski, niech Ulf wyda ci konia, a za dwadzieścia minut masz się do mnie zgłosić.

– Tak jest! – wykrzyknął Horace, a sir Rodney zatarł ręce. Wyraźnie był w znakomitym humorze.

– Zdaje się, że Halt i jego czeladnik wytropili dla nas odyńca. Mamy okazję się zabawić! – uśmiechnął się zachęcająco do Horace'a i odszedł, by zająć się własnym ekwipunkiem. Gdy chłopak rozejrzał się po dziedzińcu, spostrzegł, że Alda, Bryn i Jerome znikli bez śladu. Gdyby zastanowił się przez chwilę, czemu trzej złośliwcy woleli nie pokazywać się na oczy sir Rodneyowi, może doszedłby do jakichś wniosków, teraz jednak myśli jego zaprzątnęło coś innego, zastanawiał się bowiem, co go czeka podczas polowania na dzika.

Późnym rankiem prowadzeni przez Halta myśliwi dotarli w okolicę kryjówki odyńca.

Bestia zaszyła się w gęstych zaroślach pośród lasu. Halt i Will znaleźli kryjówkę poprzedniego wieczoru, tuż przed zapadnięciem nocy.

Gdy łowcy dotarli już blisko, Halt dał znak, a wówczas baron i jego rycerze zsiedli z koni, pozostawiając je pod opieką jednego ze stajennych. Ostatnie sto metrów wszyscy przebyli pieszo. Tylko Halt i Will pozostali w siodłach.

Oddział liczył piętnastu myśliwych, każdy z nich uzbrojony był w oszczep, dokładnie taki, jaki poprzedniego dnia Halt opisał Willowi. Kiedy znaleźli się już niedaleko kryjówki dzika, rozproszyli się, otaczając ją kręgiem. Will zdziwił się nieco, widząc pośród nich Horace'a, bowiem wszyscy pozostali uczestnicy wyprawy byli pełnoprawnymi rycerzami. Tylko jego towarzysz z sierocińca był pośród myśliwych jedynym uczniem.

Kiedy podeszli już blisko, Halt uniósł rękę, dając w ten sposób znak pozostałym, by się zatrzymali. Zmusił Abelarda do kłusu i podjechał ku Willowi. Wyrwij zachowywał się niespokojnie, wyczuwał w powietrzu dzika.

– Pamiętaj – rzekł zwiadowca do Willa półgłosem – jeśli będziesz musiał strzelać, celuj w punkt tuż pod lewą łopatką. Strzał prosto w serce to twoja jedyna szansa, by powstrzymać szarżującego dzika.

Will skinął głową i nerwowo oblizał wargi. Wyciągnął dłoń i poklepał Wyrwija po szyi. Konik potrząsnął głową w odpowiedzi na dotknięcie swojego pana.

– I trzymaj się blisko barona – przypomniał mu Halt, nim ruszył na swoje miejsce po przeciwnej stronie kręgu myśliwych.

Wystawiał się w ten sposób na największe niebezpieczeństwo, ponieważ towarzyszył najmniej doświadczonym myśliwym, czyli tym, którzy najłatwiej mogli popełnić błąd. Gdyby dzik tam właśnie przebił się przez krąg łowców, do niego należałoby dogonienie bestii i jej uśmiercenie. Willowi wskazał miejsce obok barona i najwytrawniejszych myśliwych, gdzie niebezpieczeństwo było najmniejsze. Tym samym chłopak znalazł się również obok Horace'a. Sir Rodney wyznaczył uczniowi Szkoły Rycerskiej miejsce pomiędzy sobą a baronem. Przecież było to pierwsze polowanie, w jakim chłopak miał uczestniczyć, i Mistrz Sztuk Rycerskich nie zamierzał go narażać; chodziło o to, by patrzył i uczył się, a jeśli dzik wybiegłby w ich stronę, miał pozwolić działać baronowi lub sir Rodneyowi.

Horace zerknął w stronę Willa, ich spojrzenia spotkały się. Jednak tym razem nie było w nich wrogości. Mało tego, Horace obdarzył czeladnika zwiadowcy nieco wymuszonym półuśmiechem. Will zdał sobie sprawę, widząc jak Horace oblizuje wargi, że i tamten boi się, nie mniej niż on sam.

Halt dał kolejny znak i krąg myśliwych zaczął zbliżać się do zarośli. Gdy pierścień zacieśniał się, Will stracił z oczu swojego nauczyciela oraz pozostałych myśliwych, którzy znajdowali się po drugiej stronie kępy drzew. Niespokojne zachowanie Wyrwija świadczyło o tym, że bestia nadal spoczywa w swej kryjówce. Jednak konik był świetnie wyszkolony, kroczył więc posłusznie do przodu, łagodnie popędzany przez swojego pana.

Z gąszczu dobiegł naraz gardłowy ryk, tak potworny, że Willowi włosy stanęły na głowie. Nigdy przedtem nie słyszał odgłosu, jaki wydaje rozwścieczony odyniec. Było to coś pomiędzy chrząknięciem a wrzaskiem, tak dojmującym, że myśliwi zatrzymali się na chwilę.

– Jest tam, jest! – zawołał podekscytowany baron radośnie. – Miejmy nadzieję, że wybiegnie prosto na nas, nie, chłopaki?

Will nie był całkiem pewien, czy życzył sobie, żeby odyniec zdecydował się na szarżę po ich stronie zarośli. Nie, lepiej niech wyskoczy na tamtych…

Jednak zarówno baron, jak i sir Rodney szczerzyli zęby w uśmiechu, niczym uczniacy, cieszący się na dobrą zabawę. Trzymali oszczepy w pogotowiu i najwyraźniej byli zachwyceni, tak właśnie, jak zapowiadał Halt. Szybkim ruchem Will zsunął łuk z ramienia i założył strzałę. Musnął palcem grot, by upewnić się, że jego ostrze się nie stępiło. Zaschło mu w gardle. Miał wrażenie, że gdyby ktoś go teraz o coś spytał, nie zdołałby wykrztusić ani słowa.

Psy szarpały się na napiętych smyczach, a odgłos ujadania niósł się echem po lesie. Ich szczekanie zaalarmowało odyńca. Teraz Will dostrzegł sylwetkę ogromnego zwierzęcia, które długimi kłami uderzało w pnie drzew.

Baron skinął na Berta, psiarczyka, by spuścił ogary z uwięzi.

Wielkie psy gończe puściły się pędem, przemknęły przez odkrytą przestrzeń i zaszyły się w zaroślach. Była to specjalna odmiana o potężnej budowie ciała, hodowana właśnie do łowów na grubego zwierza.

Zgiełk, jaki dobywał się z zarośli, był wprost nie do opisania. Do wściekłego ujadania psów dołączył mrożący krew w żyłach odgłos wydawany przez rozwścieczonego odyńca. Trzaskały gałęzie i pniaki młodych drzew. Wyglądało to tak, jakby cały zagajnik miał za chwilę wystrzelić w powietrze.

A potem nagle odyniec pojawił się na otwartej przestrzeni.

Szarżował prosto na środek półkola łowców, dokładnie w połowie drogi między Willem a Haltem. Ze wściekłym rykiem odrzucił na bok jednego z psów, który wpił się zębami w jego skórę, przez moment stał bez ruchu, a potem ruszył na myśliwych z całym impetem i oszałamiającą prędkością.

Młody rycerz, który stał na drodze zwierza, nie wahał się ani przez chwilę. Przykląkł na jedno kolano, wbijając drzewce oszczepu w ziemię i nastawiając lśniący grot w kierunku szarżującej bestii.

Odyniec nie miał już odwrotu. Nadział się w pędzie na ostrze, rzucił się gwałtownie, rycząc z bólu i próbując uwolnić się od śmiercionośnego oszczepu. Jednak młody myśliwy trzymał mocno drzewce, przyciskając je ku ziemi, by rozjuszona bestia nie mogła go wyszarpnąć.

Will ze zgrozą przyglądał się tej scenie; drzewce w pewnej chwili ugięło się niczym łuk pod ciężarem pędzącego odyńca, potem jednak wyostrzony grot przebił serce zwierzęcia i było po wszystkim.

Wydawszy z siebie ostatni ryk, potężny odyniec padł na bok, nieżywy.

Pokryty skudlonym włosiem trup był niemal wielkości konia, nabity potężnymi mięśniami; po obu stronach potwornego pyska sterczały długie, mordercze kły. Widać było na nich ślady ziemi, którą ył w furii, i krew przynajmniej jednego z psów.

Will wzdrygnął się, spoglądając na zabite zwierzę. Mam nadzieję – pomyślał – że nieprędko będę miał do czynienia z czymś podobnym.

Rozdział 20

Myśliwi zgromadzili się wokół młodego rycerza, który położył dzika, gratulując mu i poklepując go po plecach. Baron Arald także ruszył ku triumfatorowi, przystanął jednak obok siedzącego na Wyrwiju Willa.

– Nieprędko ujrzysz drugiego odyńca tej wielkości, Willu – odezwał się do chłopca ochrypłym głosem. – Szkoda, że nie wybiegł na nas. Sam chciałbym mieć takie trofeum – rzucił i ruszył dalej w stronę sir Rodneya, który dołączył już do grupy wojowników, podziwiających zabitego odyńca.

Po raz pierwszy od długich tygodni Will znalazł się sam na sam z Horace'em. Nastąpiła chwila niezręcznego milczenia, żaden z chłopców nie mógł zdecydować się, by uczynić pierwszy krok. Horace, wciąż pod wrażeniem wypadków tego ranka, z sercem nadal bijącym od lęku, jaki poczuł na widok szarżującej bestii, miał ochotę podzielić się swymi emocjami z Willem. W świetle tego, co właśnie ujrzeli, ich dziecinne spory nie miały znaczenia, a przy tym wstyd mu było z powodu tego, jak się zachował podczas ich poprzedniego spotkania. Nie potrafił jednak znaleźć słów, by wyrazić, co myśli, a w zaciętych rysach Willa nie dostrzegł zachęty, wzruszył więc lekko ramionami i odwrócił się, by również pogratulować młodemu myśliwemu. W tej samej chwili Wyrwij zesztywniał, nastawił uszu i cicho zarżał.

Will spojrzał w stronę zarośli i zdrętwiał z przerażenia.

Tuż u ich skraju stał drugi dzik – jeszcze większy od tego, który leżał teraz martwy w śniegu.

– Uwaga! – wrzasnął chłopak, gdy bestia uderzyła wściekle kłami w ziemię.

Sytuacja wyglądała fatalnie. Tyraliera myśliwych rozsypała się, większość z nich opuściła już swoje miejsca, by podziwiać zabite zwierzę i zamienić kilka słów z jego zabójcą. Teraz na drodze drugiego odyńca pozostali tylko Will i Horace – Will zdał sobie sprawę, iż stało się tak głównie dlatego, że Horace stał przed nim przez tych kilka chwil, nim postanowił odejść.

Na krzyk Willa Horace odwrócił się gwałtownie. Spojrzał na niego, a potem w stronę zagajnika. Dzik opuścił głowę, znów uderzył kłami w ziemię i ruszył do ataku. Wszystko działo się w oszałamiającym tempie. Przed sekundą stał jeszcze i rył kłami ziemię, a teraz już ku nim pędził. Horace skoczył między Willa a bestię bez wahania, nadstawiając ku niemu swój oszczep, jak nauczyli go sir Rodney i baron.

Jednak w ostatniej chwili poślizgnął się na śniegu i runął bezwładnie w bok, wypuszczając długi oszczep z rąk.

Nie było chwili do stracenia. Bezbronny Horace wystawiony był na cios morderczych kłów bestii. Will błyskawicznie uwolnił stopy ze strzemion i zeskoczył na ziemię, jednocześnie napinając łuk i celując. Wiedział, że jego broń nie zdoła powstrzymać wściekłej szarży. Mógł tylko liczyć na to, że zdoła odwrócić uwagę rozwścieczonego zwierzęcia od leżącego w śniegu nieszczęśnika.

Strzelił i natychmiast odbiegł na bok, byle dalej od Horace'a. Wrzasnął co sił w płucach i znów strzelił.

Strzały utkwiły w kudłatym boku zwierza niczym igły w poduszeczce. Nie uczyniły mu większej krzywdy, lecz bestia poczuła piekący ból. Jej czerwone, wściekłe oczka dostrzegły drobną postać chłopaka i dzik ruszył w jego kierunku.

Nie było już czasu na następny strzał. Na razie, Horace był bezpieczny, teraz w niebezpieczeństwie znalazł się Will. Dał susa za drzewo – w samą porę!

Rozwścieczony odyniec z całych sił rąbnął w pień. Jego potężne cielsko wstrząsnęło drzewem, zrzucając z gałęzi kaskadę śniegu.

O dziwo, potężne uderzenie nie zamroczyło bestii. Dzik natychmiast cofnął się kilka kroków i ponownie zaszarżował na Willa. Chłopak znów schronił się za drzewem, przemykając zaledwie o centymetry przed morderczymi kłami.

Ryczące z wściekłości, odyniec zawrócił, ślizgając się na śniegu i znów zaatakował. Tym razem jednak już wolniej i Will nie miał możliwości umknąć na bok w ostatnim momencie. Dzik nadbiegał truchtem, w jego czerwonych oczkach połyskiwała furia, zbrojny w kły łeb kołysał się na boki, gorący oddech zwierzęcia unosił się kłębami pary w mroźnym powietrzu.

Will słyszał za sobą okrzyki myśliwych, ale wiedział, że nie zdążą nadbiec na czas, by go ocalić. Założył następną strzałę, choć nie miał szansy trafić w witalny punkt pod łopatką, jako że zwierz nadciągał skierowany przodem do niego.

I wtedy usłyszał tętent kopyt na śniegu; zobaczył kudłatą sylwetkę kucyka, biegnącego w stronę rozwścieczonego potwora.

– Nie! – wykrzyknął Will, lękając się teraz o życie swojego wierzchowca. Konik jednak nie zwrócił na to uwagi, podbiegł do ogromnego dzika, w ostatniej chwili zawrócił i trzasnął go z całej siły w bok tylnymi kopytami. Uderzenie było tak silne i niespodziewane, że odyniec w jednej chwili przewrócił się w śnieg.

Wstał jednak natychmiast, rozwścieczony jeszcze bardziej niż przedtem. Kucyk zdołał pozbawić go równowagi, ale jego kopnięcie nie poczyniło większych szkód. Teraz dzik usiłował trafić Wyrwija kłami, a konik, rżąc ze strachu, odskakiwał na boki, lawirując, by uniknąć zabójczego ciosu.

– Uciekaj! – wrzasnął znów Will. Serce podeszło mu do gardła. Jeśli te kły uszkodzą delikatne ścięgna konika, Wyrwij będzie okaleczony do końca życia. Nie mógł patrzeć, jak jego wierzchowiec naraża się, broniąc swojego pana. Strzelił raz jeszcze i dobył długiego noża, biegnąc na spotkanie potężnej, rozwścieczonej bestii.

Trzecia strzała również utkwiła w boku dzika. I tym razem nie trafił w serce, tylko znów ranił potwora. W biegu chłopak wrzeszczał na Wyrwija:

– Uciekaj! Uciekaj!

Dzik dostrzegł go i rozpoznał tę samą drobną postać, która przedtem sprawiła mu taki ból. Nienawistne oczka rozbłysły, odyniec spuścił głowę do ostatecznej, morderczej szarży.

Will widział grube węzły mięśni tylnych nóg sprężonych do ataku. Znalazł się zbyt daleko od drzew, musiał stawić czoła szarży na otwartej przestrzeni. Przyklęknął na jedno kolano i choć nie miał już żadnej nadziei, wyciągnął przed siebie długi nóż na spotkanie pędzącego dzika. Gdzieś w oddali usłyszał okrzyk Horace'a, który pędził ku niemu z oszczepem w dłoniach.

A potem pośród tupotu racic dzika rozległ się przenikliwy świst, który urwał się nagle, gdy w pół kroku odyniec niespodziewanie kwiknął przeraźliwie, skręcił się w agonii i padł martwy na śnieg.

Długa, ciężka strzała Halta utkwiła w jego boku niemal po brzechwę. Pocisk wystrzelony z długiego łuku zwiadowcy trafił dokładnie za lewą łopatką, grot przebił serce bestii.

Strzał doskonały.

Halt ściągnął wodze Abelarda, wzbijając tuman śniegu i rzucił się na ziemię, otaczając ramionami drżącego chłopca. Will skrył twarz w szorstkiej materii płaszcza zwiadowcy. Nie chciał, by ktokolwiek ujrzał łzy, spływające po jego twarzy.

Halt łagodnie wyjął nóż z dłoni Willa.

– Cóż ty, u diabła, chciałeś tym zrobić? – spytał.

Will tylko potrząsnął głową. Nie był w stanie mówić. Poczuł wilgotne dotknięcie miękkich nozdrzy Wyrwija na ramieniu i popatrzył w wielkie, mądre oczy konika.

A potem nastał zgiełk i zamęt, gdy wokół zgromadzili się wszyscy myśliwi, którzy nie mogli się nadziwić rozmiarom drugiego dzika i poklepywali Willa po plecach, wyrażając uznanie dla jego odwagi. Stał pośród nich – drobna postać – wciąż wstydząc się łez, które nie przestawały spływać po jego policzkach, choć ze wszystkich sił starał się je powstrzymać.

– Przebiegłe bestie – stwierdził sir Rodney, trącając martwego dzika czubkiem buta. – Wszyscy sądziliśmy, że jest tylko jeden dzik, niesłychana to rzadkość spotkać w zimie dwa odyńce razem.

Will poczuł na ramieniu czyjąś dłoń, odwrócił się i spojrzał prosto w oczy Horace'a, który powoli, z podziwem i niedowierzaniem kręcił głową.

– Ocaliłeś mi życie – rzekł. – Nigdy nie widziałem, żeby ktoś był tak odważny.

Will machnął ręką, próbując zbyć podziękowania towarzysza, ale Horace nie ustąpił. Nagle przypomniał sobie, jak dokuczał Willowi i jak wykorzystywał to, że towarzysz był od niego słabszy. Tymczasem oto ten właśnie drobny chłopak uratował go przed ciosem śmiercionośnych, ostrych kłów. W przypływie wdzięczności Horace zapomniał o tym, że przecież w pierwszym porywie to on rzucił się między szarżującą bestię i ucznia zwiadowcy.

– Ale dlaczego, Willu? Przecież my... – nie zdołał znaleźć słów, by dokończyć to zdanie, ale jakimś cudem Will rozumiał, co chłopak ma na myśli.

– Horace, dawniej nie było między nami zgody – odparł – ale nie czuję do ciebie nienawiści. Nigdy jej nie czułem.

Horace skinął głową, w tym momencie chłopcy rozumieli się prawie bez słów. Wreszcie zdołał odnaleźć właściwe słowa:

– Zawdzięczam ci życie, Willu – oświadczył stanowczym tonem. – Nigdy ci tego nie zapomnę. Gdybyś kiedyś potrzebował przyjaciela, gdybyś kiedykolwiek potrzebował pomocy, zawsze możesz na mnie liczyć.

Chłopcy spoglądali na siebie przez chwilę, potem Horace wyciągnął rękę, a Will ją uścisnął. Otaczający ich rycerze milczeli, nie chcąc przeszkadzać w tak ważnej dla obu młodzieńców chwili. Gdy uścisnęli sobie dłonie, podszedł do nich baron Arald i objął ich obu ramionami, przyciągając do siebie.

– Dobrzeście rzekli, obaj! – pochwalił ich głośno, a rycerze przyklasnęli mu zgodnie.

Twarz barona rozpromienił uśmiech. Jakby nie było, mieli za sobą bardzo udany poranek. Nieco emocji, zabite dwa odyńce. A nade wszystko, ci dwaj młodzi ludzie, między którymi narodziła się właśnie niezwykła więź, jaka łączy jedynie tych, którzy wspólnie stawili czoło wielkiemu niebezpieczeństwu.

– Mamy tu dwóch obiecujących młodzieńców! – zwrócił się baron do asystujących tej scenie rycerzy i znów zgromadzeni chórem wyrazili swe poparcie dla jego słów. – Panie Halt, panie Rodney, obaj możecie być dumni ze swych uczniów!

– Zaiste, wasza wysokość – odparł sir Rodney i skinął z aprobatą głową Horace'owi. Nie uszło jego uwadze, jak chłopak bez wahania ruszył na spotkanie szarżującego zwierza. Również to, że ofiarował swą przyjaźń Willowi, świadczyło o nim jak najlepiej, a Rodney pamiętał przecież doskonale, że chłopcy pobili się w Dniu Plonów. Tę dziecinadę mieli już za sobą. Teraz Horace dowiódł, że godzien był Szkoły Rycerskiej.

Halt nie odezwał się ani słowem. Jednak gdy Will spojrzał na swego mistrza, napotkał wzrok ponurego zwiadowcy, który po prostu skinął głową.

A Will wiedział, że znaczyło to więcej niż całe tyrady pochwał z ust kogoś innego.

ROZDZIAŁ 21

Niedługo po sławetnym polowaniu na dzika Will spostrzegł, że zaczęto traktować go jakoś inaczej. Gdy szedł przez wioskę, spoglądano na niego z uznaniem, nawet z szacunkiem. Ci prości ludzie, których horyzonty ograniczały się do codziennych spraw i zajęć, przejawiali skłonność do upiększania wszelkich niezwykłych wydarzeń oraz tworzenia wokół nich czegoś na kształt legendy.

Pod koniec pierwszego tygodnia wypadki podczas polowania zostały wyolbrzymione do tego stopnia, że wieśniacy opowiadali już, jak to Will własnoręcznie i bez niczyjej pomocy ubił oba dziki szarżujące z zarośli. Gdy minęło jeszcze kilka dni, można było usłyszeć opowieści, z których wynikało, że dokonał tego jedną strzałą, przebijając pierwszą bestię na wylot i trafiając w serce drugiej.

– Ale przecież ja niczego takiego nie zrobiłem – chłopak zwierzył się Haltowi któregoś wieczoru, gdy siedzieli w domku na skraju lasu, grzejąc się przy kominku. – Nawet nie miałem czasu się zastanowić, nie podjąłem świadomej decyzji, że zrobię to czy tamto. Wszystko jakby zdarzyło się samo. A poza wszystkim, to ty zabiłeś dzika, nie ja.

Halt skinął tylko głową, wpatrując się w tańczące płomienie paleniska.

– Niech ludzie myślą sobie, co chcą – rzekł cicho. – Nigdy nie zwracaj uwagi na to, co gadają.

Niezasłużona sława wprawiała Willa w zakłopotanie. Miał poczucie, że wieśniacy robią z igły widły. Co innego, gdyby ten podziw i szacunek wynikał z jakichś jego rzeczywistych dokonań. Owszem, uważał, że zachował się należycie i być może nawet w sposób godny pochwały. Nie miał jednak ochoty uchodzić za bohatera z racji całkiem zmyślonych wyczynów i wrodzona uczciwość nie pozwalała mu być dumnym z tak osiągniętej pozycji.

Czuł się także niezręcznie, bo miał wrażenie, że mało kto poza nim zwrócił uwagę, jak dzielnie zachował się Horace, który w pierwszym odruchu natychmiast stanął między Willem i Wyrwijem a szarżującym odyńcem. Will wspomniał o tym Haltowi. Sądził, że może zwiadowca przy jakiejś okazji zwróci uwagę sir Rodneya na ten przejaw odwagi ze strony Horace'a, ale jego mistrz znów tylko skinął głową i stwierdził krótko:

– Sir Rodney wie. Mało jest rzeczy, których by nie dostrzegł. Ma w głowie trochę więcej niż przeciętny rębajło.

I tym Will musiał się zadowolić.

W zamku sprawy miały się nieco inaczej. Rycerze oraz Mistrzowie Sztuk i ich uczniowie odnosili się do Willa z uznaniem, dając mu po prostu odczuć, że nieźle się sprawił. Zauważył, że wielu ludzi znało teraz jego imię i kiedy przybywał z Haltem w jakiejś sprawie na teren zamku, pozdrawiano ich obu. Sam baron zachowywał się jeszcze przyjaźniej niż zwykle. Był dumny, że jeden z wychowanków sierocińca otoczony przezeń opieką dał się poznać z tak dobrej strony.

Nade wszystko Will pragnął omówić tę sprawę z Horace'em. Jednak ich drogi rzadko się krzyżowały i ani razu nie nadarzyła się po temu okazja. Will chciał zapewnić rycerskiego czeladnika, że to nie on rozpowiada te śmieszne bajdy, krążące pośród mieszkańców wioski, i w żaden sposób nie przyczynia się do ich rozpowszechniania.

Tymczasem lekcje oraz ćwiczenia Willa odbywały się w przyspieszonym tempie. Dowiedział się od Halta, że za miesiąc obaj wyruszą na Zlot – doroczne spotkanie wszystkich zwiadowców.

Właśnie podczas tych spotkań przedstawiciele wszystkich pięćdziesięciu obszarów lennych królestwa wymieniali między sobą nowiny, omawiali rozmaite zagrożenia, jakie mogłyby pojawić się w kraju, i czynili plany na przyszłość. Z punktu widzenia Willa najistotniejszy był fakt, że wtedy dokonywano także oceny czeladników, by przekonać się, czy należy się spodziewać postępów w następnym roku szkolenia. Tak się pechowo złożyło, że Will był na terminie u Halta dopiero od siedmiu miesięcy. Jeśli podczas tegorocznego Zlotu ocena miałaby wypaść niepomyślnie, na następną możliwość zyskania uznania musiałby czekać kolejny rok. Ćwiczył więc i ćwiczył każdego dnia, od świtu do nocy. O luksusach, takich jak niedzielny wypoczynek, dawno już zapomniał. Posyłał strzałę za strzałą w rozmaite cele różnych rozmiarów, w odmiennych warunkach, z pozycji stojącej, klęczącej i siedzącej. Ćwiczył też strzelanie z ukrycia na drzewie.

Doskonalił się w operowaniu nożami: rzut na stojąco, z klęczek, z leżenia, podczas uniku w lewo lub prawo. Większym z dwóch noży należało też umieć cisnąć tak, aby uderzył w cel głowicą rękojeści. Było to niezbędne, ponieważ, jak wyjaśnił mu Halt, bardzo często chodzi o ogłuszenie przeciwnika, a nie jego uśmiercenie. Dlatego dobrze jest wiedzieć, jak się do tego zabrać.

Ćwiczył się w ukrywaniu, pamiętając, by zachować bezruch, nawet gdy jest pewien, że nikt go nie widzi; wkrótce przekonał się, że nader często, w istocie, nikt go nie dostrzega – dopóki nie zdradzi się jakimś ruchem. Nauczył się sztuczki, używanej przez obserwatorów, polegającej na tym, żeby przesuwać spojrzeniem przez jakiś punkt i potem natychmiast wracać do niego wzrokiem, starając się dostrzec najmniejszy chociaż ślad ruchu. Dowiedział się o „zamiataczach" – wywiadowcach przemieszczających się w ariergardzie wojsk, kryjących się, by zdemaskować i wyeliminować podążających śladem armii szpiegów, czających się podczas jej przemarszu i opuszczających potem swe kryjówki.

Wciąż pracował z Wyrwijem, zacieśniając jeszcze więzy przyjaźni, która tak szybko się między nimi zawiązała. Nauczył się czynić użytek z niezwykle czułego węchu konika oraz jego doskonałego słuchu, dzięki czemu mógł w porę zorientować się o grożącym niebezpieczeństwie, uczył się też odczytywać sygnały, jakie ten inteligentny i doskonale wytrenowany zwierzak mu przekazywał.

Nic więc dziwnego, że pod koniec wypełnionego po brzegi zajęciami dnia Will po prostu nie miał siły wspiąć się po krętej drodze prowadzącej do Zamku Redmont i odszukać Horace'a, by z nim porozmawiać. Uznał, że prędzej czy później pojawi się jakaś okazja. Tymczasem po prostu miał nadzieję, że wyczyn Horace'a znajdzie uznanie w oczach sir Rodneya oraz pozostałych Mistrzów Szkoły Rycerskiej.

Niestety, w tym samym czasie, nad głową Horace'a zbierały się coraz ciemniejsze chmury.

Sir Rodney nie potrafił rozgryźć tego rosłego młodziana. Wydawało się, że niby posiada wszystkie cechy, jakich wymaga Szkoła Rycerska. Był odważny, bez wahania wykonywał rozkazy i wykazywał wyjątkowe uzdolnienia w posługiwaniu się bronią. Uczył się jednak nader miernie. Nie uważał podczas lekcji, cały czas był roztargniony. Mało tego, instruktorzy podejrzewali, że przejawia nadmierną skłonność do bójek. Nikt z nauczycieli nie przyłapał go już więcej na gorącym uczynku, jednak często widywano na jego ciele siniaki i inne drobne uszkodzenia, a przy tym nie zaprzyjaźnił się z żadnym ze swoich kolegów, którzy wyraźnie go unikali. Wszystko razem składało się na obraz osobnika kłótliwego, nietowarzyskiego i leniwego, którego jedyną zaletą były szermiercze uzdolnienia.

Ważąc te fakty, Mistrz Szkoły z wielką niechęcią nabierał coraz większego przekonania, że będzie musiał z niej usunąć Horace'a. Wskazywało na to właściwie wszystko, a jednak instynkt przestrzegał Rodneya, że się myli. Być może wchodził tu w grę jakiś inny czynnik, z którego istnienia nie zdawał sobie sprawy?

W rzeczywistości były aż trzy takie czynniki i nosiły imiona: Alda, Bryn oraz Jerome. Kiedy zaś w myślach Mistrza ważyły się losy Horace'a, oni znów zdołali osaczyć swoją ofiarę.

Za każdym razem, gdy Horace usiłował się przed nimi ukryć, trzej starsi kadeci jakoś go odnajdowali. Nie było to trudne, dysponowali bowiem całą szpiegowską siatką informatorów zarówno w szkole, jak i poza nią. Donosiciele rekrutowali się spośród młodszych chłopców, którzy po prostu bali się trzech osiłków. Tym razem oprawcy dopadli Horace'a na tyłach zbrojowni, w ustronnym miejscu, które odkrył kilka dni wcześniej. Stał teraz przyparty do kamiennej ściany budynku przez trzech prześladowców. Każdy z nich miał w ręku gruby kij, ponadto Alda przerzucił przez ramię ciężki worek.

– Szukaliśmy cię, dzidziusiu – oznajmił Alda. Horace milczał. Spoglądał po kolei na każdego z nich, czekając na pierwszy ruch z ich strony.

– Dzidzia zrobił z nas głupków – oznajmił Bryn.

– Zrobił głupków z całej szkoły – uzupełnił Jerome. Horace mimo woli zmarszczył brwi, zaintrygowany ich słowami. Nie miał pojęcia, o czym mówili. Jednak następne zdanie wypowiedziane przez Aldę wszystko wyjaśniło.

– Dzidziusia trzeba było ratować przed wielkim, niedobrym dzikiem – rzucił.

– Dzidzię uratował wszawy kurdupel, uczeń szpiega – dodał Bryn kpiącym tonem.

– I przez to okrył nas wszystkich niesławą – mówiąc to, Jerome pchnął Horace'a jednocześnie w ramię, dociskając do kamiennego muru. Był czerwony na twarzy, rozgniewany i Horace wiedział, że przygotowuje się do czegoś wyjątkowo paskudnego. Zacisnął pięści, co Jerome dojrzał natychmiast.

– Nie wygrażaj mi, dzidziusiu! Pora dać ci nauczkę.

Postąpił do przodu, a Horace odwrócił się, by stawić mu czoła, i w tej samej chwili zdał sobie sprawę, że popełnił fatalny błąd. Ruch Jerome'a miał go zmylić. Rzeczywisty atak nastąpił ze strony Aldy, który, nim Horace zdążył cokolwiek zrobić, zarzucił mu na głowę ciężki jutowy wór i błyskawicznie zacisnął sznurek. W jednej chwili Horace stał się ślepy i bezradny.

Poczuł, jak sznur zaciska się wielokrotnie wokół jego ramion. A zaraz potem zaczęło się bicie.

Zachwiał się, nie mając jak osłaniać się przed gradem ciosów, zadawanych grubymi kijami. Uderzył o ścianę, a potem przewrócił się, nie mogąc złagodzić upadku związanymi rękami. Bili go wciąż po nieosłoniętej głowie, ramionach i nogach. Oprawcy wykrzykiwali przy tym litanię obelg:

– Niech cię teraz uratuje ten szpieg-wyskrobek!

– Ośmieszyłeś nas wszystkich, dzidziusiu!

– Naucz się szanować dobre imię szkoły, dzidziusiu!

Wił się, leżąc na ziemi, a kaźń nie ustawała. Na próżno usiłował uniknąć ciosów. Takiego lania jeszcze nigdy od nich nie dostał; tłukli go tak długo, aż wreszcie popadł w oszołomienie i przestał się ruszać. Wówczas każdy z nich walnął go jeszcze parę razy, a potem Alda ściągnął worek. Horace z trudem odetchnął świeżym powietrzem. Całe ciało, każda jego część pulsowała odrętwiającym bólem. Gdzieś z oddali doszedł go głos Bryna.

– Teraz pora na taką samą lekcję dla kurdupla-szpiega!

Dwaj pozostali roześmiali się i usłyszał odgłos oddalających się kroków. Jęknął cicho; marzył tylko o tym, żeby stracić świadomość, żeby zemdleć, zapaść się w mrok, którego litościwe ramiona przynajmniej na chwilę uwolniłyby go od bólu.

Nagle dotarł do niego sens słów Bryna, które jeszcze przed chwilą były dla niego pustym dźwiękiem. Teraz będą chcieli dopaść Willa. Za to, że uratował mu życie! Ocalił go i w ten sposób naraził się na bezlitosną zemstę tych trzech bezdusznych bydlaków.

Rozpaczliwym wysiłkiem woli odepchnął od siebie kojący mrok, jęcząc przez zęby, dźwignął się na kolana, a potem wstał, dysząc ciężko. Zakręciło mu się w głowie, oparł się o mur. Przecież powiedział Willowi, że jeśli będzie kiedyś potrzebował przyjaciela, może na niego liczyć.

Nadszedł czas, by spełnić tę obietnicę.

ROZDZIAŁ 22

Will ćwiczył strzelanie z łuku na łące za chatą Halta. Mierzył do czterech tarcz umieszczonych w różnych odległościach; chodziło o to, żeby trafiać za każdym razem w inną z nich, nigdy dwa razy z rzędu w tę samą. Ćwiczenie wyznaczył mu Halt, który następnie udał się w odwiedziny do barona, aby omówić z nim treść listu, jaki nadszedł od króla.

– Jeśli strzelasz dwa razy do tego samego celu – pouczył go na pożegnanie – odruchowo zaczynasz myśleć, że pierwszy strzał oddajesz jakby na próbę, żeby określić kierunek i wysokość. A tym sposobem nigdy nie nauczysz się strzelania instynktownego. Musisz trafić od razu, pierwszą strzałą.

Will wiedział, że jego nauczyciel ma rację, ale przez to ćwiczenie nie było ani trochę łatwiejsze. W dodatku, dla utrudnienia, Halt zarządził, że między poszczególnymi strzałami nie może upłynąć więcej niż pięć sekund.

Marszcząc brwi w skupieniu, wypuścił ostatnich pięć strzał. Jedna po drugiej utkwiły w tarczach. Już po raz dziesiąty tego ranka opróżnił kołczan. Skinął głową, zadowolony z siebie. Nie tylko za każdym razem trafił w cel, ale i większość jego pocisków znalazła się w wewnętrznym kręgu tarczy lub w samym jej środku. Poszło mu wyjątkowo dobrze: dowód na to, że bezustanne ćwiczenie prowadzi do oczekiwanych rezultatów. Oczywiście nie miał pojęcia, że jeśli nie liczyć członków korpusu zwiadowców, w całym królestwie niełatwo byłoby znaleźć równie dobrego łucznika jak on. Nawet łucznicy królewskiej armii nie byli szkoleni, by strzelać tak prędko i celnie. Wpajano im raczej, by zwalniali cięciwy jednocześnie, zasypując gradem strzał siły przeciwnika. Tak więc trening łuczniczy królewskiej piechoty skupiał się raczej na koordynacji niż na celności.

Odłożył właśnie łuk na ziemię, by pozbierać strzały, kiedy usłyszał za sobą odgłos kroków. Odwrócił się. Widok trzech kadetów Szkoły Rycerskiej nieco go zaskoczył, po czerwonych tunikach zorientował się, że byli to uczniowie drugiego roku. Nie znał żadnego z nich, jednak odezwał się grzecznie:

– Dzień dobry. Co was tu sprowadza?

Rzadko zdarzało się spotykać uczniów Szkoły Rycerskiej tak daleko od zamku. Spostrzegł, że każdy z nich trzyma w ręku gruby kij, uznał więc, że pewnie wybrali się na spacer. Ten, który stał najbliżej – przystojny, jasnowłosy – uśmiechnął się przyjaźnie i oznajmił:

– Szukamy ucznia zwiadowcy.

Will także nie mógł powstrzymać uśmiechu. Przecież miał na sobie szarozielony płaszcz, jakiego nie nosił nikt inny prócz Halta, toteż chyba musieli od razu zorientować się, kim jest. Może jednak była to jakaś forma grzeczności ze strony rycerskiego czeladnika?

– A więc go znaleźliście – odpowiedział. – Co mogę dla was zrobić?

– Mamy dla ciebie wiadomość ze Szkoły Rycerskiej – powiadomił go tamten.

Jak wszyscy kandydaci na rycerzy, był wysoki i mocno zbudowany, jego towarzysze również. Zbliżyli się do niego, a Will odruchowo cofnął się o krok. Przecież mogli mu przekazać wiadomość, nie podchodząc aż tak blisko.

– Chodzi o to, co się wydarzyło podczas polowania – wyjaśnił drugi z kadetów. Był rudy, całą jego twarz pokrywały piegi i miał złamany nos – pewnie podczas którejś z ćwiczebnych walk w ramach zajęć szkolnych. Will z zażenowaniem wzruszył ramionami. Jednak coś mu się w tym wszystkim nie podobało. Blondyn nadal się uśmiechał, ale ani rudzielec, ani trzeci, najwyższy z nich, odróżniający się oliwkową karnacją, nie sprawiali wrażenia przyjaźnie nastawionych.

– Wiesz – odezwał się Will – ludzie opowiadają mnóstwo bzdur. Nie zrobiłem nic specjalnego.

– To wiemy – warknął rudowłosy. Podeszli jeszcze bliżej, a Will znów się cofnął. Pamiętał, co nieraz powtarzał mu Halt: „Nigdy nie pozwól, żeby ktoś się za bardzo do ciebie zbliżył. Zbyt krótki dystans to zawsze sygnał alarmowy; nieważne, z kim masz do czynienia i jak przyjaźnie się ten ktoś zachowuje".

– Tyle że rozpowiadasz wokoło, jak to uratowałeś skórę wielkiego niezdary ze Szkoły Rycerskiej, a to nas wszystkich stawia w niekorzystnym świetle – oskarżył go ten wysoki. Will spojrzał na niego, marszcząc brwi.

– Nigdy niczego podobnego nie mówiłem! – zaprotestował. – Ja...

Bryn miał za zadanie odwrócić uwagę Willa. W tym samym momencie Alda postąpił do przodu z worem. Taktyka, która odniosła powodzenie w rozprawie z Horace'em, tym razem zawiodła. Will miał się na baczności i wykonał unik.

Dał nura do przodu w stronę Aldy i turlając się po ziemi, przemknął pod workiem, a potem szerokim ruchem nogi podciął napastnika, który przewrócił się na trawę. Will nie był jednak w stanie kontrolować ruchów trzech przeciwników naraz. Wywinął się Aldzie i Brynowi, jednak gdy wstawał, kończąc przewrót, Jerome z całej siły trzasnął go kijem w plecy na wysokości łopatek.

Will zatoczył się do przodu z okrzykiem bólu, a w tej samej chwili Bryn uderzył go w bok. Alda zdążył już dźwignąć się na nogi i, rozwścieczony manewrem Willa, walnął go kijem prosto w łokieć.

Ból był nie do zniesienia, Willowi zrobiło się ciemno przed oczyma. Opadł na kolana.

Natychmiast trzej kadeci otoczyli go, nie dając szansy ucieczki i unieśli kije, by rozpocząć kaźń.

– Dosyć tego!

Powstrzymał ich nieoczekiwany głos. Will, który przypadł do ziemi w oczekiwaniu na razy, zasłaniając głowę ramionami, podniósł wzrok i ujrzał Horace'a, posiniaczonego i poranionego, który stał w odległości kilku metrów. W prawej ręce trzymał jeden z ćwiczebnych mieczy, jakich używano w Szkole Rycerskiej. Miał podbite oko, z rozciętej wargi ciekła strużka krwi. Jednak w jego oczach malowała się taka nienawiść i determinacja, że trzej oprawcy zawahali się na chwilę. Potem jednak zdali sobie sprawę, że jest ich trzech, a miecz Horace'a nie jest przecież prawdziwą bronią i wykonano go z drewna takiego samego jak ich kije. Zapomnieli na moment o Willu i ruszyli ku Horace'owi z ciężkimi drągami gotowymi do ataku.

– Dzidziuś przyszedł za nami – stwierdził Alda.

– Dzidziuś chce dostać drugie lanie – zgodził się z nim Jerome.

– Więc dzidziuś je dostanie – dokończył Bryn, szczerząc zęby w uśmiechu. Jednak w następnej chwili wydał okrzyk trwogi, bo coś wytrąciło mu kij z dłoni. Drewniany oręż przekoziołkował w powietrzu i upadł kilka metrów dalej.

W następnej sekundzie to samo stało się z kijem Jerome'a.

Zdezorientowany Bryn spojrzał w stronę, gdzie leżały oba kije. Poczuł się nieswojo, bo ujrzał, że każdy z nich przebity był na wylot strzałą o czarnym drzewcu.

– Jeden na jednego. Tak będzie uczciwiej, nie uważacie? – odezwał się Halt.

Bryn i Jerome wzdrygnęli się nerwowo na widok stojącego dziesięć metrów od nich zwiadowcy o ponurym obliczu – w cieniu drzewa, z następną strzałą założoną już na cięciwę długiego łuku.

Tylko Alda nie zamierzał dawać za wygraną.

– To są sprawy Szkoły Rycerskiej, zwiadowco – oznajmił, próbując fanfaronadą wybrnąć z sytuacji. – Lepiej trzymaj się od tego z daleka.

Will, który dźwignął się z wolna na nogi, dostrzegł błysk gniewu w oczach Halta. Przez chwilę niemal zrobiło mu się żal osiłka, ale potem dotkliwy ból w plecach przypomniał mu, z kim ma do czynienia, i tylko zacisnął zęby.

– Sprawy Szkoły Rycerskiej, powiadasz... synku? – wycedził Halt niebezpiecznie niskim głosem. Postąpił do przodu, pokonując odległość dzielącą go od Aldy kilkoma szybkimi, posuwistymi krokami. Kadet nie spuścił z tonu. Owszem, groźna twarz Halta budziła niepokój, chłopak zdał sobie jednak sprawę, że jest co najmniej o głowę wyższy od zwiadowcy i wróciło mu poczucie pewności siebie. Przez tyle lat bał się tego tajemniczego osobnika, a teraz, gdy stanął z nim twarzą w twarz, zorientował się, jaki to mały człowieczek.

Był to drugi błąd, jaki Alda popełnił tego dnia. Halt był niewysoki, ale myśleć o nim jako o „małym człowieczku" było nader nieroztropnie. Halt spędził całe życie, walcząc z o wiele groźniejszymi przeciwnikami niż uczniak drugiego roku Szkoły Rycerskiej.

– Zdaje mi się, że zaatakowano tu ucznia zwiadowcy – stwierdził spokojnie Halt – więc chyba jest to też sprawa zwiadowcy, nieprawdaż?

Alda wzruszył ramionami. Był teraz przekonany, że bez trudu poradzi sobie z mężczyzną, którego przerastał wzrostem i wagą.

– Chcesz się w to mieszać, twoja rzecz – rzucił kpiąco. – Mało mnie to obchodzi.

Halt pokiwał głową, jakby rozważając sens jego słów.

– Dobrze – rzekł. – Chyba wmieszam się, ale tego nie będę potrzebował.

Mówiąc to, wsunął strzałę z powrotem do kołczana i niedbale odrzucił łuk na bok, skręcając przy tym tułów. Spojrzenie Aldy odruchowo skierowało się w tamtą stronę i w tej samej chwili poczuł rozdzierający ból, gdy Halt krawędzią buta trafił go w stopę tuż pod kostką. Gdy Alda pochylił się, by uchwycić dłońmi obolałą nogę, zwiadowca obrócił się na lewej pięcie i prawym łokciem uderzył go od dołu prosto w nos – kadet wyprostował się w okamgnieniu i zachwiał, postępując krok do tyłu. Przez sekundę czy dwie oczami pełnymi łez Alda nie widział nic prócz mgły. Poczuł, że coś kłuje go pod podbródkiem. W następnej chwili widział już wyraźnie, że oczy zwiadowcy znajdują się zaledwie kilka centymetrów od jego twarzy. Nie było już w nich gniewu. Pojawiła się za to wzgarda i obrzydzenie, które napawały go o wiele większym lękiem.

Ukłucie pod podbródkiem stało się odrobinę mocniejsze. Próbując spojrzeć w dół, Alda poczuł, że ogarnia go obezwładniający strach. Długa klinga piekielnie ostrego noża opierała się o jego szyję.

– Nigdy więcej nie mów do mnie tym tonem… synku – powiedział zwiadowca tak cicho, że Alda musiał wysilić się, by dosłyszeć jego słowa. – I żebyś nigdy więcej nie odważył się podnieść ręki na mojego ucznia. Zrozumiano?

Cała arogancja Aldy ulotniła się bez śladu, serce biło mu jak oszalałe. Nie był w stanie nic rzec. Ostrze noża nacisnęło odrobinę mocniej, poczuł strumyczek ciepłej krwi spływającej mu pod kołnierz. Oczy Halta zabłysły nagle.

– Zrozumiano? – powtórzył i tym razem Alda wykrztusił odpowiedź:

– Tak... panie.

Halt cofnął się, chowając nóż do pochwy jednym płynnym ruchem. Alda opadł na ziemię i zaczął masować obolałą kostkę. Był pewien, że ma uszkodzone ścięgno. Nie zwracając już na niego uwagi, Halt zwrócił się ku dwóm pozostałym kadetom. Odruchowo zbliżyli się do siebie i patrzyli na niego z niepokojem, nie wiedząc, co będzie dalej. Halt wskazał palcem Bryna.

– Ty – rzucił pogardliwie. – Podnieś swój patyk.

Zalękniony Bryn, nie spuszczając z oka Halta podszedł do miejsca, gdzie leżał jego kij, przykucnął – wciąż patrząc na zwiadowcę w obawie przed jakimś podstępem – i szukał przez chwilę po omacku w trawie, aż natrafił na wytrąconą mu broń.

– A teraz oddaj mi strzałę – polecił zwiadowca. Wysoki, śniady chłopak przez dłuższą chwilę mocował się, usiłując wyciągnąć strzałę. Wreszcie mu się to udało. Podał ją Haltowi, trzymając strzałę za sam koniec w ręce wyciągniętej na całą długość – spięty, oczekując w każdej chwili ataku ze strony zwiadowcy. Jednak Halt po prostu wziął od niego strzałę i wsunął ją do kołczana. Bryn cofnął się czym prędzej, by znaleźć się poza jego zasięgiem. Halt parsknął pogardliwie. Zwrócił się do Horace'a:

– O ile się nie mylę, im właśnie zawdzięczasz te siniaki? – spytał.

Horace milczał przez chwilę, aż uświadomił sobie, że nie ma to żadnego sensu. Po co miałby kryć swoich oprawców? Po co w ogóle kiedykolwiek to robił?

– Tak, panie – oświadczył.

Halt skinął głową, drapiąc się po brodzie.

– Tak też myślałem – stwierdził. – Tak przy okazji, słyszałem, że całkiem nieźle radzisz sobie z mieczem. Może zechciałbyś mi to zademonstrować? Mam tu dla ciebie godnego przeciwnika, tego oto bohatera, który stoi przede mną.

Twarz Horace'a z wolna rozjaśniła się uśmiechem, gdy dotarło do niego, co proponuje zwiadowca. Postąpił krok do przodu.

– Z wielką przyjemnością.

Bryn cofnął się.

– Chwileczkę! – zawołał. – Przecież nie...

Zamarł. W oczach zwiadowcy znów pojawił się ten sam niebezpieczny błysk, a jego dłoń opadła ku pochwie z nożem.

– Masz kij. On ma drewniany miecz. Więc o co chodzi? Do roboty – zakomenderował.

Zdając sobie sprawę, że nie ma wyjścia, Bryn odwrócił się w stronę Horace'a. Teraz, kiedy miało przyjść do starcia jeden na jednego, wcale nie czuł już tak wielkiej przewagi nad młodszym chłopakiem. Wszyscy w szkole słyszeli o niemal nadnaturalnych uzdolnieniach szermierczych Horace'a.

Licząc na to, że najlepszą obroną może się okazać atak, Bryn postąpił do przodu i uderzył znad głowy. Horace sparował cios bez trudu. Równie łatwo zablokował następne dwa uderzenia Bryna. Po czwartym – błyskawicznym ruchem przesunął ostrzem swojego drewnianego miecza wzdłuż kija przeciwnika. Oręż Bryna nie posiadał jelca, toteż twarde drewno trafiło prosto w nieosłonięte palce. Bryn wrzasnął i upuścił ciężki kij, dając jednocześnie susa do tyłu i wciskając obolałą dłoń pod pachę. Horace stanął w pozycji *en garde*.

– Nie mówiłem, że macie przestać – przypomniał łagodnym tonem Halt.

– Ale... ale on mnie rozbroił! – zawył Bryn.

Halt uśmiechnął się do niego.

– W rzeczy samej. Jednak jestem pewien, że pozwoli ci podnieść kij, byście mogli kontynuować. Do dzieła.

Bryn spojrzał na niego, potem na Horace'a, a następnie znów na Halta. Na żadnej z tych twarzy nie dostrzegł litości.

– Ale ja nie chcę... – powiedział bardzo cicho. Horace nie mógł uwierzyć, że ta żałosna postać nie jest nikim innym jak owym osiłkiem, pogardliwym i brutalnym, który ostatnie kilka miesięcy jego życia zmienił w piekło. Halt tymczasem zastanowił się nad wypowiedzią Bryna:

– Protest odnotowany – stwierdził radośnie. – A teraz dalej, proszę.

Ręka bolała go nieznośnie, ale Bryn przede wszystkim bał się tego, co go czekało, bo nie miał wątpliwości, że Horace bezwzględnie odegra się na nim za wszystkie prześladowania. Pochylił się i ostrożnie sięgnął po kij, nie spuszczając wzroku z Horace'a. Ten zaczekał cierpliwie, aż Bryn będzie gotowy, a potem zrobił nagły wypad do przodu.

Nawet nie tknął Bryna, ale ten wrzasnął ze strachu i wypuścił z ręki kij. Horace pokręcił głową z niedowierzaniem.

– I kto tu jest dzidziusiem? – parsknął. Bryn stał bez słowa, ze wzrokiem wbitym w ziemię.

– Skoro takie z niego dziecko – zasugerował Halt – może trzeba po prostu przetrzepać mu tyłek?

Horace uśmiechnął się promiennie. Przypadł do Bryna i chwycił go za kołnierz, obracając go tyłem do siebie. W następnej chwili zaczął walić go w pośladki płazem ćwiczebnego miecza, raz za razem, zaś Bryn, próbując się wyrwać, ciągnął go za sobą wokół polany. Nieszczęśnik wrzeszczał, szarpał się i szlochał, ale Horace trzymał go za kołnierz żelazną ręką. Nie było ucieczki przed bezlitosną karą. Wreszcie, gdy Horace poczuł, że odpłacił mu, jak należy, za wszystkie prześladowania, obelgi i upokorzenia, wypuścił go.

Bryn zachwiał się i opadł na czworaki, głośno szlochając ze strachu, wstydu i bólu.

Jerome przyglądał się tym wydarzeniom z przerażeniem, wiedząc, że wkrótce nadejdzie jego kolej. Postanowił wymknąć się chyłkiem, korzystając z tego, że zwiadowca spogląda w stronę Bryna.

– Jeszcze jeden krok i przeszyję cię strzałą.

Will starał się naśladować cichy, złowróżbny ton Halta. Zdążył już wyciągnąć strzały z najbliższej tarczy, a teraz jedna z nich była założona na cięciwę. Halt rzucił okiem w jego stronę.

– Dobra myśl – pochwalił. – Celuj w łydkę. Rana w tym miejscu jest wyjątkowo bolesna. – Spojrzał znów na Bryna, który leżał skulony u stóp Horace'a. – Ten chyba ma już dość – stwierdził.

Wskazał palcem Jerome'a.

– Twoja kolej – stwierdził krótko. Horace podniósł upuszczony przez Bryna kij i podszedł do Jerome'a, podając mu go. Jerome cofnął się.

– Nie! – krzyknął, na jego twarzy malowało się przerażenie. – To nieuczciwe! On…

– Pewno, pewno. Nieuczciwe – przyznał pogodnie Halt. – Przynajmniej w waszym mniemaniu. Dla was „uczciwie" to trzech na jednego. Dość gadania i do roboty.

Will nieraz słyszał powiedzenie, że osaczony szczur jest najgroźniejszy. Teraz Jerome udowodnił prawdziwość takiego stwierdzenia. Ruszył od razu do zaciekłego ataku i, ku zdumieniu Willa, Horace zaczął się cofać pod gradem wymierzonych w niego ciosów. Jerome posuwał się do przodu z coraz większą pewnością siebie. Jakoś nie zauważył, że każdy jego cios Horace blokował bez najmniejszego trudu, niemal niedbale. Nawet najlepsze i najmocniejsze uderzenia Jerome'a nie miały cienia szansy, by przebić się przez obronę Horace'a. Tak jakby kadet drugiego roku walił w kamienny mur.

A potem Horace przestał się cofać. Zatrzymał się, sparował ostatnie uderzenie Jerome'a. Przez chwilę mocowali się, piersią w pierś, następnie zaś Horace ruszył do ataku. Chwycił lewą dłonią prawy nadgarstek Jerome'a, unieruchamiając go. Pchnął do przodu, stopy przeciwnika ślizgały się po miękkiej trawie. W następnej chwili Horace naparł z całej siły i jego niedawny prześladowca runął na ziemię.

Jednak Jerome widział, co przytrafiło się Brynowi. Nie miał złudzeń, poddanie się nie wchodziło w grę. Dźwignął się więc czym prędzej na nogi i podjął rozpaczliwą próbę obrony przed atakiem Horace'a. Cofał się teraz pod gradem ciosów, padających z góry, z prawej i lewej strony, prosto i ukośnie. Niektóre z nich zdołał sparować, ale nie był w stanie wytrzymać błyskawicznego tempa, jakie narzucił Horace. Uderzenia padały na jego golenie, ramiona i łokcie; prawie każde dosięgało celu. Horace najwyraźniej starał się trafiać w miejsca bardziej kościste, by sprawić jak największy ból. Od czasu do czasu wykonywał pchnięcie zaokrąglonym czubkiem miecza, by dźgnąć Jerome'a w żebra – nie za mocno, na tyle, żeby go posiniaczyć, ale nie łamać kości.

W końcu Jerome nie miał już siły. Upuścił kij i opadł na ziemię, zasłaniając głowę ramionami. Tylna część jego ciała uniesiona była teraz ku górze. Horace zatrzymał się i spojrzał pytająco na Halta. Zwiadowca wzruszył ramionami.

– Czemu nie? – stwierdził. – W końcu taka okazja nie zdarza się codziennie.

Ale nawet on skrzywił się, gdy Horace wymierzył swemu prześladowcy potężnego kopniaka w tyłek. Jerome poleciał co najmniej metr do przodu i zarył twarzą w ziemię.

Halt podniósł upuszczony przez Jerome'a kij. Przyglądał mu się przez chwilę, ważąc go w ręce.

– Kiepska broń – oznajmił. – Co im przyszło do głowy, żeby wybrać tak mierny oręż? – Rzucił drąg Aldzie. – Rusz się – zakomenderował.

Jasnowłosy kadet, który wciąż rozmasowywał obolałą stopę, przykucnięty w trawie, popatrzył z niedowierzaniem na drewnianą broń. Ze zmiażdżonego nosa ciekła mu krew. Nigdy już nie będzie taki przystojny jak dawniej – pomyślał Will.

– Ale... ale... ja jestem ranny! – zaprotestował tamten, wyprostowując się. Nie mógł uwierzyć, że i jemu ma przypaść w udziale hańba oraz kara.

Halt zastanowił się przez moment, spoglądając na niego, jakby dopiero teraz zwrócił uwagę na ten fakt. Przez moment Alda sądził, że uda mu się uniknąć walki.

– W rzeczy samej – przyznał zwiadowca. – W rzeczy samej – powtórzył. Sprawiał wrażenie nieco rozczarowanego i Alda zaczynał już wierzyć, że rycerskość Halta uchroni go przed cięgami, jakie dopiero co zebrali obaj jego towarzysze. Jednak twarz zwiadowcy rozjaśniła się zaraz. – Ale chwileczkę – zawołał. – Przecież Horace też jest ranny. Zgodzisz się ze mną, Willu?

Will uśmiechnął się.

– Z całą pewnością – rzekł i wszelkie nadzieje Aldy rozwiały się bez śladu.

Halt zwrócił się do Horace'a z żartobliwą troską:

– Na pewno nie jesteś zbyt ciężko ranny, żeby kontynuować ćwiczenie?

Horace uśmiechnął się, ale wyraz jego oczu pozostał ponury, bezlitosny.

– Jakoś dam sobie radę – zapewnił.

– Czyli sprawa załatwiona – ucieszył się Halt. – W takim razie kontynuujmy!

Alda wiedział już, że i dla niego nie ma ucieczki. Zwrócił się ku Horace'owi. Rozpoczął się ostatni pojedynek.

Ze wszystkich trzech osiłków Alda był najlepszym szermierzem; on przynajmniej dostarczył Horace'owi zajęcia na kilka minut. Jednak wyczuwając przeciwnika za każdym uderzeniem i blokiem, fintą i kontratakiem, Alda zorientował się, że trafił na lepszego od siebie. Uznał, że jedyną szansą będzie spróbować czegoś nieoczekiwanego.

Odskoczył do tyłu i zmienił uchwyt, łapiąc swój kij pośrodku obiema rękami, a w następnej chwili rozpoczął serię szybkich uderzeń po łuku z lewej i prawej strony.

Przez ułamek sekundy Horace był zaskoczony i cofnął się, ale zrobił to zwinnym, kocim ruchem, a już w następnej chwili wymierzył Aldzie potężny cios znad głowy. Drugoroczniak wykonał klasyczną w takiej sytuacji zasłonę, trzymając kij za oba końce i parując uderzenie miecza jego środkową częścią. Teoretycznie zastosował właściwą taktykę; w praktyce okazało się jednak, że utwardzane hikorowe ostrze ćwiczebnego miecza po prostu rozcięło kij na pół, pozostawiając Aldę z dwoma bezużytecznymi krótszymi kijami. Cisnął je na ziemię. Stał teraz przed Horace'em bezbronny.

Horace spoglądał na swego prześladowcę, potem spojrzał na miecz w swojej dłoni.

– Obejdzie się bez tego – mruknął i również wypuścił broń.

Cios prawej pięści wędrował nie dalej niż dwadzieścia centymetrów do szczęki Aldy. Tylko że Horace włożył w to uderzenie całą swoją siłę, a nade wszystko miesiące cierpienia w samotności – samotności znanej tylko tym, którzy są gnębieni i poniżani.

Gdy Alda stracił równowagę, odchylił się do tyłu i runął z łoskotem obok swych dwóch przyjaciół, Will otworzył szerzej oczy. Przecież nieraz w przeszłości bił się z Horace'em... Gdyby wiedział, że tamten zdolny jest wymierzyć cios o takiej sile, nigdy nie wdawałby się z nim w bójki.

Alda nie ruszał się. Will odnosił wrażenie, że nie jest to tylko chwilowe. Horace otrząsnął dłoń o poranionych knykciach i odetchnął głęboko, z satysfakcją.

– Nie masz pojęcia, panie, jak mi ulżyło – odezwał się. – Dziękuję ci, zwiadowco.

Halt skinął głową.

– To ja dziękuję, że w potrzebie dopomogłeś Willowi. A tak przy okazji, przyjaciele nazywają mnie Halt.

ROZDZIAŁ 23

Podczas tygodni, które nastąpiły po ostatecznej rozprawie Horace'a z prześladowcami, jego życie w Szkole Rycerskiej zmieniło się nie do poznania.

Główna różnica polegała na tym, że Alda, Bryn i Jerome nie byli już jej uczniami – zostali usunięci nie tylko ze szkoły, ale także otrzymali zakaz przebywania na zamku i w jego okolicach. Sir Rodney już od pewnego czasu przypuszczał, że wśród młodszych uczniów dzieje się coś niedobrego; dyskretna wizyta Halta wyjawiła mu, w czym problem. Nastąpiło śledztwo, w którym wyszła na jaw cała historia prześladowania Horace'a. Kiedy wszystko było już jasne, wyrok zapadł szybko i był nieodwołalny. Trzej uczniowie drugiego roku otrzymali pół dnia, by spakować swoje rzeczy. Wręczono im po niewielkiej sumie pieniędzy, zaopatrzono w zapas żywności na tydzień i odprowadzono do granic lenna, w których – jak dano im niedwuznacznie do zrozumienia – byli odtąd, łagodnie mówiąc, niemile widziani.

Kiedy oprawcy znikli, Horace zaczął w szkole nowe życie. W dalszym ciągu trzeba było sprostać niełatwym i wyczerpującym zadaniom, stawianym przed uczniami, ale kiedy odszedł dodatkowy ciężar, jakim byli Alda, Bryn i Jerome, okazało się, że chłopak doskonale radzi sobie z treningiem, dyscypliną i nauką. Szybko zaczął zbliżać się do poziomu swoich kolegów, spełniając tym samym pokładane w nim przez sir Rodneya nadzieje. Co więcej, jego rówieśnicy, nie lękając się już nieuchronnej zemsty starszych kolegów, zaczęli odnosić się do niego znacznie życzliwiej i przyjaźniej.

Krótko mówiąc, miewał się coraz lepiej.

Żałował tylko, że nie zdążył należycie wyrazić swej wdzięczności Haltowi za tę, jakże radykalną, odmianę. Po wypadkach na leśnej polanie Horace'a umieszczono w szkolnej infirmerii, by dać mu czas na wyleczenie ran i okaleczeń. Spędził tam kilka dni, zaś kiedy został z niej zwolniony, okazało się, że Halt i Will wyruszyli już na doroczny Zlot Zwiadowców.

– Czy jesteśmy już blisko? – spytał Will, chyba dziesiąty już raz tego ranka.

Halt tylko westchnął cicho. Nie odpowiedział. Byli w drodze od trzech dni, więc Will miał wszelkie podstawy sądzić, że zbliżają się do celu. W ciągu ostatniej godziny kilkakrotnie wyczuł w powietrzu jakiś nowy, nieznany zapach. Powiedział o tym Haltowi, który odparł krótko:

– Sól. Zbliżamy się do morza. – Ale nie udzielił żadnych dodatkowych wyjaśnień. Will zerkał więc co jakiś czas chyłkiem na swojego nauczyciela, mając nadzieję, że może raczy podzielić się z nim jeszcze jakąś informacją, ale uważne spojrzenie zwiadowcy skupione było na drodze. Od czasu do czasu Halt zerkał też na drzewa po bokach drogi.

– Czy szukasz czegoś? – spytał Will i tym razem usłyszał od Halta coś więcej niż tylko burknięcie.

– No, wreszcie jakieś sensowne pytanie – odparł zwiadowca. – Owszem, prawdę mówiąc, czegoś szukam. Dowódca zwiadowców zawsze wystawia straże wokół terenu zgromadzenia. A ja zawsze staram się wywieść je w pole.

– Ale po co? – zdziwił się Will, a Halt pozwolił sobie na mały uśmieszek.

– Żeby nauczyć ich moresu – wyjaśnił. – Będą próbowali zajść nas od tyłu i niepostrzeżenie śledzić, żeby móc potem powiedzieć, że wzięli mnie w zasadzkę. To taka głupia gra, w którą lubią się bawić.

– Ale dlaczego głupia? – zainteresował się Will. Wyglądało to przecież zupełnie tak samo, jak wiele ćwiczeń, jakimi regularnie zajmowali się on i Halt. Szpakowaty zwiadowca odwrócił się, wbijając wzrok w Willa.

– Głupia, bo nigdy im się nie udaje – oznajmił. – Tego roku będą starać się jeszcze bardziej, bo wiedzą, że przywożę ze sobą ucznia. Będą chcieli sprawdzić, do czego się nadajesz.

– To część sprawdzianu? – zapytał Will.

– Początek. – Halt skinął głową. – Pamiętasz, co mówiłem ci wczoraj wieczorem?

Will przytaknął. Minionej nocy, a także i jeszcze poprzedniej, Halt cichym, spokojnym głosem wyjaśnił mu, jak ma się zachowywać podczas zgromadzenia. Ostatnio omawiali taktykę na wypadek zasadzki – takiej właśnie, o której teraz mówił zwiadowca.

– A kiedy... – zaczął, ale nagle Halt zamarł w bezruchu, jednocześnie unosząc palec i nakazując ciszę. Will natychmiast zamilkł. Zwiadowca odwrócił lekko głowę do tyłu. Oba konie nadal podążały naprzód, nie zmieniając rytmu swych kroków.

– Słyszysz? – spytał szeptem Halt.

Will także spojrzał przez ramię. Wydawało mu się, że słyszy gdzieś z tyłu cichy stukot kopyt. Nie był tego jednak pewien. Tętent ich własnych koni skutecznie zagłuszał wszelkie inne podobne dźwięki. Jeśli za nimi ktoś był, jechał konno w dokładnie tym samym rytmie.

– Zmiana kroku – syknął Halt. – Na trzy: jeden... dwa... trzy!

Jednocześnie trącili swoje wierzchowce czubkiem lewej stopy w okolicy lewej łopatki. Był to jeden z wielu sygnałów, na które nauczono reagować Wyrwija i Abelarda.

W tej samej chwili oba konie zawahały się, zwolniły na sekundę, opuszczając jeden krok – by zaraz znów ruszyć naprzód miarowym stępem.

Jednak ta krótka chwila opóźnienia spowodowała, że Will usłyszał jakby echo ich kroków dobiegające z minimalną zwłoką. Trwało to tylko chwilę, bo zaraz potem ten ktoś, kto podążał za nimi, również zmienił rytm końskich kroków i znów nie było niczego słychać.

– Koń zwiadowcy – rzekł cicho Halt. – Dam głowę, że to Gilan.

– Skąd możesz wiedzieć? – spytał Will.

– Tylko koń zwiadowcy może tak szybko zmienić krok. A Gilan dlatego, że to zawsze jest on. Wyłazi ze skóry, żeby mnie przechytrzyć.

– Dlaczego? – na to pytanie Halt obdarzył Willa surowym spojrzeniem.

– Dlatego, że był moim ostatnim uczniem – wytłumaczył. – A z jakiegoś niezrozumiałego powodu byli uczniowie wprost marzą o tym, by przyłapać swojego mistrza z opuszczonymi portkami. – Spoglądał na Willa tak oskarżycielsko, że chłopak już zamierzał zaprotestować i zapewnić go, że on nigdy nie zachowa się w ten sposób. Uświadomił sobie jednak, że prawdopodobnie nie omieszka spróbować, i to w dodatku przy pierwszej nadarzającej się okazji. Nie powiedział więc nic.

Halt znów dał sygnał, który oznaczał „milczeć – uwaga!". Wpatrywał się w drogę przed nimi.

– To będzie dobre miejsce – rzekł po chwili. – Gotów?

Trakt przebiegał obok dużego drzewa, którego gałęzie zwisały tuż nad ich głowami. Will przyjrzał mu się przez chwilę i skinął głową. Wyrwij oraz Abelard zbliżały się do tego miejsca równomiernym krokiem. Gdy były już całkiem blisko, Will wysunął stopy ze strzemion i stanął w kucznej pozycji na grzbiecie Wyrwija. Konik podążał niezmiennym rytmem.

Gdy znaleźli się pod gałęziami, Will wyciągnął ramiona i chwycił się najniższej z nich, podciągając się do góry. W tej samej chwili konik zaczął uderzać kopytami nieco mocniej, wybijając każdy krok głośniej, by śledzący ich człowiek nie mógł się zorientować, że oto nagle wierzchowiec wyzbył się ciężaru.

Will bezgłośnie wspiął się na drzewo, aż znalazł gałąź, która zapewniała mu solidne oparcie, a zarazem dobrą widoczność. Spostrzegł Halta i oba konie oddalające się traktem.

Gdy dotarli do następnego zakrętu, Halt dał znać Wyrwijowi, by szedł dalej przed siebie, a sam spiął wodze Abelarda i zeskoczył z siodła. Upadł na kolana, jakby szukał na ziemi jakichś śladów.

Teraz Will wyraźnie słyszał stukot kopyt konia podążającego ich śladem. Spojrzał w tamtą stronę, ale poprzedni zakręt wciąż skrywał jeźdźca i jego wierzchowca.

A potem dźwięk kopyt umilkł.

Willowi zaschło w ustach, a serce biło wciąż mu mocniej i mocniej. Gotów byłby się założyć, że taki łomot musi być słyszalny w promieniu pięćdziesięciu metrów. Jednak szkolenie nie poszło na marne, toteż stał bez ruchu na gałęzi drzewa, w cieniu liści... i spoglądał na drogę.

Dostrzegł ruch!

Dostrzegł go właściwie kątem oka, jakby to było tylko złudzenie. Spoglądał w to miejsce przez sekundę czy dwie, nim przypomniał sobie nauki Halta: „Nie skupiaj uwagi na jednym punkcie. Przez cały czas obserwuj tak szeroki zakres przestrzeni, na ile to możliwe. Twoja uwaga nie może ani przez chwilę pozostać bezczynna. Dostrzeżesz go jako ruch, nie jako postać. Pamiętaj, on także jest zwiadowcą i doskonale opanował sztukę pozostawania niewidzialnym".

Will wyostrzył wzrok, by dostrzegać jak najwięcej i patrolować leśny gąszcz. Nie minęło kilka sekund, a jego umysł zarejestrował kolejny ruch. Oto gałąź wróciła na swoje miejsce, gdy niewidzialna sylwetka zmierzała ku swemu celowi.

Potem dziesięć metrów dalej lekko zakołysał się krzak. Za chwilę znów spostrzegł kępę wysokiej trawy, której źdźbła rozprostowywały się – przed chwilą ktoś postawił tam stopę.

Will stał w bezruchu. Nie mógł nadziwić się, że śledzący ich osobnik potrafił przemieszczać się przez las tak sprawnie, że wciąż jeszcze nie zdołał go zobaczyć. Najwyraźniej ten drugi zwiadowca pozostawił konia w tyle i skradał się w stronę Halta pieszo. Will rzucił okiem w stronę swojego mistrza. Nauczyciel nadal zdawał się skupiony na jakichś śladach, dostrzeżonych w pyle drogi.

Kolejne poruszenie w lesie. Niewidoczny zwiadowca minął kryjówkę Willa i kierował się w stronę drogi, zamierzając zaskoczyć Halta od tyłu.

Nagle, jakby znikąd, pośrodku drogi wyrosła postać w szarozielonym płaszczu – jakieś dwadzieścia metrów od przycupniętego Halta. Will zamrugał oczami. Przed chwilą go tam nie było, a teraz jakby się zmaterializował – no właśnie, pojawił się jakby znikąd. Dłoń Willa powędrowała z wolna ku kołczanowi i znieruchomiała. Poprzedniej nocy Halt pouczył go: „Zaczekaj, aż zacznie rozmowę. Dopóki będzie milczał, dosłyszy twoje najlżejsze poruszenie".

Will skarcił się w duchu za pochopny odruch. Miał nadzieję, że… ale nie, najwyraźniej powstrzymał się na czas. Usłyszał młodzieńczy, radosny głos:

– Halt! Halt!

Halt odwrócił się i powoli wyprostował, otrzepując przy tym kurz z kolan. Przechylił głowę na bok, przyglądając się postaci wyrosłej pośrodku drogi; mężczyzna opierał się niedbale o długi łuk, taki sam jak łuk Halta.

– O, Gilan – odpowiedział. – Widzę, że nadal trzymają się ciebie psie figle.

Wysoki zwiadowca wzruszył ramionami i uśmiechnął się:

– Zapewne, a ty właśnie padłeś ofiarą jednego z nich, drogi mistrzu.

Gdy Gilan wypowiadał te słowa, ręka Willa zdążała w żółwim tempie, lecz nieuchronnie, ku kołczanowi. Dobył strzały i umieścił ją na cięciwie.

Teraz znów przemówił Halt:

– Doprawdy? – zdziwił się. – Jakiegoż to znów żartu padłem ofiarą?

Gdy Gilan odpowiadał swemu dawnemu mistrzowi, w jego głosie wyraźnie słychać było rozbawienie:

– Daj spokój, Halt. Przyznaj się. Raz wreszcie udało mi się wywieść cię w pole. A próbowałem już od tylu lat!

Halt w zamyśleniu podrapał się po brodzie.

– Prawdę mówiąc, nie jestem w stanie pojąć, co cię skłania, żeby wciąż podejmować te próby.

Gilan roześmiał się.

– Naprawdę nie zdajesz sobie sprawy, ile radości doznaje uczeń, jeśli uda mu się przechytrzyć swojego mistrza? Przyznaj się, nie zwlekaj. Tego roku ja jestem górą.

Podczas gdy rosły mężczyzna przemawiał, Will naciągnął łuk, mierząc precyzyjnie w pień drzewa odległy o jakieś dwa metry od Gilana. Gorączkowo powtarzał w myśli polecenia swego mistrza: „Podejdź do przeciwnika na tyle blisko, żeby przestraszyć go, kiedy strzelisz. Ale na litość boską, nie za blisko. Może wykonać jakiś niespodziewany ruch, a nie chciałbym, żeby twoja strzała przebiła go na wylot!"

Halt nie ruszył się ani o cal. Gilan zaś przestępował z nogi na nogę, wyraźnie speszony. Niezmącony spokój dawnego nauczyciela zaczynał go niepokoić. Jakby wreszcie przyszło mu do głowy, że może sprawy nie całkiem mają się tak, jak sądził – może Halt kryje coś w zanadrzu i tylko próbuje wyłgać się z niezręcznej sytuacji.

Kolejne słowa Halta dały mu jeszcze więcej do myślenia.

– No tak... uczeń i mistrz. Cóż za przedziwna kombinacja. Powiedz mi jednak, Gilanie, mój drogi uczniu, czy przypadkiem tego roku o czymś nie zapomniałeś?

Może swoisty ton, jakim Halt wypowiedział słowo „uczniu" uświadomił Gilanowi, że popełnił fatalny błąd. Dopiero teraz zaczął rozglądać się za nieobecnym czeladnikiem.

Jednak w tej samej chwili Will wypuścił strzałę.

Pocisk świsnął w powietrzu i utkwił, drżąc, w pniu drzewa. Zaskoczony Gilan odwrócił się, a potem od razu spojrzał dokładnie tam, gdzie znajdował się Will. To zdumiewające, że całkowicie zaskoczony Gilan bezbłędnie określił kierunek, z którego padł strzał.

Gilan pokręcił głową z niedowierzaniem. Jego bystre oczy wypatrzyły drobną sylwetkę w zielonoszarym płaszczu, skrytą w cieniu liści drzewa.

– Złaź, Willu – zawołał Halt. – Pozwól, że przedstawię ci Gilana, jednego z bardziej nieostrożnych zwiadowców – pokręcił głową z wyraźnym ubolewaniem. – A mówiłem ci – rzekł, zwracając się do swego byłego ucznia – żebyś nigdy nie działał zbyt pochopnie. Nieco więcej rozwagi. Powtarzałem ci to, jak jeszcze byłeś młodym chłopakiem.

Gilan przytaknął skinieniem głowy, wyraźnie zawstydzony. Zmieszał się jeszcze bardziej, gdy Will zeskoczył z najniższej gałęzi i rosły zwiadowca zorientował się, jak młody i drobny był jego „przeciwnik".

– Widać tak bardzo chciałem schwytać starego, siwego lisa, że przegapiłem małego małpiszona, co krył się na drzewie – stwierdził z uśmiechem.

– Małpiszona, powiadasz? – mruknął Halt. – Może i tak, ale skoro już o tym mowa, to kto w takim razie wyszedł dziś na osła? Willu, to jest Gilan, mój dawny uczeń, a obecnie zwiadowca w lennie Meric – choć nie pojmuję, co takiego uczynili jego mieszkańcy, by ich nim pokarać.

Gilan uśmiechnął się szerzej i wyciągnął dłoń do Willa.

– A ja myślałem, że pierwszy raz w życiu udało mi się przechytrzyć cię, mistrzu – zawołał wesoło. – Więc to ty jesteś Will. – Potrząsnął mocno jego dłonią. – Miło mi cię poznać. Nieźle się spisałeś, młody człowieku.

Uradowany Will zerknął na Halta, a ten nieznacznie skinął głową. Will przypomniał sobie jeszcze jedną rzecz, o której mówił mu Halt: „Jeśli przewyższyłeś kogoś, nie chełp się z tego powodu. Bądź wielkoduszny, pochwal go za to, w czym dobrze się sprawił. Porażka zaboli go, ale on nie da tego po sobie poznać. Ty zaś powinieneś pokazać, że potrafisz to docenić. Pochwałami możesz zyskać sobie przyjaciela. Przechwałki to jedynie sposób na to, by przysporzyć sobie wrogów".

– Tak, nazywam się Will – odpowiedział i dodał: – Czy zechciałbyś mnie nauczyć poruszać się w sposób tak niedostrzegalny? To było coś wspaniałego.

Gilan zaśmiał się z zażenowaniem.

– Chyba trochę przesadzasz. Jestem pewien, że widziałeś mnie z daleka.

Will pokręcił głową. Pamiętał doskonale, jak usilnie starał się wypatrzyć Gilana. Teraz, gdy się nad tym zastanowił, doszedł do wniosku, że i pochwały, i prośba były jak najbardziej na miejscu.

– Zobaczyłem cię dopiero, kiedy wyszedłeś na drogę – wyznał. – Widziałem ruch – od czasu do czasu – więc domyślałem się, którędy szedłeś. Jednak kiedy obchodziłeś ten zakręt, ciebie samego nie dostrzegłem ani razu. Naprawdę chciałbym umieć poruszać się w taki sposób.

Widać było, że szczera pochwała Willa sprawiła Gilanowi przyjemność.

– Ha – odezwał się do Halta – widzę, że ten młodzieniec jest nie tylko utalentowany, ale posiada również nienaganne maniery.

Podczas tej wymiany grzeczności Halt spoglądał kolejno na swych uczniów, młodszego i starszego. Skinieniem głowy wyraził uznanie dla taktownych słów Willa.

– Umiejętność krycia się w marszu zawsze była najmocniejszą stroną Gilana – stwierdził. – Jeśli zgodzi się udzielić ci kilku lekcji, z pewnością na tym skorzystasz.

Położył rękę na ramieniu swego byłego czeladnika:

– Miło cię widzieć!

Dopiero teraz powitali się serdecznym uściskiem. Po chwili Halt odsunął Gilana na długość ramion i przyjrzał mu się uważnie.

– Z każdym rokiem stajesz się coraz chudszy – oświadczył. – Kiedy nabierzesz nieco ciała? Skóra i kości!

Gilan zaśmiał się. Widać było, że takie docinki ze strony Halta nie były dla niego niczym nowym.

– Ty masz dosyć sadła za nas dwóch – zauważył i szturchnął Halta w bok. – Czy mi się wydaje, czy brzuch ci rośnie? – wyszczerzył zęby do Willa. – Założę się, że przesiaduje całymi dniami na ganku, tobie zostawiając wszystkie prace domowe, czyż nie?

Nim Halt i Will zdążyli odpowiedzieć, odwrócił się i gwizdnął. Po kilku sekundach zza zakrętu wybiegł jego koń. Gdy młody zwiadowca wskoczył na jego grzbiet, Will u siodła dostrzegł przytroczony miecz w pochwie. Zdziwiony zapytał Halta:

– Myślałem, że nam nie wolno nosić mieczy?

Halt w pierwszej chwili nie zrozumiał, o co mu chodziło, i zmarszczył brwi, ale patrząc w ślad za spojrzeniem ucznia, pojął, o czym chłopak mówi.

– Nie, nikt nam tego nie zakazuje – wyjaśnił, gdy obaj wsiadali na koń. – Idzie tu o kwestię właściwego porządku rzeczy. Trzeba całych lat nauki, by umieć sprawnie posługiwać się mieczem, a my nie mamy na to czasu. Musimy nabywać inne umiejętności.

Uprzedzając kolejne pytanie Willa, ciągnął:

– Ojciec Gilana jest rycerzem, toteż nim Gilan przystał do zwiadowców, uczył się przez kilka lat szermierki. Uznano go za wyjątkowy przypadek i pozwolono mu kontynuować lekcje, gdy został moim czeladnikiem.

– Ale ja myślałem… – zaczął Will i umilkł. Gilan zrównał się z nimi, a Will nie był pewien, czy wypada zadać kolejne pytanie w jego obecności.

– Tego przy Halcie nigdy nie mów – poradził mu Gilan, który usłyszał ostatnie jego słowa. – Odpowie ci tylko: „Jesteś uczniem, za wcześnie na myślenie" albo: „Gdybyś naprawdę pomyślał, tobyś nie pytał".

Will nie mógł powstrzymać uśmiechu. Halt niejeden raz zwracał się do niego dokładnie tymi słowy, a przy tym Gilan znakomicie go naśladował. Teraz jednak obaj mężczyźni spoglądali na niego, czekając na pytanie, którego nie zadał. Postanowił więc zaryzykować.

– Jeśli ojciec Gilana jest rycerzem, czy nie znaczy to, że jego syn powinien znaleźć się w Szkole Rycerskiej? Czy może też ktoś stwierdził, że jest za niski?

Halt i Gilan spojrzeli po sobie. Halt uniósł jedną brew i dał Gilanowi znak, żeby odpowiedział.

– Owszem, mogłem pójść do Szkoły Rycerskiej – wyjaśnił Gilan – ale wolałem przystać do zwiadowców.

– Jak widzisz, bywa i tak – zauważył Halt. Will zamyślił się chwilę. Zawsze wydawało mu się, że zwiadowcy nie rekrutowali się spośród szlachetnie urodzonych. Najwyraźniej nie miał racji.

– Ale ja myślałem... – zaczął i natychmiast zdał sobie sprawę, że popełnił błąd. Halt i Gilan spojrzeli na niego, potem po sobie i odparli zgodnym chórem:

– Jesteś tylko uczniem. Na myślenie przyjdzie jeszcze czas.

Spięli wierzchowce i oddalili się od niego, Will czym prędzej uderzył piętami w boki Wyrwija, by ich dogonić. Zwiadowcy rozsunęli się, by wpuścić go między siebie. Gilan zerknął na niego z uśmiechem. Halt był ponury jak zawsze. Jednak, gdy podążali dalej w milczeniu, Will uświadomił sobie, że stał się cząstką grupy wybrańców, elitarnego korpusu, skupiającego ludzi, których łączą szczególne więzy.

Poczucie owej przynależności dało mu nieznany dotąd spokój, tak jakby pierwszy raz w życiu znalazł się we własnym domu.

ROZDZIAŁ 24

Coś musiało się stać – rzekł półgłosem Halt, dając towarzyszom znak, by wstrzymali konie.

Trzej jeźdźcy ostatnie pół kilometra, dzielące ich od miejsca zgromadzeń, przebyli cwałem. Teraz zatrzymali się na niewielkim wzniesieniu, spoglądając ku otwartej przestrzeni pośród drzew, gdzie w odległości około stu metrów znajdowało się obozowisko złożone z jednoosobowych namiotów, ustawionych w równe rzędy; w powietrzu czuć było zapach ognisk. U skraju polany urządzono łuczniczą strzelnicę. Opodal, w cieniu drzew, skubało trawę kilka tuzinów koni – wszystkie były małe i kudłate.

Nawet z tej odległości nietrudno było dostrzec, że w obozowisku panuje niezwykłe ożywienie. Na jego środku wznosił się namiot większy od pozostałych, rozmiarów co najmniej cztery na cztery metry i na tyle wysoki, że mógł w nim stać wyprostowany mężczyzna normalnego wzrostu. Boczne ściany namiotu zostały podniesione, a wewnątrz widać było grupkę odzianych na szaro i zielono mężczyzn, stojących wokół stołu, najwyraźniej pogrążonych w ożywionej dyskusji. W następnej chwili jeden z nich odłączył się od towarzyszy. Podbiegł do konia, czekającego w pobliżu namiotu, wskoczył na niego i zebrał wodze. Konik stanął dęba, a zaraz potem ruszył galopem przez obóz, kierując się w stronę wąskiej ścieżki, której wylot krył się pośród drzew po przeciwległej stronie polany.

Gdy tylko zniknął z pola widzenia, tą samą drogą do obozowiska przybył inny jeździec, który także galopem przejechał między namiotami i ściągnął gwałtownie wodze przed największym z nich. W tej samej chwili jeździec zeskoczył z siodła i czym prędzej przyłączył się do grupy towarzyszy.

– O co chodzi? – spytał Will. Zauważył, że niektórzy z uczestników zgromadzenia zwijali swoje namioty.

– Trudno powiedzieć – odparł Halt. – Zobaczcie, czy uda się znaleźć dla nas jakieś znośne miejsce na obozowisko. Ja tymczasem zorientuję się, w czym rzecz.

Odjechał kawałek, ale zaraz odwrócił się i zawołał:

– Nie rozkładajcie jeszcze namiotów. Z tego, co widzę, możemy w ogóle ich nie potrzebować. – Kopyta Abelarda zadudniły, gdy ruszył galopem ku dużemu namiotowi.

Will i Gilan wybrali miejsce położone pod dużym drzewem, niezbyt daleko od środka obozowiska. Nie bardzo wiedząc, co mają czynić dalej, czekali na Halta. Jako jeden ze zwiadowców wyższych rangą, Halt miał dostęp do namiotu dowodzenia. Dowódcą całego korpusu zwiadowców był niejaki Crowley, który w rzeczonym namiocie odbywał narady ze starszyzną. Podejmowano tam ważkie decyzje, dotyczące planów na przyszłość, analizowano raporty i doniesienia zwiadowców z poszczególnych lenn, co pozwalało wszystkim członkom zgromadzenia zorientować się w wydarzeniach w królestwie.

Mieszkańcy większości namiotów, znajdujących się w pobliżu, byli nieobecni, tylko jeden chudy i tyczkowaty zwiadowca przechadzał się niecierpliwie tam i z powrotem, przy czym sprawiał wrażenie równie zdezorientowanego, jak Gilan i Will. Na ich widok podszedł bliżej.

– Coś wiadomo? – spytał od razu, jednak odpowiedź Gilana go rozczarowała.

– Mieliśmy właśnie zadać to samo pytanie. – Wyciągnął dłoń w powitaniu. – Merron, prawda? – spytał.

– Tak jest. A ty jesteś Gilan, o ile mnie pamięć nie myli.

Gilan przedstawił mu Willa. Merron, który mógł mieć około trzydziestu kilku lat, przyjrzał się chłopcu z wyraźnym zainteresowaniem.

– A więc to ty jesteś nowym uczniem Halta – odezwał się. – Wszyscy bardzo byliśmy ciekawi, kogo ze sobą przyprowadzi. Wiesz, miałem być jednym z twoich egzaminatorów.

– Miałeś? – zdziwił się Gilan. Merron popatrzył na niego poważnie.

– Miałem. Wątpię jednak, czy Zlot w ogóle się odbędzie – zawahał się przez moment i dodał: – Mam z tego wnioskować, że o niczym nie słyszeliście?

Gilan i Will potrząsnęli głowami.

– Morgarath znowu coś knuje – rzekł Merron półgłosem, a na dźwięk złowrogiego imienia Will poczuł na plecach zimny dreszcz.

– Co się stało? – spytał Gilan, mrużąc oczy.

Merron wzruszył ramionami.

– Jak dotąd dochodzą nas sprzeczne wieści, raporty są niepełne. Jednak wszystko wskazuje na to, że oddział wargalów przekroczył przełęcz Trzech Kroków. Kilka dni temu. Rozprawili się ze strażą graniczną i ruszyli na północ.

– Czy Morgarath był z nimi? – zapytał Gilan. Will słuchał tylko w milczeniu, z szeroko otwartymi oczami. Nie byłby w stanie wykrztusić ani słowa, nawet nie potrafiłby wymówić głośno imienia Morgaratha.

Merron rozłożył bezradnie ręce.

– Tego nie wiemy. W tej chwili taki scenariusz wydaje się to niezbyt prawdopodobny, ale na absolutną pewność jeszcze za wcześnie. Tak czy inaczej, Crowley od dwóch dni stara się coś ustalić. Być może tylko o stosunkowo nieliczny oddział, który dokonał wypadu na własną rękę. Jednak nie można wykluczyć, że oznacza to początek kolejnej wojny. A gdyby rzeczywiście miało do niej dojść, to bardzo źle się stało, że lorda Lorriaca nie ma już wśród żywych.

– Jak to? – w głosie Gilana słychać było zaniepokojenie. – Lorriac nie żyje?

Merron pokiwał poważnie głową.

– Niestety. Umarł nagle, ponoć na serce. Kilka dni temu znaleziono jego ciało, bez żadnych ran czy obrażeń. Wpatrywał się otwartymi oczyma wprost przed siebie. Już nie żył, kiedy go znaleziono.

– Ale przecież był w sile wieku! – zdziwił się Gilan. – Widziałem go zaledwie miesiąc temu i był zdrowy jak byk.

Merron nie potrafił udzielić mu żadnego wyjaśnienia. Nic więcej nie wiedział.

– Żaden z nas nie zna dnia ani godziny – stwierdził. – Nigdy nic nie wiadomo.

– Kim był lord Lorriac? – spytał Will cicho. Gilan odpowiedział jakby nieobecnym głosem, w zamyśleniu:

– Lorriac ze Steden był głównodowodzącym królewskiej ciężkiej kawalerii. Chyba można powiedzieć, że był najlepszym dowódcą naszej jazdy. Jeśli dojdzie do wojny, to, jak słusznie stwierdził Merron, będzie nam go bardzo brakowało.

Will poczuł, że lęk ściska mu gardło. Odkąd sięgał pamięcią, imię Morgaratha wymawiano szeptem. Ktoś, kto wypowiadał je na głos, musiał być naprawdę odważny. Zaprzysięgły wróg królestwa stał się postacią niemal mityczną, prawie legendą z dawnych, mrocznych dni. A oto teraz zły duch z ponurych przypowieści na nowo wracał do życia. Znów stał się realny i groźny. Will spojrzał na Gilana, szukając w jego twarzy czegoś, co dodałoby mu odwagi, jednak na obliczu młodego zwiadowcy malowało się tylko zwątpienie i niepokój.

Upłynęła bez mała godzina, nim Halt do nich dołączył. Jako że minęło już południe, Will i Gilan przygotowali tymczasem posiłek, złożony z chleba, zimnego mięsa i suszonych owoców. Siwowłosy zwiadowca zsunął się z grzbietu Abelarda i wziął blaszany talerz od Willa. Jadł szybko, w pośpiechu.

– Zlot został odwołany – rzucił zwięźle między jednym kęsem a drugim.

Widząc, że pojawił się zwiadowca starszy rangą, Merron znów do nich dołączył. Po krótkim powitaniu z Haltem zadał pytanie w kwestii, która nurtowała wszystkich obecnych:

– Czy mamy wojnę?

Halt pokręcił głową.

– Tego jeszcze nie wiadomo. Z najnowszych raportów wynika, że Morgarath nadal przebywa w górach.

– Czemu więc wargalowie wtargnęli na teren królestwa? – spytał Will.

Wszyscy wiedzieli, że te okropne stwory działały tylko wówczas, gdy kierowała nimi wola dawnego barona Gorlanu. Z własnej inicjatywy nigdy nie zdobyłyby się na tak otwarty akt agresji.

– To tylko niewielki oddział, jest ich może z pięćdziesięciu. Chodziło po prostu o odwrócenie uwagi – twarz Halta zdawała się jeszcze bardziej ponura niż zwykle. – Crowley twierdzi, że w czasie, gdy nasi strażnicy zajęci byli ściganiem wargalów, przez granicę przekradły się dwa kalkary, które dotąd kryły się w górach, a teraz zaszyły się gdzieś na Samotnej Równinie.

Gilan gwizdnął cicho. Zaskoczony Merron aż cofnął się o krok. Na twarzach obu młodszych zwiadowców malowała się groza. Will nie miał pojęcia, czym są kalkary, ale sądząc po posępnym tonie, jakim Halt zakomunikował tę wieść oraz po zachowaniu Gilana i Merrona, z pewnością nie była to wiadomość pomyślna.

– Chcesz powiedzieć, że kalkary w ogóle jeszcze istnieją? – spytał z niedowierzaniem Merron. – Myślałem, że już dawno wyginęły.

– A jakże, istnieją – stwierdził Halt. – Zostały już, co prawda, tylko dwie z tych bestii, ale i to wystarczający powód do obaw.

Przez dłuższą chwilę panowało milczenie. Wreszcie Will ośmielił się zadać pytanie:

– Czym są kalkary?

Halt nie bardzo miał ochotę rozprawiać na ten temat w obecności kogoś tak młodego jak Will. Wiedział jednak, że wobec tego, co ich czeka, nie ma wyboru. Chłopiec musi znać prawdę i to jak najprędzej.

– Kiedy Morgarath planował wzniecić bunt, pragnął dowodzić czymś więcej niż zwykłą armią. Zdawał sobie sprawę, że jeśli zdoła przerazić czymś swych przeciwników, jego zadanie będzie o wiele łatwiejsze. Tak więc przez długie lata wyprawiał się w Góry Deszczu i Nocy, przeprowadzając na pustkowiu poszukiwania.

– Czego szukał? – dopytywał się Will, choć miał niemiłe przeczucie, że zna odpowiedź.

– Pragnął znaleźć sprzymierzeńców, którzy mogliby mu pomóc w walce przeciw wojskom królestwa. Góry Deszczu i Nocy to kraina odcięta od reszty świata, gdzie życie toczy się swym własnym trybem. Na tej prastarej, dzikiej ziemi przetrwały istoty, o których gdzie indziej pamięć zaginęła przed wieloma stuleciami. Co pewien czas pojawiały się tylko pogłoski o żyjących gdzieś groźnych stworach, prehistorycznych bestiach i monstrach. Całkiem niedawno wyszło na jaw, że opowieści te są niestety jak najbardziej prawdziwe.

– To znaczy wtedy, gdy napadli nas wargalowie? – wtrącił Will.

Halt skinął głową.

– Tak właśnie. Morgarath szybko ich sobie podporządkował, czyniąc z nich niewolników ślepo posłusznych jego woli, lecz na tym nie koniec. Kolejnym jego odkryciem były kalkary. A są one o wiele groźniejsze niż wargalowie. O wiele, wiele groźniejsze.

Will zamilkł. Myśl o bestiach bardziej jeszcze niebezpiecznych od wargalów budziła w nim – oględnie mówiąc – spory niepokój.

– Swego czasu istniały trzy takie potwory. Jednak jedno z tych stworzeń około ośmiu lat temu zostało zabite, dzięki czemu wiemy o nich nieco więcej. Spróbuj wyobrazić sobie istotę będącą czymś pomiędzy małpą a niedźwiedziem, chodzącą na tylnych nogach w wyprostowanej pozycji, a będziesz miał jakie takie pojęcie co do ich wyglądu.

– Czy to znaczy, że Morgarath panuje nad nimi siłą woli i umysłu jak nad wargalami? – spytał Will. Halt potrząsnął głową.

– Nie. Kalkary przerastają inteligencją wargalów. Ich obsesją jest srebro. Wielbią ten metal, gromadzą go i wszystko wskazuje na to, że Morgarath nie szczędzi szlachetnego kruszcu, by nakłonić je do wypełniania swych poleceń. A trzeba przyznać, że świetnie wywiązują się ze swych zadań. Potrafią wykazać niezwykłą przebiegłość, gdy tropią swe ofiary.

– Ofiary? – zdziwił się Will. – Jakiego rodzaju ofiary?

Halt i Gilan spojrzeli po sobie. Will zorientował się, że jego nauczyciel niechętnie porusza ten temat. Przez chwilę sądził, że znów będzie musiał wysłuchać od Halta wymówek na temat jego niekończących się pytań, jednak szybko zdał sobie sprawę, że tym razem chodziło o coś więcej niż ukrócenie próżnej ciekawości młokosa. Brodaty zwiadowca odpowiedział spokojnym głosem:

– Kalkary to asasyni, urodzeni zabójcy. Kiedy postanowią kogoś uśmiercić, nie spoczną, nim odnajdą tę osobę i położą kres jej życiu.

– Czy nie można ich jakoś powstrzymać? – spytał Will, spoglądając na wielki łuk Halta i pęk pierzastych strzał w jego kołczanie.

– Porośnięci są gęstym futrem, tak grubym i splątanym, że chroni je niczym pancerz. Strzałą nie sposób ich dosięgnąć. Aby z nimi walczyć, potrzebny jest topór bojowy lub dwuręczny miecz. Zapewne poskutkować może też potężne pchnięcie ciężką włócznią.

Przez chwilę Will czuł ulgę. Już zaczynał myśleć, że te straszliwe kalkary są nie do pokonania. Ale w królestwie jest pełno walecznych rycerzy, którzy z pewnością zdołają stawić czoło potworom.

– To znaczy, że osiem lat temu jeden z kalkarów został zabity przez rycerza?

Halt znów potrząsnął głową.

– Nie, nie przez rycerza. Przez trzech rycerzy. Aby się z nim uporać, trzeba było aż trzech uzbrojonych po zęby mężczyzn, a starcie to przeżył tylko jeden z nich. W dodatku tak okaleczony, że już do końca życia nie odzyska pełnej sprawności.

– Trzech mężczyzn? I wszyscy trzej byli rycerzami? – Will nie potrafił uwierzyć. – Ale jak to się stało, że…

Gilan przerwał mu w pół zdania:

– Rzecz w tym, że jeśli nawet zdołasz się zbliżyć do niego na tyle blisko, by użyć miecza czy włóczni, kalkar potrafi cię powstrzymać, nim zdołasz zadać cios.

Mówiąc to, postukiwał palcami w rękojeść wiszącego u boku miecza.

– Jak to? – nie mógł zrozumieć Will. Słowa Gilana na nowo wzbudziły jego niepokój. Tym razem odpowiedział mu Merron:

– Spojrzeniem – wyjaśnił chudy zwiadowca. – Jeśli spojrzysz w oczy kalkara, jesteś jak sparaliżowany.

Will popatrzył kolejno na wszystkich trzech zwiadowców. To, co Merron właśnie powiedział, brzmiało niewiarygodnie. A jednak Halt nie zaprzeczył.

– Paraliżują spojrzeniem... jak to możliwe? Czy tu chodzi o jakąś magię?

Halt wzruszył ramionami. Merron odwrócił wzrok, czując się wyraźnie nieswojo. Widać było, że żaden z nich nie ma chęci o tym mówić.

– Niektórzy zwą to magią – przyznał wreszcie Halt. – Osobiście przypuszczam, że tak samo wąż obezwładnia spojrzeniem ptaka, nim go zabije... Tak czy inaczej, Merron ma słuszność. Jeśli kalkar zdoła skłonić cię, byś spojrzał w jego oczy, paraliżuje cię strach, a wówczas nie jesteś w stanie nawet kiwnąć palcem, by ocalić życie.

Will rozejrzał się niespokojnie, jakby spośród otaczających ich drzew w każdej chwili mógł wyłonić się potwór, przypominający zarazem małpę i niedźwiedzia. Stopniowo ogarniało go coraz większe przerażenie. Tak się jakoś stało, że przywykł uważać swego mistrza za niezwyciężonego. A oto teraz Halt dał mu do zrozumienia, że tych obmierzłych bestii nie sposób pokonać.

– I nic nie da się zrobić? – spytał nieco drżącym głosem.

Halt wzruszył ramionami.

– Legenda głosi, że lękają się ognia. Problem jednak polega na tym, że i tak niełatwo je wytropić – cóż dopiero, jeśli ktoś dzierży w dłoni pochodnię. Trudno byłoby je zaskoczyć, niosąc otwarty ogień, jeśli zaś spodziewają się ataku, nie sposób uniknąć ich zabójczego spojrzenia.

Will nie wierzył własnym uszom. Halt opowiadał o tym wszystkim tak spokojnie, a przecież Gilan i Merron sprawiali wrażenie niemal przerażonych, prawie tak samo jak on.

Przez chwilę panowało krępujące milczenie. Wreszcie odezwał się Gilan:

– Na jakiej podstawie Crowley sądzi, że Morgarath ma wpływ na kalkary?

Halt zawahał się. To, co miał im przekazać, usłyszał podczas poufnej narady... Machnął ręką. Prędzej czy później i tak będą musieli się dowiedzieć, zresztą przecież wszyscy należeli do korpusu zwiadowców. Nawet Will.

– Posłużył się nimi już dwukrotnie. Aby zabić lorda Northolta i lorda Lorriaca – trzej pozostali wymienili niespokojne spojrzenia. Halt mówił dalej: – Wszyscy sądzili, że Northolta zabił niedźwiedź, pamiętacie?

Will w zamyśleniu skinął głową. Przypomniał sobie, jak pierwszego dnia, który spędził na naukach u zwiadowcy, Halt otrzymał wieść o śmierci naczelnego dowódcy królewskich wojsk.

– Już wówczas – ciągnął Halt – wydało mi się dziwne, żeby równie wytrawnego myśliwego spotkał taki właśnie kres. Crowley podziela moje zdanie.

– Ale Lorriac? Co z nim? Powiadano, że zmarł na serce – to pytanie zadał Merron. Halt popatrzył na niego i odparł:

– Otóż właśnie. Tak powiadają. Tylko że jego medyk nie posiadał się ze zdumienia. Stwierdził, że Lorriac był okazem zdrowia. I to właśnie pozwala przypuszczać... – zawiesił głos.

– ...że stało się to za sprawą kalkara – dokończył za niego Gilan.

Halt przytaknął ruchem głowy.

– W rzeczy samej. Nie wiemy do końca, jakie działanie ma ich paraliżujący wzrok. Być może, jeśli ktoś wystawiony jest na ich spojrzenie przez dłuższy czas, potworny strach jest w stanie spowodować atak serca nawet u dorosłego mężczyzny w pełni sił. Co więcej, po okolicy krążyły pogłoski, że widziano jakieś tajemnicze wielkie zwierzę.

Znów zapadło milczenie. Wokół bezgłośnie krzątali się inni zwiadowcy, zwijając namioty i siodłając konie. Wreszcie Halt wyrwał swoich towarzyszy z zamyślenia.

– Czas nam w drogę. Ty, Merronie, musisz wracać do swojego lenna. Crowley zarządził natychmiastową mobilizację wojsk w całym królestwie. Za kilka minut zostaną wydane rozkazy.

Merron skinął głową i wstał, żeby ruszyć do swego namiotu. Zatrzymał się jednak i odwrócił. Coś w głosie Halta, kiedy ten rzekł: „Ty, Merronie" dało mu nagle do myślenia.

– A wy trzej? – spytał. – Dokąd się udajecie?

Nim jeszcze Halt zdążył odpowiedzieć, Will wiedział już, co usłyszy. Ale i tak na dźwięk słów swego mentora poczuł, że ciarki przechodzą mu po grzbiecie.

– My wybierzemy się na poszukiwanie kalkarów.

ROZDZIAŁ 25

W obozowisku panował nie tyle gwar, co ożywiony ruch. Składano kolejne namioty, a zwiadowcy pakowali ekwipunek w podróżne sakwy, przytroczone do siodeł. Kilku pierwszych jeźdźców opuściło już zgromadzenie, kierując się w stronę wyznaczonych im obszarów lennych królestwa.

Will właśnie sprawdzał troki bagaży, umieściwszy uprzednio w torbach te nieliczne przedmioty, które wydobył na czas postoju. Halt siedział na ziemi kilka metrów od niego, marszcząc brwi w zamyśleniu nad mapą terenów, otaczających Samotną Równinę. Samotna Równina stanowiła obszar rozległy i niezbadany. Nikt nigdy nie pokusił się o stworzenie jej dokładnej mapy

– nie było tam dróg, a pośrodku białej plamy zaznaczono tylko kilka punktów orientacyjnych. Gdy na płachtę padł czyjś cień, zwiadowca podniósł wzrok. Ujrzał Gilana, który stał nad nim z zatroskanym obliczem.

– Halt? – spytał młody zwiadowca, a w jego głosie pobrzmiewał niepokój. – Czy jesteś tego pewien?

Halt spojrzał mu prosto w oczy.

– Jak najbardziej, Gilanie. Ktoś musi to zrobić, po prostu nie ma innego wyjścia.

– Ale przecież on jest jeszcze chłopcem! – zaprotestował Gilan, spoglądając w stronę, gdzie Will zajęty był mocowaniem zwiniętego koca za siodłem Wyrwija. Halt westchnął ciężko, spuszczając wzrok.

– Wiem o tym. Ale to już zwiadowca. Choć jest dopiero uczniem, należy do korpusu, tak jak my wszyscy. – Spostrzegł, że Gilan nie zamierza dać za wygraną i ten przejaw troski o młodszego kolegę ze strony jego byłego ucznia wzruszył starego wygę. – Gilanie, w innej sytuacji z pewnością nie wystawiałbym go na aż tak wielkie ryzyko. Tak jednak się składa, że znaleźliśmy się wszyscy w sytuacji niezwykle trudnej, wręcz krytycznej. W tej kampanii każdy będzie musiał wypełnić swe zadanie, nawet taki chłopak jak Will. Morgarath bez wątpienia przygotowuje się do zadania potężnego ciosu. Agenci Crowleya donoszą też, że najprawdopodobniej prowadzi rozmowy ze Skandianami.

– Ze Skandianami? Po co?

Halt wzruszył ramionami.

– Nie znamy szczegółów, ale najprawdopodobniej zamierza zawrzeć z nimi przymierze. Skandianie dla pieniędzy gotowi są walczyć przeciw każdemu. No i jak widać, również nie sprawia im różnicy, kto jest ich mocodawcą – dodał ze wzgardą w głosie; najwyraźniej był nader niskiego zdania o najemnikach. – Otóż, w tej chwili, zdaniem Crowleya, najpilniejszą sprawą jest zmobilizowanie naszych wojsk. Gdyby nie to, nie wyruszyłbym na poszukiwanie kalkarów w sile mniejszej niż co najmniej pięciu doświadczonych zwiadowców. Jednak w tej chwili Crowley po prostu nie ma aż tylu ludzi do dyspozycji. Muszę się więc zadowolić dwoma, których darzę największym zaufaniem. Tobą i Willem.

Gilan uśmiechnął się niewesoło.

– No cóż, dla mnie to honor. – Skłonił się lekko. Nie były to puste słowa, bowiem zaufanie ze strony mistrza stanowiło nie lada wyróżnienie. Gilan nadal darzył Halta ogromnym szacunkiem, podobnie zresztą jak większość zwiadowców.

– Zdaje mi się poza tym, że kawał zardzewiałego żelastwa, który nosisz przy boku, może być użyteczny w spotkaniu z tymi paskudami – stwierdził Halt. Decyzja rady zwiadowców, by pozwolić Gilanowi na kontynuowanie ćwiczeń szermierczych okazała się nader słuszna. Mało kto wiedział bowiem, że dzięki temu Gilan stał się jednym z najwytrawniejszych fechtmistrzów królestwa Araluen. – Co się zaś tyczy Willa – ciągnął Halt – nie doceniasz go. Jest bystry, odważny i już świetnie strzela. I co najważniejsze, szybko myśli. W gruncie rzeczy mój plan sprowadza się do tego, że jeśli natrafimy na ślady kalkarów, będziemy mogli posłać chłopaka po posiłki. W ten sposób będzie nam przydatny, a zarazem utrzymamy go z dala od niebezpieczeństwa.

Gilan podrapał się w zamyśleniu po brodzie. Teraz, gdy Halt wyłożył mu swe zamiary, wydawało się, że to jedyny sensowny sposób postępowania. Po chwili spojrzał nauczycielowi w oczy i skinął głową na znak, że zrozumiał i zgadza się z jego tokiem myślenia. Zamierzał zająć się pakowaniem swoich rzeczy, tymczasem okazało się, że Will już zdążył się z tym uporać i przytroczył sakwy do jego siodła. Gilan uśmiechnął się do Halta.

– Masz słuszność – przyznał. – Rzeczywiście potrafi myśleć samodzielnie.

Chwilę później wszyscy trzej opuścili obozowisko, podczas gdy większość zwiadowców pozostała jeszcze, czekając na dokładne rozkazy. Postawienie armii Araluenu w stan gotowości bojowej nie było rzeczą prostą. Do zadań zwiadowców należała koordynacja działań mobilizacyjnych, następnie zaś pełnienie roli przewodników, by doprowadzić siły ze wszystkich pięćdziesięciu obszarów lennych do punktu zbornego na równinach Uthal. Jako że Halta i Gilana wyznaczono do tropienia kalkar, wojska z obszarów lennych Redmont oraz Meric musieli zorganizować i poprowadzić inni zwiadowcy.

Młody zwiadowca i czeladnik w milczeniu podążali za Haltem na południowy wschód; nawet nieznającą granic ciekawość Willa przytłaczała ponura wizja złowrogich potworów oraz ciężar ogromnej odpowiedzialności, związanej z zadaniem, jakie im wyznaczono. W wyobraźni chłopca wciąż na nowo pojawiały się porosłe gęstym futrem przerażające istoty o niedźwiedziej postaci i małpich rysach – stwory, które mogły okazać się niezwyciężone, nawet dla kogoś takiego jak Halt – z całym jego doświadczeniem i umiejętnościami.

W końcu jednak monotonia wędrówki rozproszyła te koszmary na jawie i Will zaczął zastanawiać się, jakie działania Halt zamierza przedsięwziąć – o ile miał już jakiś plan.

– Halt? – spytał nieco niepewnym głosem. – Gdzie twoim zdaniem kryją się kalkary?

Halt popatrzył na poważne oblicze siedzącego obok chłopaka. Przez cały dzień przemieszczali się w tempie przyjmowanym zazwyczaj przez zwiadowców podczas forsownego marszu – oznaczało to czterdzieści minut równomiernego galopu, spędzonych w siodle, a następnie dwadzieścia minut biegu truchtem obok konia. Dzięki temu wierzchowce mogły odpocząć od ciężaru jeźdźców, po czym następowało kolejne czterdzieści minut jazdy.

Co cztery godziny zatrzymywali się na godzinny wypoczynek; najpierw w pośpiechu spożywali skromny posiłek, złożony z suszonego mięsa, sucharów i owoców, po czym owijali się płaszczami, by zażyć nieco snu.

Podróżowali tak już od dłuższego czasu, toteż Halt uznał, że pora na dłuższy postój. Zeszli więc z drogi, kryjąc się wraz ze swymi końmi w pobliskim zagajniku. Tam puścili zwierzęta luzem, pozwalając im się paść.

– Najlepszym, co zdołałem wymyślić – oznajmił Halt w odpowiedzi na pytanie Willa – jest pomysł, by zacząć od ich kryjówki i sprawdzić, czy nie znajdują się gdzieś w pobliżu.

– To znaczy, że wiesz, gdzie mieści się ich kryjówka? – zdziwił się Gilan.

– Niezupełnie. Z raportów wynika jedynie, że należy ich szukać gdzieś na Samotnej Równinie, w pobliżu Kamiennych Fletni. Przeczeszemy tę okolicę i zobaczymy, co uda nam się znaleźć. Gdy będziemy już na miejscu, prawdopodobnie okaże się, że w pobliskich wioskach tu i ówdzie zginęła jakaś owca czy koza. Choć prawdę mówiąc, niełatwo będzie skłonić tubylców do zwierzeń. Mieszkańcy równiny nie są szczególnie rozmowni. Nawet w najbardziej sprzyjających okolicznościach.

– Co to za równina, o której mówicie? – spytał Will z ustami pełnymi przeżuwanych sucharów. – I co to takiego są te Kamienne Fletnie?

– Samotna Równina to rozległa płaska przestrzeń, na której rośnie zaledwie kilka drzew, porośnięta głównie wysoką trawą i usiana odłamkami skalnymi – wyjaśnił Halt. – Wiatr wieje tam właściwie zawsze, niezależnie od pory roku. To przygnębiające, ponure miejsce, a Kamienne Fletnie robią wręcz upiorne wrażenie.

– Ale co to są... – zaczął Will, lecz okazało się, że Halt nie zamierzał tym razem skąpić mu wyjaśnień.

– ...Kamienne Fletnie? Tego tak naprawdę do końca nie wie nikt. Pradawni mieszkańcy równiny ustawili krąg z wielkich głazów – pośrodku najwietrzniejszej części pustkowia. Dziś nie sposób już ustalić, w jakim dokładnie celu to uczynili, ale w kamieniach wywiercili otwory, a hulający tam bez ustanku wicher, dmąc w nie, powoduje powstawanie przedziwnych zawodzących dźwięków. Nie pojmuję, jak mogły się one skojarzyć komuś z dźwiękami fletni. Odgłos jest dziwaczny, niemiły dla ucha, a słychać go w promieniu kilku mil. Już po chwili zaczyna działać ci na nerwy, a nie milknie właściwie ani na moment.

Will zaniemówił. Wizja ponurego, chłostanego wichrem pustkowia i kamieni wydających nieustanne zawodzące łkanie sprawiła, że ostatnie promienie zachodzącego słońca wydały mu się całkiem już pozbawione ciepła. Wzdrygnął się mimo woli. Halt spostrzegł to i pochylił się, by klepnąć go przyjaźnie po ramieniu.

– Głowa do góry – rzekł. – Nie taki diabeł straszny, jak go malują. A teraz pora na sen.

Do skraju Samotnej Równiny dotarli drugiego dnia w południe. Will stwierdził, że opis Halta był nader trafny, a okolica sprawiała wyjątkowo przygnębiające wrażenie. Porosła wysoką, szarą trawą płaszczyzna ciągnęła się całe mile przed nimi, wiatr wył bez ustanku.

Dmący wicher zdawał się niemal żywą istotą, która pragnęła ich rozdrażnić i przygnębić. Wiał wciąż ze wschodu z niezmienną siłą, pochylając wysokie trawy i omiatając płaską powierzchnię Samotnej Równiny.

– Teraz już rozumiecie, skąd wzięła się nazwa tej krainy? – odezwał się Halt, ściągając wodze Abelarda, by mogli się z nim zrównać. – Kiedy człowiek jedzie i nasłuchuje tego przeklętego wiatru, czuje się, jakby pozostał jedyną żyjącą istotą na całej ziemi.

Rzeczywiście, Will w obliczu tak wielkiej pustki czuł się mały i pozbawiony znaczenia. Do tego dochodziło jeszcze poczucie bezsilności. Krajobraz, który przemierzali, sprzyjał obecności jakichś mrocznych sił, nieskończenie przerastających go swą potęgą. Nawet Gilan, zazwyczaj pogodny i tryskający energią, był wyraźnie przytłoczony ciężką i deprymującą atmosferą tego miejsca. Tylko w zachowaniu Halta nic się nie zmieniło: był tak samo ponury i milczący jak zawsze.

Gdy podążali naprzód, Willa zaczął ogarniać dziwny niepokój. Coś czaiło się w pobliżu, niedaleko, tuż za granicą jego postrzegania. Nie potrafił tego zlokalizować, nie byłby nawet w stanie powiedzieć, po której stronie to coś mogło się znajdować albo jaką formę mogło przybrać. Nie było nic prócz tego irytującego poczucia czyjejś obecności. Wyprostował się w strzemionach, by objąć wzrokiem monotonny horyzont – w nadziei, że może uda mu się dostrzec źródło owego dziwnego odczucia. Halt zauważył to.

– Już słyszysz? – stwierdził raczej, niż zapytał. – To właśnie Fletnie.

Teraz, gdy Halt wypowiedział te słowa, Will uświadomił sobie, że źródłem jego rozdrażnienia był dźwięk – tak nikły i ciągły, że z początku nie był w stanie oddzielić go od szumu wiatru. To właśnie ten odgłos wyzwolił w nim poczucie obcości i osamotnienia, ściskając żołądek kleszczami lęku. Tak więc znaleźli się już w zasięgu Kamiennych Fletni. Odgłos coraz wyraźniej docierał do jego uszu: były to brzmiące jednocześnie dźwięki w różnych tonacjach, tworzące kakofonię, szarpiącą nerwy i rozstrajającą umysł. Chyłkiem sięgnął lewą dłonią do rękojeści ciężkiego noża; chłodny dotyk broni przyniósł mu ulgę.

Jechali przez całe popołudnie, a wydawało się, jakby wciąż znajdowali się w tym samym punkcie bezkresnej równiny, jakby horyzont był wciąż tak samo oddalony. Jakby przemieszczali się w pustce. Nieustanny lament

Kamiennych Fletni towarzyszył im przez cały dzień, narastając w miarę, jak się do nich zbliżali. Był to jedyny znak, że posuwają się do przodu. Mijały godziny, ale Will w żaden sposób nie mógł przyzwyczaić się do tych odgłosów. Sprawiały, że cały czas był spięty i zdenerwowany. Gdy słońce zaczęło kryć się za zachodnim horyzontem, Halt ściągnął wodze Abelarda.

– Tutaj zatrzymamy się na noc – oznajmił.

Jego towarzysze nie zamierzali się spierać; przeciwnie, bardzo chętnie zsiedli z koni. Choć byli doskonale zaprawieni w długich marszach, po całym dniu forsownej wędrówki czuli się wprost zmordowani. Will zaczął rozglądać się dookoła. Dostrzegł kilka karłowatych krzewów, które może nadałyby się do rozpalenia ogniska, i zabrał się do zbierania chrustu. Jednak Halt, domyślając się, co chłopak chce uczynić, potrząsnął stanowczo głową.

– Żadnego ognia – oświadczył. – Stalibyśmy się widoczni z odległości wielu mil, a nie mamy pojęcia, kto może nas obserwować.

– Masz na myśli kalkary? – spytał Will, upuszczając na ziemię kilka patyków, które zdążył już zebrać.

Halt wzruszył ramionami.

– Nie tylko. Chodzi też o mieszkańców równiny. Nie możemy mieć pewności, czy przynajmniej niektórzy z nich nie zawarli z kalkarami jakiegoś porozumienia. Nie byłoby w tym nic dziwnego. W końcu, jeśli ma się takich sąsiadów, siłą rzeczy trzeba się z nimi jakoś dogadać. Choćby po to, żeby zapewnić sobie jako takie bezpieczeństwo. A przecież nie chcemy, żeby bestie dowiedziały się przedwcześnie, że na równinie pojawił się ktoś obcy.

Gilan rozsiodłał swojego gniadego konika, imieniem Blaze. Rzucił siodło na ziemię i zaczął wycierać grzbiet wierzchowca garścią suchej trawy.

– Nie sądzisz, że już mogliśmy zostać zauważeni? – spytał.

Halt zastanawiał się nad tą kwestią przez kilka sekund, nim odpowiedział:

– Nie możemy tego wykluczyć. Zbyt wielu rzeczy nie wiemy – nie mamy pojęcia, gdzie znajduje się kryjówka kalkarów, czy mieszkańcy równiny z nimi współpracują, czy któryś z nich nas zauważył, a jeśli tak, czy doniósł o tym kalkarom. Dopóki jednak nie będę pewien, że zostaliśmy dostrzeżeni, trzeba zakładać, że na razie do tego nie doszło. Tak więc: żadnego ognia.

Gilan niechętnie skinął głową.

– Słusznie, bez wątpienia – przyznał. – Nie zmienia to jednak faktu, że gotów byłbym zabić za kubek czegoś gorącego.

– Rozpal ogień – ostrzegł go Halt – a być może rzeczywiście będziesz musiał dobyć broni.

ROZDZIAŁ 26

A zatem czekał ich chłód i zimny posiłek, który znów składał się z sucharów, suszonego mięsa i owoców. Popili wodą z manierek. Will zaczynał mieć już serdecznie dosyć tych pozbawionych smaku podróżnych racji. Jako pierwszy wartę pełnił Halt, tymczasem zmęczeni wyczerpującą wędrówką Will oraz Gilan owinęli się płaszczami i ułożyli do snu.

Will nie pierwszy już raz nocował pod gołym niebem. Jego mistrz nie zaniedbał tak istotnego elementu w nauce zwiadowczego rzemiosła. Jednak po raz pierwszy obozowisko pozbawione było kojącego trzasku płomieni lub choćby ciepła rozżarzonych węgli z ogniska. Spał niespokojnie, prześladowały go męczące sny o przerażających stworach, przedziwnych i strasznych istotach, czających się tuż poza granicą postrzegania, na tyle jednak blisko, że odczuwał ich obecność, budzącą grozę, której ludzki rozum nie był w stanie ogarnąć.

Gdy nadszedł czas na wartę Willa i Halt potrząsnął nim lekko, chłopak z ulgą wyrwał się z koszmarów.

Wiatr przeganiał chmury po niebie. Wycie Fletni zdawało się donośniejsze niż wcześniej. Zmęczony tym ponurym zawodzeniem, Will zaczął zastanawiać się, czy twórcy menhirów właśnie po to obdarzyli je złowrogim głosem, by wprawiać intruzów w stan znużenia i niepokoju. Szumiące na wietrze wysokie trawy dołączały swą pieśń do odległego lamentu kamieni.

Halt wskazał uczniowi punkt na niebie, każąc mu przy tym zapamiętać kąt, pod jakim Will musiał podnieść rękę, aby skierować ją na tę właśnie wysokość.

– Kiedy księżyc będzie tu – rzekł chłopcu – przekażesz wartę Gilanowi.

Will kiwnął głową. Rozprostował się i przeciągnął, a następnie sięgnął po łuk oraz kołczan. Bezgłośnie przekradł się do krzaka, który Halt obrał za ich „wartownię". Jedna z powszechnie stosowanych przez zwiadowców zasad głosiła, iż wartownik nie powinien pozostawać w obozie, lecz pełnić straż w ukryciu, w niejakim oddaleniu o jakieś dziesięć czy dwadzieścia metrów, mając oko na obozowisko. Dzięki temu potencjalny przeciwnik miał do czynienia z dwoma, a nie jednym punktem oporu; napastnika lub napastników, którzy zdołaliby jakimś sposobem zakraść się niepostrzeżenie do obozowiska, czekałaby niemiła niespodzianka w postaci uzbrojonego wartownika – z drugiej zaś strony zaskoczony strażnik mógłby wezwać pomocy śpiących towarzyszy. Był to oczywiście środek ostrożności przedsięwzięty jedynie na wypadek, gdyby doszło do którejś ze wspomnianych ostateczności. Szkolony w obserwacji zwiadowca powinien bowiem dostrzec niebezpieczeństwo znacznie wcześniej i w porę zaalarmować towarzyszy. Tak czy inaczej, była to jedna z pierwszych i podstawowych zasad wpojonych Willowi przez jego nauczyciela.

Wyjął z kołczana dwie strzały i umieścił między palcami prawej dłoni. Miał trzymać je w ten sposób przez całe cztery godziny pełnienia warty. W razie potrzeby nie musiał tracić bezcennych ułamków sekund na dobywanie pocisków z kołczana, nie mówiąc już o tym, że ruch taki mógłby zwrócić uwagę napastnika. Dodatkowo, gdyby przypadkiem zdarzyło mu się zapaść w sen, strzały wypadłyby spomiędzy palców – budząc go. Następnie owinął głowę płaszczem, by nadać swej sylwetce nieregularny, organiczny kształt zlewający się z krzakiem, przy którym pełnił wartę. Kolejna z podstawowych zasad głosiła, że pozornie nieruchomy niczym głaz wartownik ani przez chwilę nie pozostaje w bezruchu. Will powoli, bardzo powoli, obracał głową, jednocześnie szybko przesuwając oczami na lewo i na prawo, sondując horyzont oraz skupiając wzrok i uwagę na przemian na tym, co bliskie i tym, co dalekie. Pamiętał też, by nie koncentrować się za długo na jednym punkcie i odbierać sygnały z obrzeża pola widzenia, rejestrowane zaledwie kątem oka – bowiem w ten sposób o wiele łatwiej jest uchwycić ruch. Co kilka minut zmieniał rytm obserwacji, jednocześnie zmieniając też pozycję. Dzięki temu przez cały czas jego spojrzenie patrolowało otaczający ich teren pod kątem trzystu sześćdziesięciu stopni.

Lament Fletni i świst wiatru w trawach tworzyły monotonne dźwiękowe tło, jednak Halt nauczył go, jak dostroić swą uwagę, by zamiast dać się uśpić jednostajnym dźwiękom, próbować słyszeć je wciąż na nowo, doszukując się w nich zarazem odgłosów innych, dziwnych, nietypowych. Słyszał więc co jakiś czas szelest i chrobot drobnych łapek – odgłosy nocnego życia stepowych zwierzątek. Jednak do jego uszu docierały też dźwięki, które trudniej było zidentyfikować. Za każdym razem jego serce zaczynało bić szybciej, gdyż wydawało mu się, że to okrutne kalkaryzabójcy pełzną ku niemu i jego uśpionym towarzyszom. W pewnej chwili był już całkiem pewien, że dosłyszał ciężki oddech jakiegoś dużego stworzenia. Lęk chwycił go za gardło, pobudził wszystkie zmysły... dopóki nie uświadomił sobie, że jego słuch w najwyższym skupieniu zaczął rejestrować niemal bezgłośne sapanie pogrążonych we śnie towarzyszy.

Wiedział doskonale, że w mroku i pod okryciem płaszcza zwiadowcy, w cieniu krzewów, jest praktycznie całkowicie niewidoczny z odległości pięciu metrów. Nie mógł jednak nie zastanawiać się, czy kalkar polega tylko na swym wzroku. Być może posiadał jakieś inne zmysły, które powiadomiłyby go o obecności przeciwnika, kryjącego się w krzakach. Być może właśnie teraz zbliżał się do niego, skradając się chyłkiem pośród traw, gotowy do napaści...

Nerwy Willa, napięte już do ostateczności pod wpływem irytującego i nieustannego odgłosu Kamiennych Fletni, nagliły go, żeby za każdym nietypowym dźwiękiem odwrócić się gwałtownie w stronę, z której dochodził. Wiedział jednak zarazem, że takim stanowczym ruchem zdradziłby swoją obecność. Zmuszał się więc, by poruszać się powoli, zachowując wszelkie środki ostrożności.

Podczas długich godzin czuwania w napięciu nie dostrzegł jednak nic prócz pędzących po niebie chmur, księżyca z wolna zmieniającego swe położenie na nieboskłonie i falującego morza otaczających traw. Gdy nadeszła pora zdania warty, Will był wycieńczony – fizycznie i psychicznie. Obudził Gilana, owinął się płaszczem i położył na ziemi.

Tym razem nie prześladowały go żadne sny. Spał twardo aż po blady świt.

Kamienne Fletnie ujrzeli późnym rankiem. Był to zaskakująco mały krąg szarych, granitowych monolitów, wznoszących się na niskim pagórku. Obrana przez Halta trasa prowadziła w odległości około kilometra od nich, z czego Will był raczej zadowolony, nie miał bowiem ochoty przyglądać się menhirom z bliska. Ich przygnębiająca pieśń była teraz jeszcze donośniejsza i wzmagała się wraz z porywami wiatru.

– Następnym razem, jak spotkam jakiegoś flecistę – odgrażał się Gilan z wisielczym humorem – będzie musiał zeżreć własny flet.

Podążali naprzód, pokonując milę za milą, mijały godziny, z których każda była taka sama jak poprzednia. Nie widzieli nic, na czym warto by zatrzymać wzrok, a wciąż towarzyszyło im ponure wycie Kamiennych Fletni – złowrogie i upiorne.

Postać tubylca pojawiła się nagle, jakby wyrosła z traw jakieś pięćdziesiąt metrów przed nimi. Był niski, miał na sobie szare łachmany, długie i skołtunione włosy zwisały mu do ramion. Spoglądał na nich przez kilka sekund oczami szaleńca.

Nim Will zdążył otrząsnąć się z zaskoczenia, mieszkaniec równiny już zniknął, skulił się i znów można było dostrzec tylko kołyszące się trawy, w które jakby się zapadł. Halt w pierwszym odruchu chciał spiąć Abelarda, by ruszyć za nim w pogoń, ale zatrzymał się w następnej chwili. Strzała, którą zdążył dobyć i umieścić na cięciwie, nie podążyła tropem uciekiniera. Gilan również gotów był do strzału, zareagował równie prędko, jak Halt. On także wstrzymał się, spoglądając ze zdziwieniem na dowódcę.

Halt wzruszył ramionami.

– To może nic nie znaczyć – stwierdził. – Choć może pobiegł, żeby powiadomić kalkary. Jednak nie możemy go zabić tylko dlatego, że coś podejrzewamy.

Gilan zaśmiał się krótko i niewesoło, jakby rozładowując napięcie, wywołane niespodziewanym pojawieniem się tubylca.

– Pewnie na jedno wychodzi – zauważył – czy to my znajdziemy kalkary, czy też one odnajdą nas.

Halt rzucił mu przelotne spojrzenie, najwyraźniej nie podzielając jego wesołości.

– Zapewniam cię – oznajmił – że to bardzo duża różnica.

Zaprzestali już forsownego marszu i przemierzali trawiastą równinę w zwykłym tempie. Odgłos Fletni pozostał za nimi, stawał się coraz cichszy. Will z ulgą zorientował się, że teraz wiatr im sprzyjał, wiał bowiem w kierunku kamiennego kręgu.

Od nagłego pojawienia się tubylca minęło sporo czasu. Nie dostrzegli żadnego innego znaku życia. Will postanowił zadać pytanie, które trapiło go przez całe popołudnie:

– Halt? – odezwał się ostrożnie, nie będąc pewnym, czy nauczyciel nie nakaże mu milczeć. Jednak zwiadowca spojrzał ku niemu z uniesionymi brwiami na znak, że gotów jest udzielić wyjaśnień, toteż Will spytał: – Jak myślisz, dlaczego Morgarath sprzymierzył się z kalkarami? Co chce w ten sposób zyskać?

Halt zdał sobie sprawę, że Gilan również czeka na jego odpowiedź. Milczał przez chwilę, zbierając myśli. Miał niejakie opory przed ich sformułowaniem, bowiem w przeważającej części składały się z domysłów i intuicyjnych przeczuć.

– Kto może wiedzieć, jakie przesłanki powodują kimś takim jak Morgarath? – przemówił wreszcie z wolna. – Nie potrafię udzielić jednoznacznej odpowiedzi. Mogę wam tylko powiedzieć, co mi się zdaje – i dodać, że Crowley jest tego samego zdania.

Spoglądając na swych towarzyszy, zdał sobie sprawę, że wpatrują się w niego niczym w wyrocznię i przyjmą jego odpowiedź za niezbity pewnik. Czasem – pomyślał z goryczą – reputacja kogoś, kto nigdy się nie myli, może być prawdziwym ciężarem.

– Nadchodzi wojna – mówił dalej. – Co do tego nie ma praktycznie żadnych wątpliwości. Wargalowie zostali zmobilizowani, a doszły nas ponadto wieści, że Morgarath nawiązał kontakt z Ragnakiem. – Zauważył zdumienie na twarzy Willa, ale Gilan najwyraźniej wiedział, o kim mowa. – Ragnak jest oberjarlem, czy też, jeśli wolisz, najwyższym władcą Skandian, czyli morskich wilków.

Twarz chłopca rozjaśniła się, teraz już rozumiał.

– Należy również zdawać sobie sprawę – ciągnął Halt – że ta wojna zakrojona będzie na większą skalę niż poprzednia, toteż będziemy potrzebować wszystkich sił, jakimi dysponujemy, a także wszystkich najlepszych dowódców, którzy poprowadzą naszą armię. Wydaje mi się, że Morgarath to właśnie ma na myśli. Stara się nas osłabić, posyłając kalkary, by zamordowały naszych wodzów. Jak wiecie, ich ofiarą padł już Northolt, naczelny dowódca, i Lorriac, nasz najlepszy dowódca jazdy. Oczywiście, ich miejsce zajmą inni, ale zawsze w okresie przejściowym następuje pewne zamieszanie, a zmiany na stanowiskach dowódczych osłabiają wojsko. Chyba właśnie o to chodziło Morgarathowi.

– Jest także druga strona medalu – dodał w zamyśleniu Gilan. – Ostatnim razem obaj w ogromnej mierze przyczynili się do jego porażki. Unicestwia strukturę dowodzenia, a zarazem mści się za swoją dawną hańbę.

Halt przytaknął.

– To prawda. A dla umysłu tak opętanego manią wielkości zemsta może być potężnym motywem działania.

– Sądzisz więc, że należy się spodziewać dalszych zabójstw? – spytał Will.

– Myślę, że nastąpią kolejne próby. Morgarath uderzył za pośrednictwem kalkarów już dwukrotnie, za każdym razem z powodzeniem. Nie ma więc powodu, by nie próbować dalej i nie starać się wyeliminować kolejnych nieprzyjaciół. Morgarath ma powody, żeby darzyć nienawiścią niejednego z mieszkańców naszego królestwa. Może pokusić się o zabicie nawet samego króla. Choć wydaje się bardziej prawdopodobne, że zechce raczej uśmiercić kogoś takiego jak nasz baron Arald, który swego czasu mocno dał się Morgarathowi we znaki.

A ty to niby nie – pomyślał Will i nagle zaczął niepokoić się o swego nauczyciela. Już miał wypowiedzieć swe obawy na głos, ale w tej samej chwili uświadomił sobie, iż Halt z całą pewnością doskonale o tym wie. Zresztą Gilan zadał już starszemu zwiadowcy kolejne pytanie:

– Jest jedna rzecz, której nie rozumiem. Dlaczego kalkary wracają wciąż do tej samej kryjówki zamiast po prostu przemieszczać się od jednej ofiary do drugiej?

– Odnoszę wrażenie, że na tym polega ich główna, o ile nie jedyna słabość, a także nasza szansa – odparł Halt. – To istoty dzikie i bezlitosne, a przy tym po wielokroć inteligentniejsze od wargalów. Nie są jednak ludźmi. Nastawiają się na jeden i tylko jeden cel. Wskaż im ofiarę, a będą tropić ją tak długo, aż zabiją lub same padną. Jednak wygląda na to, że nie są w stanie polować na więcej niż jednego osobnika. Po wykonaniu zadania wracają do kryjówki, by odebrać nagrodę od Morgaratha czy któregoś z jego podwładnych. Dopiero wtedy można wyznaczyć im następny cel i wtedy znów wyruszą na łowy. Największą szansę, by je odnaleźć, będziemy mieli właśnie wtedy, gdy otrzymają nowe zadanie i wyłonią się z kryjówki. W przeciwnym razie będziemy musieli namierzyć ich leże i tam je zabić.

Po raz tysięczny Will spojrzał na rozpościerającą się przed nimi jednostajną, trawiastą równinę. Gdzieś tutaj kryją się dwie straszliwe bestie, być może są już na tropie nowej ofiary. Głos Halta wyrwał go z zamyślenia.

– Słońce zachodzi – stwierdził. – Możemy zatrzymać się tu na noc.

Zmęczeni całodzienną wędrówką, sztywno zsiedli z koni i poluzowali popręgi, żeby dać zwierzętom wytchnienie.

– Jedno jest dobre na tym przeklętym pustkowiu – zauważył Gilan, rozglądając się dookoła. – Każde miejsce jest tu tak samo dobre na obozowisko. Albo tak samo złe.

Will poczuł na swym ramieniu dotknięcie ręki Halta, które wyrwało go ze snu bez marzeń. Odrzucił połę płaszcza, rzucił okiem na świecący księżyc i zmarszczył brwi. Spał najwyżej przez godzinę. Chciał spytać, co się stało, ale Halt powstrzymał go, kładąc palec na ustach. Will zdał sobie sprawę, że Gilan także już nie śpi. Stał wpatrzony w dal, zwrócony w kierunku północnego wschodu, czyli w stronę, z której przybyli – i nasłuchiwał.

Will wstał, poruszając się bardzo ostrożnie, by nie spowodować hałasu. Ręce odruchowo sięgnęły do broni, ale zaraz potem zdał sobie sprawę, że nie grozi im bezpośrednio żadne niebezpieczeństwo. Towarzysze nasłuchiwali uważnie. Po chwili Halt uniósł dłoń, wskazując na północ.

– Znowu – stwierdził cicho.

Wtedy i Will usłyszał ten głos, dobiegający poprzez szum wiatru w trawie i zawodzenie Kamiennych Fletni. Mrożący krew w żyłach odgłos wycia, zawodzenia bestii, wznoszącego się do coraz wyższych tonów, by wreszcie umilknąć. Wiatr przyniósł ku nim nieludzki zew, który dobył się z gardzieli potwora.

Po kilku sekundach wycie znów dało się słyszeć, tym razem jakby odrobinę niższe. Will wiedział, co to oznacza, zanim Halt zdążył oznajmić:

– Kalkary – mruknął zwiadowca. – Otrzymały nowe zadanie i wyruszają na łów.

ROZDZIAŁ 27

Resztę nocy trzej towarzysze spędzili czuwając i nasłuchując dobiegających z północy łowieckich okrzyków kalkarów. W pierwszym odruchu Gilan chciał osiodłać Blaze'a. Gniady konik parskał niespokojnie; on również słyszał budzące grozę wycie bestii. Halt jednak kazał mu zaczekać.

– Nie zamierzam ruszać ich tropem po ciemku – stwierdził. – Poczekamy do świtu, a potem poszukamy śladów.

Ślady okazały się nietrudne do odnalezienia, najwyraźniej kalkary nie czyniły najmniejszego wysiłku, by je za sobą zatrzeć. Wygnieciona przez ciężkie cielska trawa wskazywała wyraźnie na północny wschód. Pierwszy ślad znalazł Halt, a po kilku minutach Gilan natrafił na trop drugiej bestii – w odległości około ćwierć kilometra, czyli wystarczająco blisko, by kalkary mogły w razie niebezpieczeństwa przyjść sobie z pomocą, a zarazem dość daleko, by w ewentualną pułapkę wpadł tylko jeden z nich.

Halt zastanawiał się przez chwilę, nim podjął decyzję:

– Ty idź za drugim tropem – polecił Gilanowi. – Will i ja podążymy za pierwszym. Musimy mieć pewność, że kalkary idą w tym samym kierunku. Nie chciałbym, żeby jeden zawrócił i zaszedł nas od tyłu.

– Jak sądzisz, wiedzą, że tu jesteśmy? – spytał Will, starając się ze wszystkich sił, by jego głos zabrzmiał spokojnie i obojętnie.

– Mogą wiedzieć. Ten tubylec miał mnóstwo czasu, by ich ostrzec. Choć z drugiej strony może to tylko zbieg okoliczności, a one wyruszają, by spełnić kolejną misję – spojrzał na wygnieciony w trawie ślad, wiodący nieodmiennie w tym samym kierunku. – Widać, że mają jakiś określony cel. – Ponownie zwrócił się do Gilana: – W każdym razie, trzymaj oczy szeroko otwarte i zwracaj też uwagę na Blaze'a. Konie wyczują kalkary szybciej niż my. Musimy strzec się zasadzki.

Gilan skinął głową i zawrócił Blaze'a, kierując go w stronę drugiego tropu. Na dany przez Halta znak trzej zwiadowcy ruszyli naprzód.

– Ja będę spoglądał przed siebie i na ślady – odezwał się Halt do Willa – a ty miej oko na Gilana, tak na wszelki wypadek.

Will skupił więc całą uwagę na wysokim zwiadowcy, który jechał równo z nimi w odległości około dwustu metrów. Blaze widoczny był tylko od łopatek w górę, dolną część ciała zwierzęcia zasłaniały trawy. Od czasu do czasu pofałdowania terenu powodowały, że i koń, i jeździec znikali chłopcu z oczu. Gdy zdarzyło się to po raz pierwszy, czyli gdy Gilan nagle jakby zapadł się pod ziemię, Will krzyknął cicho. Halt w mgnieniu oka gotów był do strzału, ale w tej samej chwili Gilan i Blaze znów wyłonili się z trawy, nie mając pojęcia, jak zaniepokoili swoich towarzyszy.

– Przepraszam – mruknął Will, niezadowolony z siebie.

Halt zerknął na niego.

– Nic się nie stało – odparł spokojnie. – Lepiej, żebyś dawał mi znać za każdym razem, kiedy coś jest nie tak. – Wiedział aż nazbyt dobrze, że kiedy ktoś wywołuje fałszywy alarm, następnym razem może nie zareagować na czas, a to mogłoby się skończyć fatalnie dla nich wszystkich. – Mów mi za każdym razem, kiedy będziesz tracił Gilana z oczu, a potem powiedz mi, kiedy znów się pojawi – polecił. Will skinął głową, pojmując tok myślenia swojego mistrza.

Tak więc znów zbliżali się do Kamiennych Fletni i znów zawodzące pienia były coraz lepiej słyszalne. Will zrozumiał, że tym razem miną krąg menhirów w znacznie mniejszej odległości, bowiem kalkary najwyraźniej kierowały się prosto na niego. Monotonną wędrówkę urozmaicały powtarzające się doniesienia Willa:

– Zniknął... nie widzę go... w porządku. Już się pojawił.

Pofałdowania terenu były zupełnie niewidoczne pod falującą trawą i trudno było stwierdzić, czy Gilan akurat wjeżdżał w zagłębienie, czy też czyni to Will i Halt. Najczęściej znikali sobie z oczu, gdy zdarzało im się to jednocześnie.

W pewnej chwili Gilan i Blaze znikli z pola widzenia i nie pojawili się tak jak zwykle po kilku sekundach.

– Nie widzę go… – relacjonował Will. – Ciągle go nie ma… nadal go nie ma… ani śladu… – napięcie rosło, Will mówił coraz cieńszym głosem: – Ani śladu… ciągle ich nie widzę…!

Halt ściągnął wodze Abelarda i zatrzymał się z łukiem gotowym do strzału, sondując wzrokiem horyzont w okolicy miejsca, gdzie spodziewał się dojrzeć Gilana. Gwizdnął przeraźliwie, wydając trzy dźwięki, jeden wyższy od drugiego. Po krótkiej chwili usłyszeli odpowiedź: gwizd złożony z tych samych trzech nut lecz w odwrotnej kolejności. Will odetchnął z ulgą, a w tej samej chwili pojawił się Gilan, zdrowy i cały. Odwrócił się w ich stronę i rozłożył szeroko ramiona w niemym pytaniu: „Co się stało?"

Halt tylko machnął ręką i znów ruszyli przed siebie.

W miarę, jak zbliżali się do Kamiennych Fletni, Halt coraz bardziej i bardziej miał się na baczności. Kalkar, którego tropili on i Will, kierował się prosto na krąg głazów. Halt zatrzymał Abelarda i zmrużył oczy, lustrując centymetr po centymetrze szare skały, szukając jakichkolwiek oznak życia lub ruchu, który wskazywałby, że kalkar może tam na nich czekać w ukryciu.

– To jedyna rozsądna kryjówka w promieniu wielu mil – stwierdził. – Zawsze istnieje ryzyko, że to paskudztwo czai się na nas pośród skał. Myślę, że należy zachować nieco większą ostrożność.

Dał znak Gilanowi, by się do nich przyłączył i wyjaśnił mu swe zamiary. Następnie rozdzielili się w taki sposób, że zbliżali się z wolna ku Fletniom z trzech różnych kierunków, uważnie obserwując zachowanie swoich wierzchowców. Ich czuły węch lub słuch z pewnością da im znać o obecności nieprzyjaciela. Jednak kamienny krąg okazał się pusty, choć gdy znaleźli się już całkiem blisko niego, złowróżbne jęki wiatru we fletniowych otworach stały się niemal nie do zniesienia. Halt w zamyśleniu przygryzł wargę, spoglądając na dwa wyraźnie odciśnięte w trawie ślady kalkarów, podążających prosto przed siebie.

– Poruszamy się zbyt wolno – oznajmił w końcu. – Dopóki będziemy widzieć ich ślady na kilkaset metrów do przodu, jedźmy prędzej. Zwolnimy dopiero wtedy, gdy zbliżymy się do jakiegoś wzgórza albo jeśli trop zmieni kierunek.

Gilan skinął głową i bez słowa powrócił na swoją trasę. Teraz przemierzali równinę galopem. Will nadal obserwował Gilana, kiedy zaś tylko ślad kalkara stawał się mniej widoczny, Halt i Gilan porozumiewali się gwizdami, zwalniając do wolnego stępa, aż trop na nowo stawał się wyraźny.

Gdy zapadła noc, znów zatrzymali się na popas. Choć tropy zabójczych bestii były dobrze widoczne przy świetle księżyca, Halt nie zamierzał kontynuować pościgu w ciemnościach.

– Zbyt łatwo mogłyby nas złapać w pułapkę – powiedział. – Kiedy zdecydują się nas zaatakować, chcę o tym wiedzieć z jak największym wyprzedzeniem.

– Sądzisz, że to uczynią? – zaniepokoił się Will, który zauważył, że Halt powiedział „kiedy" a nie „jeżeli". Zwiadowca popatrzył kątem oka na swojego młodego ucznia.

– Zawsze zakładamy, że nieprzyjaciel zdaje sobie sprawę z naszej obecności oraz że zamierza nas zaatakować –

wyjaśnił. – Pomaga to uniknąć niemiłych niespodzianek. – Położył rękę na ramieniu chłopaka, by go uspokoić.

O świcie podjęli pościg w tym samym przyspieszonym tempie, zwalniając, gdy nierówności terenu sprawiały, iż tracili trop z oczu. Wczesnym popołudniem dotarli do skraju równiny, zagłębiając się w lesiste obszary położone na północ od Gór Deszczu i Nocy.

Tu z tropów wywnioskowali, że oba kalkary wędrowały odtąd razem, nie zachowując już dystansu, jaki utrzymywały na równinie. Podążały jednak wciąż w tym samym kierunku, na północny wschód. Zwiadowcy tropili je jeszcze przez godzinę, nim Halt nie zatrzymał Abelarda i nie dał znaku pozostałym, by zsiedli z koni. Wszyscy trzej przycupnęli wokół rozłożonej na trawie mapy królestwa. Krawędzie zwoju przygnietli strzałami, by pergamin nie zwinął się z powrotem w rulon.

– Sądząc po śladach, zbliżyliśmy się do nich – stwierdził Halt – ale wciąż mają nad nami co najmniej pół dnia przewagi. A teraz spójrzcie, udają się wyraźnie w tę stronę...

Dobył kolejną strzałę i położył ją na mapie, tak że wskazywała kierunek obrany przez kalkary, wędrujące przez ostatnie dwa dni i noce.

– Jak widzicie, jeśli nadal będą zmierzać tym samym kursem, oznacza to, że kierować się mogą tylko ku dwóm miejscom, które mają jakiekolwiek znaczenie – wskazał grotem strzały. – Tutaj są ruiny Gorlanu. Natomiast dalej na północ znajduje się Zamek Araluen.

Gilan żachnął się.

– Zamek Araluen, tak po prostu? – obruszył się. – Nie sądzisz chyba, że ośmieliłyby się podjąć próbę ataku na samego króla Duncana w jego siedzibie?

Halt rozłożył bezradnie ręce.

– Nie potrafię ci odpowiedzieć – rzekł. – Nie wiemy o tych istotach prawie nic, a w dodatku połowa naszej wiedzy to mity i legendy. Musisz jednak przyznać, że byłoby to posunięcie nader śmiałe i niezwykle skuteczne, a Morgarath zawsze miał do takowych słabość.

Halt dał towarzyszom chwilę, by mogli namyślić się nad tym, co usłyszeli, a następnie wskazał inny punkt na mapie, znajdujący się na północny zachód od ich pozycji.

– Oto, co przyszło mi na myśl. Spójrzcie, tutaj mamy Zamek Redmont. Około jednego dnia drogi stąd. I kolejny dzień, by dotrzeć tu.

Grotem strzały przesunął po pergaminie aż do zaznaczonych na nim ruin Zamku Gorlan.

– Jedna osoba, która miałaby do dyspozycji dwa konie, może dotrzeć do Redmont w czasie krótszym niż jeden dzień, a potem zaprowadzić barona i sir Rodneya do Gorlanu. Jeśli kalkary utrzymają takie tempo jak dotychczas, być może tu właśnie uda się je przyłapać. Pewności nie mamy, ale wydaje się to całkiem prawdopodobne. Natomiast, mając u boku takich wojowników jak Arald i Rodney, nasze szanse, by dopaść morderców i skończyć z nimi raz na zawsze, są znacznie większe.

– Zaraz, zaraz – przerwał Gilan. – Powiedziałeś jedna osoba i dwa konie, tak?

Spojrzenia Halta i Gilana spotkały się. Dowódca zorientował się, że młodszy zwiadowca już odgadł, co mistrz ma na myśli.

– Tak właśnie, Gilanie – odezwał się. – A najlżejszy z nas może podróżować najprędzej. Chcę, żebyś wypożyczył Blaze'a Willowi. Jeśli będzie zmieniał wierzchowce, jadąc na przemian na Wyrwiju i na twoim koniu, może zdążyć.

Widać było, że Gilan nie jest zachwycony tym pomysłem i Halt rozumiał go wyśmienicie. Żaden zwiadowca nie odstępował chętnie swojego konia komuś innemu, choćby i towarzyszowi z korpusu zwiadowców. Jednak z drugiej strony Gilan zdawał sobie sprawę, że sugestia Halta jest rozsądna i logiczna. Halt czekał, aż jego były uczeń przerwie milczenie, tymczasem Will obserwował obu starszych zwiadowców oczami szeroko otwartymi z przerażenia, jakim napawała go myśl o odpowiedzialności, która miała mu przypaść w udziale.

Gilan odezwał się:

– To chyba najlepsze wyjście – stwierdził niechętnie. – A co ja mam robić?

– Podążać za mną na piechotę – odpowiedział natychmiast Halt, zwijając mapę i chowając ją na powrót do sakwy. – Jeśli zdołasz gdzieś zdobyć konia, spróbuj mnie dogonić. Jeśli nie, spotkamy się w ruinach Gorlanu. O ile nie zastaniemy w nich kalkarów, Will będzie tam czekał na ciebie z Blazem. Ja natomiast udam się dalej śladem morderców, a wy ruszycie za mną.

Gilan skinął głową w milczeniu, a Halt niespodziewanie dla siebie samego poczuł, że jest z niego dumny. Przecież gdy tylko Gilan pojął, że wymyślona przez Halta taktyka daje im największe szanse powodzenia, nie tracił już czasu na zbędne spory czy argumenty. Rzucił tylko półżartem:

– Mówiłeś zdaje się, że mój miecz może się na coś przydać?

– Mówiłem – przyznał Halt – ale w ten sposób mam szansę uzyskać pomoc rycerzy odzianych w zbroje i wyposażonych w kopie oraz topory. Sam wiesz, że to najlepszy sposób na kalkara.

– Wiem – rzucił krótko Gilan, a następnie ujął Blaze'a za wędzidło i związał wodze, przerzucając je przez grzbiet gniadosza. – Najpierw jedź na Wyrwiju – poradził Willowi. – W ten sposób Blaze trochę odpocznie. Będzie biegł za tobą luzem, tak samo Wyrwij, kiedy przesiądziesz się na Blaze'a. Tylko zwiąż jego wodze w ten sposób, żeby nie zwisały i o nic nie zawadziły.

Miał już się odwrócić, gdy o czymś sobie przypomniał.

– Ach, tak. Zanim wsiądziesz na niego po raz pierwszy, pamiętaj, żeby powiedzieć „brązowe oczy".

– „Brązowe oczy" – powtórzył Will, a Gilan nie mógł powstrzymać uśmiechu.

– Nie do mnie. Do konia – był to stary, oklepany żarcik zwiadowców, ale i teraz sprawił, że wszyscy się uśmiechnęli.

W chwilę potem Halt przypomniał im, że nie ma czasu do stracenia.

– Willu, jesteś pewien, że trafisz do Redmont?

Will skinął głową. Dotknął ręką kieszeni, w której znajdowała się jego własna kopia mapy, i zerknął na słońce.

– Północny wschód – stwierdził pewnym głosem.

– Otóż to – przytaknął usatysfakcjonowany Halt. – Przed zmierzchem powinieneś dotrzeć do Rzeki Łososi, a wtedy już nie możesz zmylić drogi. Gościniec biegnie niedaleko rzeki, na wschód od niej. Jedź równym tempem przez całą drogę, nie próbuj przyspieszać biegu –

wtedy tylko zmęczysz konie i w rezultacie jazda zajmie ci więcej czasu. A teraz – powodzenia.

Halt wskoczył na siodło Abelarda, a Will dosiadł Wyrwija. Gilan wskazał palcem chłopca i przemówił do ucha wierzchowca:

– Za nim, Blaze. Za nim. – Gniady konik, mądry jak wszystkie konie zwiadowców, potrząsnął głową, jakby chciał powiedzieć, że zrozumiał polecenie i że je wykona. Nim się rozstali, Will zadał jeszcze jedno pytanie, które nie dawało mu spokoju:

– Halt – powiedział – te ruiny Gorlanu… co to za miejsce?

– Dobre pytanie – stwierdził Halt – a odpowiedź jeszcze lepsza. Ironia losu. Chodzi o ruiny Zamku Gorlan, dawnej siedziby Morgaratha.

Rozdział 28

Kiedy potem wspominał podróż do Zamku Redmont, pamiętał głównie zmęczenie. Oba konie utrzymywały stałe tempo tak, jak je wyszkolono. Oczywiście kusiło go, żeby zmusić Wyrwija do szalonego galopu, nie potrzebował jednak nawet rad Halta, żeby wiedzieć, iż takie postępowanie osłabiałoby szanse powodzenia jego misji. Cwał, jak nauczył się jeszcze od Starego Boba, był najkorzystniejszy pod każdym względem – ten właśnie krok pozwalał uzyskać najwyższą średnią prędkość.

Konie mogły biec całymi godzinami, nie odczuwając zmęczenia; gorzej było z jeźdźcem. Po pierwsze, tak długa jazda wiązała się ze znacznym fizycznym wysiłkiem.

Trzeba było bezustannie poruszać się w rytmie końskiego biegu – w dodatku każdy wierzchowiec cwałował nieco inaczej, ponieważ różniły się wielkością. Po drugie zaś, bezustannie towarzyszyło mu nerwowe i umysłowe napięcie, gonitwa myśli równie wyczerpujących, jak wysiłek fizyczny.

No bo... jeżeli Halt się mylił? Co będzie, jeśli kalkary skręciły nagle na zachód i tak samo jak on zmierzały ku Zamkowi Redmont? Wówczas prawie na pewno spotka je po drodze. Halt jednak rzadko się mylił, natomiast co się stanie, jeśli on, Will, popełni jakiś głupi błąd i nie dotrze do Redmont na czas?

To właśnie niepokoiło go najbardziej. Brakowało mu wiary we własne siły i z tym najtrudniej było sobie radzić. Nic zresztą dziwnego, pomimo intensywnego treningu, jaki przeszedł w ciągu minionych miesięcy, wciąż przecież był tylko chłopcem. W dodatku chłopcem, który dotąd mógł liczyć na wsparcie ze strony Halta, polegać na doświadczeniu i rozsądku nauczyciela. Teraz, pozostawiony samemu sobie, wiedział doskonale, jak wiele zależy od tego, czy zdoła się wywiązać z powierzonego mu zadania.

W jego skołatanej głowie walczyły ze sobą myśli, wątpliwości i lęki. Po pewnym czasie zbliżył się do Rzeki Łososi, by wkrótce pozostawić ją za sobą, w tym samym stałym rytmie końskich kopyt. Raz zatrzymał się, żeby napoić konie właśnie nad rzeką, drugi raz na Królewskim Gościńcu, przy moście. Poza tym robił tylko krótkie postoje w regularnych odstępach czasu, by przesiąść się z jednego konia na drugiego; w ten sposób udało mu się osiągnąć znacznie lepszą prędkość, niż początkowo przypuszczał.

Z upływem dnia cienie wydłużały się, a drzewa zwieszające swe gałęzie nad drogą zaczęły wydawać się mroczne i groźne. Każdy dobiegający z daleka odgłos, którego źródła nie znał, każde poruszenie dostrzeżone kątem oka – w cieniu – sprawiało, że serce podchodziło mu ze strachu do gardła.

W pewnym momencie, bezgłośnie trzepocząc skrzydłami, przeleciała sowa, by schwytać w swe szpony nieostrożną myszkę. Kiedy indziej w poszyciu szurnął borsuk, który wybrał się na nocne łowy. Z duszą na ramieniu Will stopniowo zaczynał poddawać się swojej wybujałej wyobraźni. W cieniach dostrzegał jakąś zwalistą, czarną sylwetkę – tak właśnie wyobrażał sobie kalkara. Gdy tylko wiatr wprawiał w ruch kępy krzewów, obawiał się najgorszego. Rozsądek podpowiadał mu jednak, że właściwie nie ma najmniejszej szansy, żeby kalkary szukały właśnie jego. Ale wyobraźnia i lęk odpowiadały na to, że skoro wybrały się na łów i przedostały na teren królestwa, któż może powiedzieć, gdzie teraz przebywają?

W końcu własne myśli i strach zmogły go.

I tak minęła długa, przepełniona lękiem noc, dopóki pierwszy błysk światła nie padł na znużoną, drobną sylwetkę skuloną w siodle na silnym koniku o baryłkowatym tułowiu, który wciąż niestrudzenie podążał na północny zachód.

Will, który usnął w siodle, obudził się nagle, gdy poczuł ciepło pierwszych promieni słonecznych. Delikatnie ściągnął wodze Wyrwija. Konik zatrzymał się z opuszczoną głową, dysząc ciężko. Will wyrzucał sobie, że przebył na jego grzbiecie znacznie dłuższy dystans, niż powinien. Lęk kazał mu podążać naprzód, nie zatrzymując się w ciemnościach, tymczasem konikowi już dawno należał się odpoczynek. Chłopak stęknął cicho, zsiadając z jego grzbietu; bolała go każda część ciała. Pogłaskał pieszczotliwie miękki pysk przyjaciela.

– Wybacz – powiedział.

Wyrwij, odpowiadając na dotyk i głos, który znał tak dobrze, potrząsnął głową i kudłatą grzywą. Gdyby Will tego od niego zażądał, biegłby dalej, bez skargi, dopóki nie opadłby całkiem z sił i nie zakończył życia. Will rozejrzał się po miejscu przypadkowego postoju. Blask wczesnego poranka rozproszył bez śladu mroczne strachy minionej nocy. Teraz Willowi było trochę wstyd z powodu paniki, jakiej uległ w ciemnościach. Sztywnymi ze zmęczenia rękoma poluzował popręgi siodła. Dał swemu wierzchowcowi dziesięć minut na odpoczynek, aż spostrzegł, że Wyrwij oddycha już normalnie. Wówczas, nie mogąc wyjść z podziwu dla wytrzymałości tej przedziwnej końskiej rasy, zacisnął popręgi siodła Blaze'a i z cichym jękiem wskoczył na grzbiet gniadosza.

Był wciąż jeszcze ranek, gdy ujrzał w oddali Zamek Redmont.

Jechał znów na grzbiecie Wyrwija. Małemu konikowi najwyraźniej nie zaszkodziła cała noc z jeźdźcem w siodle. Wspięli się na ostatni łańcuch wzgórz i oto zielona dolina, w której rozpościerała się posiadłość barona Aralda, ukazała się ich oczom w całej okazałości.

Całkowicie wyczerpany, Will zatrzymał się na krótką chwilę, wspierając się obiema dłońmi o łęk siodła. Przebyli taki szmat drogi, tak prędko. Spoglądał z ulgą na znajomą sylwetkę zamku – i schludne, białe domki pobliskiej wsi, ufającej opiece potężnej fortecy. Z kominów unosił się dym. Wieśniacy niespiesznym krokiem wracali z pól na drugie śniadanie. Zamek wznosił się na szczycie potężnej skały.

– Wszystko wygląda... tak zwyczajnie – rzekł Will do swojego konika.

Dopiero teraz zdał sobie sprawę, że spodziewał się jakichś wielkich zmian. Przecież królestwo wkrótce znów miało pogrążyć się w wirze wojny, po raz pierwszy od piętnastu lat, co Willowi wydawało się całą wiecznością. Tymczasem jednak życie w Redmont toczyło się jak zawsze.

W następnej chwili uświadomił sobie coś istotniejszego – mianowicie, że traci czas. Uderzył piętami w boki Wyrwija; teraz już mogli ruszyć galopem – i chłopak, i wierzchowiec chcieli mieć za sobą ostatni odcinek morderczej podróży.

Zaskoczeni przechodnie odskakiwali na bok, gdy mijała ich odziana na szarozielono drobna postać, pochylona nisko nad grzbietem zakurzonego konika, za którym pędził większy, gniady koń. Kilku z wieśniaków rozpoznało Willa, lecz nim wybrzmiały słowa powitania, słychać już było tylko oddalający się tętent kopyt.

Stukot ten przerodził się w dźwięczne dudnienie, gdy przekraczali opuszczony most zwodzony. Gdy zaś wjeżdżali na dziedziniec, kopyta załomotały o kamienie, którymi był wyłożony. Will pociągnął leciutko za wodze i Wyrwij zatrzymał się przy samym wejściu do wieży, w której rezydował baron Arald.

Dwaj zbrojni strażnicy, zaskoczeni jego nagłym pojawieniem się i szybkością, z jaką nadjechał, postąpili krok do przodu, zagradzając mu drogę skrzyżowanymi pikami.

– Ej, ty, zaraz! – zawołał jeden z nich, kapral. – Czego tu szukasz? Co ci się tak spieszy?

Will otworzył usta, by coś odpowiedzieć, nim jednak zdążył się odezwać, za jego plecami rozległ się tubalny, gniewny głos:

– To ja się pytam, czego szukasz w służbie barona, skoro nie potrafisz rozpoznać królewskiego zwiadowcy?

Był to sir Rodney, który długimi krokami przemierzał dziedziniec, kierując się ku siedzibie możnowładcy. Obaj strażnicy zastygli w pozycji na baczność, a Will zwrócił się do Mistrza Sztuk Walki:

– Mam pilną wiadomość od Halta – oznajmił. – Dla barona Aralda i dla pana, sir Rodneyu.

Jak trafnie to ujął Halt podczas rozmowy po polowaniu na dzika, sir Rodney był człowiekiem, którego uwadze nic nie umykało. Wystarczyło mu jedno spojrzenie na zszargane odzienie Willa, dwa zmęczone konie, by pojąć, że nie jest to czas na zbędne pytania. Wskazał ruchem głowy drzwi wieży.

– Wejdź do środka, tam wszystko opowiesz – rzekł i dodał, zwracając się do strażników: – Postarajcie się, żeby ktoś się zajął tymi biednymi końmi. Trzeba je nakarmić i napoić.

– Tylko niezbyt obficie, jeśli można prosić – wtrącił szybko Will. – Nie za wiele ziarna i nieco wody, poza tym może dobrze byłoby je wytrzeć z potu. Wkrótce znów ich będę potrzebował.

Rodney uniósł nieco brwi. Zarówno Will, jak i oba wierzchowce kwalifikowali się do wypoczynku.

– Czyli masz wiele pilnych spraw – zauważył. – No już, zajmijcie się tymi końmi – rzucił w stronę strażników. – I każcie przynieść do gabinetu barona Aralda jakieś jedzenie. A nie zapomnijcie o dzbanku zimnego mleka!

Obaj rycerze aż gwizdnęli ze zdziwienia, słysząc wieści opowiedziane przez Willa. Wiedzieli już, rzecz jasna, iż Morgarath szykuje się do wojny, i baron zdążył rozesłać wici do swych lenników, by zebrać własne wojska, konnych rycerzy zarówno zbrojnych, jak i pieszych. Jednak wiadomości o kalkarach były dla nich wielkim zaskoczeniem. Nikt dotąd w Zamku Redmont o nich nie słyszał.

– A więc powiadasz, że zdaniem Halta mogą chcieć podnieść rękę na samego króla? – spytał baron Arald, gdy Will skończył swą opowieść. Chłopak skinął głową i zawahał się przez moment, nim dodał:

– Tak, panie. Myślę jednak, że jest i inna możliwość.

Umilkł, onieśmielony, ale baron dał mu znak, żeby mówił dalej, więc Will w końcu wypowiedział na głos podejrzenie, które narastało w jego głowie przez całą długą noc i dzień.

– Panie… zdaje mi się, że mogą zasadzać się także na Halta.

Gdy już padły te słowa, pożałował ich i zawstydził się. Jednak, ku jego zaskoczeniu, baron Arald nie zbył ich śmiechem lub lekceważącym machnięciem ręki. Przeciwnie, wyraźnie zastanawiał się nad nimi, skrobiąc się po brodzie.

– Mów dalej – ponaglił Willa, pragnąc usłyszeć, co doprowadziło go do takiego wniosku.

– Wygląda na to – tak mówi Halt – że Morgarath nie tylko chce osłabić nasze dowództwo, ale i szuka zemsty. Chce unicestwić tych, którzy ostatnim razem go pokonali. Pomyślałem więc sobie, że w pewnym sensie to właśnie Halt narobił mu najwięcej szkód podczas tamtej wojny.

– Trudno zaprzeczyć – zauważył sir Rodney.

– Pomyślałem więc też, że, być może, kalkary wiedzą o naszej obecności. Ten tubylec z Równiny miał mnóstwo czasu i mógł im o nas powiedzieć. Być może starają się wywieść Halta w pole, prowadząc go za sobą, aż znajdą miejsce odpowiednie na zasadzkę. Jemu zdaje się, że to on na nie poluje, a w rzeczywistości sam jest zwierzyną w tych łowach.

– Zaś ruiny Gorlanu byłyby idealnym miejscem do tego celu – przyznał Arald. – Pośród rumowiska mogą go dopaść, nim zdąży posłużyć się łukiem. No cóż, Rodneyu, szkoda czasu. Wyruszamy natychmiast, ty i ja. Raczej półpancerz i kolczuga niż ciężka zbroja. W ten sposób dotrzemy tam szybciej. Kopie, topory i miecze dwuręczne. Każdy z nas weźmie po dwa konie, za przykładem obecnego tu Willa. Wyruszamy za godzinę. Poleć Karelowi, by zebrał jeszcze dziesięciu rycerzy i niech jak najszybciej ruszają naszym śladem.

– Tak, panie – odparł Mistrz Sztuk Walki.

Baron Arald zwrócił się do Willa:

– Świetnie się spisałeś, Willu. Teraz my zajmiemy się tą sprawą, a ty... Cóż, odnoszę wrażenie, że dobrze zrobiłoby ci osiem godzin snu.

Will wyprostował się na baczność, choć bolał go każdy mięsień, staw i ścięgno.

– Chciałbym udać się z wami, panie – oznajmił. Natychmiast zorientował się, że baron się temu sprzeciwi, więc dodał szybko: – Panie, nikt z nas nie wie, co może się zdarzyć, a tam gdzieś po drodze jest Gilan, pieszo. Poza tym... – zawahał się.

– Mów, Willu – rzekł cicho baron. Gdy chłopak uniósł wzrok, by spojrzeć na władcę, Arald dostrzegł w jego oczach nieugięte postanowienie.

– Halt jest moim mistrzem, panie, i grozi mu niebezpieczeństwo. Moje miejsce jest u jego boku – dokończył.

Baron zastanowił się przez ułamek sekundy, a w następnej chwili podjął decyzję.

– W takim razie pojedziesz z nami. Nie zmienia to faktu, że przez godzinę możesz wypocząć. Tutaj jest łóżko. Tam, za zasłoną – wskazał część gabinetu oddzieloną draperią. – Połóż się.

– Tak, panie – odrzekł wdzięczny Will. Oczy piekły go, jakby ktoś sypnął mu w nie garść piasku. Jeszcze nigdy z taką rozkoszą nie spełnił wydanego mu polecenia.

Rozdział 29

Tego popołudnia Will czuł się już tak, jakby spędził w siodle całe życie. Dotykał stopami ziemi tylko podczas krótkich przerw, by przesiąść się z jednego konia na drugiego.

Chwila, by poluzować popręgi siodła jednego konia, zacisnąć mocniej popręgi drugiego, wskoczyć na siodło i znów ruszyć przed siebie. Raz jeszcze nie mógł nadziwić się, jak wytrzymałe były te małe, kudłate koniki, Wyrwij i Blaze, które nadal, mimo tak wyczerpującej drogi, bez trudu były w stanie utrzymać równomierne tempo. Musiał je nawet nieco hamować, by nie prześcignęły bojowych rumaków, których dosiadali rycerze. Tamte konie były wielkie, silne i z pewnością świetnie spisywały się w bitwie, nie potrafiły jednak dotrzymać kroku małym kudłatym konikom zwiadowców, choć przecież były wypoczęte, nim baron, sir Rodney i Will wyruszyli w drogę z Zamku Redmont.

Jechali w milczeniu. Żaden z nich nie był w nastroju na czcze pogawędki, a zresztą i tak niełatwo by im było wzajemnie się usłyszeć pośród łomotu kopyt czterech ciężkich bojowych koni oraz metalicznego brzęku zbroi.

Obaj rycerze wyposażeni byli w długie bojowe kopie o drzewcach z twardego jesionu, długości ponad trzy metry, zakończonych ciężkim, żelaznym grotem. Ponadto każdy z nich miał przytroczony do siodła dwuręczny miecz – przy którym noszony na co dzień przez rycerzy oręż wydawał się mały jak zabawka. Dodatkowo sir Rodney miał zawieszony u siodła ciężki topór bojowy. Największą jednak ufność obaj rycerze pokładali w swych kopiach, dawały bowiem możność utrzymania kalkarów na dystans, zmniejszając tym samym ryzyko dostania się przez któregoś z nich w zasięg ich paraliżującego spojrzenia. Uważano, że jest ono niebezpieczne tylko z niewielkiej odległości. Jeśli nie widziało się wyraźnie oczu bestii, ich spojrzenie nie przejmowało już tak przemożnym i obezwładniającym lękiem.

Słońce szybko chyliło się ku zachodowi, wydłużając cienie, padające przed nimi. Arald rzucił okiem przez ramię na zachodzące słońce i zawołał do chłopca:

– Ile do zmierzchu, Willu?

Will odwrócił się w siodle i zmarszczył brwi, spoglądając na obniżającą się ognistą kulę.

– Niecała godzina, panie.

Baron pokręcił głową z niezadowoleniem.

– W takim razie niełatwo będzie nam zdążyć przed nocą – stwierdził. Spiął ostrogami swego konia, który przyspieszył biegu. Wyrwij i Blaze bez trudu dostosowały się do nowej prędkości. Nikt nie chciał mieć do czynienia z kalkarami po zapadnięciu zmroku.

Godzinny odpoczynek na zamku pomógł Willowi zregenerować siły, ale teraz wydawało się, że drzemka w łożu barona miała miejsce całe wieki temu, w jakimś innym życiu. Przed wyruszeniem w podróż, gdy dosiadali koni, opuszczając Zamek Redmont, Arald w kilku zwięzłych słowach wyjaśnił, jak zamierza zabrać się do rozprawienia się z kalkarami. Jeśli zastaną je w ruinach Gorlanu, Will ma się trzymać z tyłu, tymczasem baron i Sir Rodney zaatakują oba potwory. Nie było mowy o żadnej subtelnej taktyce, jedynie o brawurowym ataku, który mógł zaskoczyć zabójców dzięki szybkości i determinacji.

– Jeśli Halt tam jest, z pewnością również nie będzie stał bezczynnie. Ty jednak masz trzymać się z daleka, Willu. Ten twój łuk nie zrobi na kalkarach najmniejszego wrażenia.

– Tak, panie – Will nie miał zamiaru zbliżać się do kalkarów. Tak właśnie być powinno, niech poczwarami zajmą się potężni rycerze, których chronią tarcze, hełmy i pancerze oraz kolczugi. Jednak następne słowa Aralda prędko pozbawiły go złudzeń czy też ufności, jaką mógł pokładać w potędze zbrojnych mężów podczas starcia z tymi śmiertelnie niebezpiecznymi istotami.

– Jeśli nie damy im rady, będziesz musiał sprowadzić pomoc. Karel wraz z innymi podążają naszym śladem. Chcę, żebyś ich odnalazł, a potem ruszył z nimi śladami kalkarów. Wytrop te bestie i zabijcie je.

Will nie odezwał się ani słowem. Jeśli nawet Arald brał pod uwagę groźbę niepowodzenia, choć przecież on i sir Rodney byli najsławniejszymi z walecznych rycerzy w promieniu kilkuset mil, dowodziło to, że uważa przeciwnika za szczególnie groźnego. Po raz pierwszy Will zdał sobie sprawę, że w tym starciu ich szanse na zwycięstwo są naprawdę nikłe.

Ostatnie promienie słońca świeciły nad horyzontem, cienie osiągnęły największą z możliwych długości i znikły. Tymczasem od ruin Gorlanu wciąż dzieliło ich jeszcze parę mil. Baron Arald uniósł dłoń, dając znak, by się zatrzymali. Wskazał kciukiem pęk nasączonych smołą pochodni, które on i Rodney mieli przytroczone z tyłu siodeł.

– Światło, Rodneyu – rzucił krótko. Mistrz Sztuk Walki zawahał się przez chwilę.

– Jesteś tego pewien, panie? W ten sposób nieodwołalnie zdradzimy kalkarom swoją pozycję.

Arald machnął ręką.

– I tak nas usłyszą. Tymczasem pośród drzew bez światła będziemy poruszać się zbyt wolno. Trzeba zaryzykować.

Zsiadł z konia i skrzesał ogień; z podpałki najpierw poszedł dym, potem wystrzelił płomyk. Baron przyłożył do niego pochodnię. W następnej chwili gęsta, lepka sosnowa smoła, którą było nasączone łuczywo, buchnęła okazałym płomieniem. Rodney podszedł z drugą pochodnią i zapalił ją od drzewca barona. Następnie znów dosiedli koni i uniósłszy pochodnie wysoko, podczas gdy kopie zwisały na skórzanych pętlicach wokół ich nadgarstków, ruszyli galopem, grzmiąc kopytami pośród drzew. Zjechali z szerokiego gościńca, którym podążali od południa.

Minęło dziesięć minut, nim usłyszeli pierwszy ryk.

Odgłos był nieziemski, ściskał żołądek w węzeł strachu i mroził krew w żyłach. Mimowolnie i baron, i sir Rodney wstrzymali konie, które wspięły się na zadnie nogi. Okrzyk rozległ się prosto przed nimi, wznosił się i opadał, aż powietrze nocy rozedrgało się w przerażeniu.

– Matko moja! – wykrzyknął baron. – A cóż to takiego? – Jego twarz pobladła; tymczasem gdy wybrzmiał pierwszy piekielny wrzask, odpowiedział mu natychmiast drugi, niemal identyczny.

Jednak Will słyszał już ten dźwięk. Mimo to poczuł, że krew odpływa mu z twarzy. W dodatku zew potworów był dowodem na to, że jego przypuszczenia okazały się słuszne.

– To kalkary – wyjaśnił. – Ich okrzyk łowiecki.

Wiadomo było, że skoro polowały, nie mogły polować na nikogo innego; ich celem musiał być Halt.

– Spójrz, panie! – zawołał Rodney, wskazując przed siebie. Pośród drzew ujrzeli na niebie błysk ognia, który najwyraźniej ktoś rozpalił w pobliżu.

– To Halt! – krzyknął baron. – Z pewnością to on. Potrzebuje pomocy!

Wbił ostrogi w boki zmęczonego wierzchowca, zmuszając zwierzę do galopu. Pochodnia, którą trzymał w ręku, rozsiewała iskry, a jej blask tworzył w pędzie ognistą smugę. Sir Rodney i Will popędzili jego śladem.

Chłopak jak we śnie spoglądał ku prowadzącym go pochodniom, których odblaski tańczyły na mijanych pniach drzew, groteskowe cienie poruszały się w zawrotnym tempie...

A potem wypadli na otwartą przestrzeń, by ujrzeć scenę jakby żywcem wziętą z sennego koszmaru.

Od spiętrzonych stosów kamieni dzieliła ich niewielka trawiasta przestrzeń. Wielkie złomy murów, wciąż spojone zaprawą, leżały zwalone bezładnie, czasem na pół zagrzebane w miękkiej, trawiastej ziemi. Plac z trzech stron otoczony był zrujnowanymi murami zewnętrznymi Zamku Gorlan, które po zdradzie Morgaratha na rozkaz króla zostały zniszczone, tak że w żadnym miejscu nie wznosiły się powyżej pięciu metrów. Całe to wielkie gruzowisko wyglądało jak miejsce igraszek jakiegoś dziecka-olbrzyma; głazy, kamienie i fragmenty murów rozrzucone były we wszystkie strony, to znów niedbale ułożone jedne na drugich.

Całą scenerię oświetlały drgające i wijące się płomienie ogniska, płonącego jakieś czterdzieści metrów przed nimi. Obok ognia przycupnęła upiorna postać, wyjąca z nienawiści i bezsilnego gniewu, bezskutecznie usiłując zatamować krew, płynącą ze śmiertelnej rany na piersi.

Kalkar miał ponad dwa i pół metra wysokości, jego całe ciało porośnięte było twardym i gęstym matowym futrem. Małpie ręce, zakończone potężnymi pazurami, sięgały poniżej kolan. Stosunkowo krótkie lecz potężnie umięśnione nogi sprawiały, że bestia poruszała się z prędkością, której nikt by się po niej nie spodziewał, a dodatkowo pozwalały na wykonywanie susów czy skoków, zaskakujących przeciwnika swą niesłychaną żywością. Taką to bestię ujrzeli trzej jeźdźcy, gdy wyłonili się spośród drzew. Jednak nade wszystko zwrócili uwagę na oblicze tej istoty – dzikie i małpie, o wielkich, żółtawych psich zębach i czerwonych, jarzących się oczach pełnych nienawiści, morderczej żądzy zabijania. Twarz ta zwróciła się teraz ku nim, bestia wydała okrzyk, spróbowała się podnieść, ale natychmiast znów skuliła się w półprzykucniętej pozycji.

– Co się stało? – zdziwił się Rodney, wstrzymując konia. Will dostrzegł gąszcz strzał sterczących z piersi kalkara. Było ich co najmniej osiem, a wszystkie utkwiły niemal w tym samym miejscu.

– Patrzcie! – zawołał chłopak. – Patrzcie na te strzały!

Najwyraźniej Halt, który potrafił wymierzyć i strzelić z oszałamiającą wprost precyzją i prędkością, posłał całą serię strzał, jedną po drugiej, stopniowo osłabiając futrzaną zbroję kalkara, aż wreszcie ostatnia przebiła się i utkwiła głęboko w ciele potwora. Czarna krew spływała strugą ku ziemi; kalkar wydał kolejny nienawistny okrzyk.

– Rodney! – krzyknął baron Arald. – Razem! Naprzód!

Wypuścił z ręki wodze luzaka, odrzucił na bok pochodnię, złożył się do uderzenia kopią i ruszył przed siebie. Rodney podążał tuż za nim, kopyta bojowych rumaków dudniły o ziemię. Kalkar, stojąc w kałuży własnej krwi, z wysiłkiem uniósł się, by stawić im czoło, lecz w tej samej chwili dwa groty kopii, jeden po drugim, uderzyły w jego pierś.

Bestia dogorywała, ale i tak jej ciężar oraz siła wstrzymały potężne bojowe wierzchowce w miejscu. Konie wspięły się na zadnie nogi, podczas gdy obaj rycerze pochylili się w strzemionach, by pchnąć kopiami jeszcze dalej. Ostre żelazo przebiło grube futro, a siła uderzenia zbiła kalkara z nóg, popychając go do tyłu, prosto w żar płonącego ogniska.

Przez ułamek sekundy nie działo się nic. Potem zaś rozbłysnął oślepiająco jasny płomień i słup czerwonego ognia wzbił się wysoko ku niebu.

Przerażone konie cofnęły się gwałtownie, Rodney i baron z trudem tylko utrzymali się w siodłach. W powietrzu rozszedł się ohydny smród płonącego futra i mięsa. Will przypomniał sobie, jak Halt mówił, że kalkary są ponoć szczególnie wrażliwe na ogień. Najwyraźniej w tej pogłosce nie było najmniejszej przesady – pomyślał, zbliżając się na grzbiecie Wyrwija ku obu rycerzom.

Rodney przecierał oczy, wciąż oszołomiony błyskiem światła.

– Co się stało, u diabła? – spytał. Baron, też lekko zamroczony, przyglądał się grotowi swej kopii: był okopcony, podobnie jak przednia część drzewca. – To na pewno ta woskowata substancja, która pokrywa ich futro i sprawia, że staje się twarde jak skorupa – stwierdził, kręcąc głową ze zdumieniem. – Musi być bardzo podatna na ogień.

– Cóż, co by to nie było, uporaliśmy się z tą istotą – odpowiedział Rodney z satysfakcją. Baron sprostował:

– Halt się z tym czymś uporał. My tylko dobiliśmy poczwarę.

Rodney skinął głową, przyznając rację wielmoży. Baron spoglądał w ogień, z którego wciąż strzelały w powietrze iskry, jednak płomienie uspokoiły się już, pożarłszy swoją ofiarę.

– Halt z pewnością rozpalił to ognisko, gdy zorientował się, że zawróciły, by go zaatakować. Dzięki temu zapewnił sobie światło, przy którym mógł strzelać.

– A strzelał tak, że tylko pozazdrościć – wtrącił sir Rodney. – Wszystkie strzały trafiły prawie w to samo miejsce.

Rozglądali się dookoła, szukając jakiegoś śladu zwiadowcy. Nagle u stóp zrujnowanego muru zamku Will dostrzegł znajomy przedmiot. Zeskoczył z siodła i pobiegł w tamto miejsce; serce ścisnęło mu się, gdy podniósł potężny długi łuk Halta, złamany na pół.

– Musiał strzelać właśnie stąd! – zawołał. Przez chwilę wszyscy milczeli, próbując odtworzyć w wyobraźni scenę, która się rozegrała. Gdy Will wsiadł z powrotem na grzbiet konika, baron wziął od niego zniszczoną broń.

– Gdy jeden z kalkarów został unieszkodliwiony, ten drugi dopadł go tutaj – rzekł. – Pytanie brzmi, gdzie teraz jest Halt i gdzie jest drugi kalkar?

Właśnie w tej chwili znów usłyszeli ów przerażający wrzask.

Rozdział 30

Halt krył się, skulony, na porośniętym dzikim zielskiem i usianym zwałami gruzu dawnym dziedzińcu twierdzy Morgaratha. Zraniona noga zdrętwiała w miejscu, gdzie dosięgnął jej szpon kalkara, poza tym ból stawał się coraz silniejszy i czuł, że krew przesiąka przez prowizoryczny opatrunek.

Wiedział, że gdzieś w pobliżu szuka go drugi kalkar. Od czasu do czasu jego uszu dochodził szelest i stąpanie ciężkich stóp, raz nawet chrapliwy oddech, gdy potwór zbliżył się do jego kryjówki pod dwoma zwalonymi fragmentami muru. Wiedział także, iż prędzej czy później kalkar go znajdzie, a wówczas nastąpi koniec.

Był ranny i bezbronny. Nie miał już łuku, stracił go po tym, jak wypuszczał strzałę za strzałą, celując w bliższego ze stworów. Znał siłę swojego łuku i moc ostrych, ciężkich strzał. Nie mógł uwierzyć własnym oczom, gdy widział, jak groty, jeden za drugim, zagłębiały się w cielsku kalkara, a potwór wciąż parł naprzód, jakby nie robiły one na nim najmniejszego wrażenia. Gdy wreszcie kolejny strzał odniósł skutek, było już za późno, by zająć się drugą z bestii. Niemal go dopadła, potężne, pazurzaste łapsko wyrwało łuk z jego ręki i umykając, ledwie zdążył wskoczyć na zrujnowany mur.

Ścigając go, kalkar zaczął się wspinać; dobył wówczas swego długiego noża i zadał potężny cios prosto w łeb potwora. Jednak bestia była zbyt szybka i ciężki nóż zsunął się po jej opancerzonym ramieniu, nie czyniąc żadnej szkody. W tej samej chwili Halt poczuł na sobie spojrzenie czerwonych, nienawistnych ślepi i wydało mu się, że opuszcza go rozum, mięśnie tężeją w przerażeniu, a jakaś potężna siła ciągnie go w stronę upiornej bestii. Ogromnym wysiłkiem woli odwrócił wzrok i cofnął się niezdarnie, wypuszczając broń z ręki, gdy niedźwiedzie pazury kalkara rozpruły mu udo.

Potem biegł, bezbronny i ociekający krwią, licząc na to, że zdoła zgubić prześladowcę w przypominającym labirynt rumowisku.

Późnym popołudniem zorientował się, że kalkary zmieniły kierunek marszu. Tak jak wcześniej, podążały na północny zachód, zostawiając za sobą wyraźny ślad, jednak nagle rozdzieliły się, skręcając w przeciwnych kierunkach. Teraz już starały się nie pozostawiać śladów i tylko tak wytrawny tropiciel jak on, zwiadowca, byłby w stanie dalej je śledzić. Po raz pierwszy od wielu lat Halt poczuł zimny dreszcz lęku, gdy zorientował się, że teraz to on stał się celem bestii, przeistaczając się z łowcy w ściganą zwierzynę.

Ruiny zamku były już bardzo blisko, toteż postanowił tam właśnie stawić im czoło. Zdawał sobie sprawę, że pośród ruin łatwiej niż w lesie znajdzie kawałek otwartej przestrzeni, która pozwoli mu skorzystać z łuku. Wiedział, że kalkary zaatakują wraz z zapadnięciem nocy, toteż przygotował się na ich napaść najlepiej, jak mógł, gromadząc chrust na wielkie ognisko. W ruinach znalazł nawet dzban oliwy, niewątpliwie pochodzący z zamkowej kuchni. Była zjełczała i cuchnęła ohydnie, nie było jednak wątpliwości, że przyda się do szybkiego wzniecenia ognia. Polał więc nią stos drewna i wycofał się w miejsce, które dawało mu pewność, że nie zostanie zaatakowany od tyłu. Przygotował też kilka zapasowych pochodni, które zapalił, gdy zaczęło się ściemniać i czekał, oparty plecami o mur, na pojawienie się bezlitosnych zabójców.

Wyczuł ich obecność, jeszcze nim ich ujrzał. Potem dostrzegł dwa cienie w mroku pośród drzew. One spostrzegły go oczywiście natychmiast. Płonąca pochodnia, którą wetknął obok siebie między kamienie muru, natychmiast zdradziła jego pozycję. Nie zwróciły jednak uwagi na stos nasączonego oliwą chrustu i na to właśnie liczył. Kiedy wzniosły swój łowiecki wrzask, cisnął pochodnią w sam środek stosu, który zapalił się natychmiast żółtymi płomieniami, rozjaśniając ciemności.

Przez chwilę bestie zawahały się. Ognia lękały się jak niczego innego na świecie. Szybko jednak spostrzegły, że płomienie da się ominąć i ruszyły w jego stronę, nie zważając na chmarę strzał, które Halt posłał w ich kierunku.

Gdyby musiały przemierzyć jeszcze sto metrów, być może uporałby się z obiema bestiami. W kołczanie wciąż pozostało mu co najmniej tuzin strzał. Jednak czas i odległość nie sprzyjały mu, toteż ledwie umknął z życiem. Teraz siedział skulony, ukryty w płytkim zagłębieniu pod dwoma opartymi o siebie w kształcie litery A fragmentami zwalonego muru, przykryty płaszczem, który służył mu za maskowanie przez tyle lat. Teraz jego jedyną nadzieją na przeżycie było to, że pojawi się Will z Araldem i Rodneyem. Jeśli do ich przybycia potwory nie zdołają go odnaleźć, miał szansę na ocalenie.

Wolał nawet nie myśleć o drugiej możliwości – o tym, że Gilan może nadejść wcześniej, samotny, uzbrojony jedynie w swój łuk i miecz. Teraz, gdy Halt widział już kalkara z bliska, wiedział, że jeden człowiek miał nikłe szanse w starciu z tą istotą. Tak więc jeśli Gilan pojawi się przed rycerzami, przypuszczalnie zginą obaj – i on, i Halt – bo przecież zwiadowca nigdy nie pozwoliłby, żeby jego były uczeń samotnie stawił czoło potworowi, nie mając pojęcia, z jaką grozą ma do czynienia.

Tymczasem stwór przemierzał dawny dziedziniec niczym myśliwski ogar tropiący zwierzynę, metodycznie i wytrwale, zaglądając w każdy zakątek, każde zagłębienie, każdy załom rumowiska, sprawdzając każdą możliwą kryjówkę. Halt wiedział, że wkrótce go odnajdzie. Dobył małego noża służącego do rzucania, jedynej broni, jaka mu pozostała. W starciu z tak potężnym przeciwnikiem nożyk był prawie bezużyteczny, jednak Halt nie miał już nic więcej, a nie zamierzał poddawać się bez walki.

Aż wreszcie usłyszał upragniony odgłos: ciężkie dudnienie kopyt bojowych rumaków. Przez prześwit między kamieniami dostrzegł też kalkara – potwór także dosłyszał ten dźwięk, wyprostował się i odwrócił w kierunku, z którego dobiegał odgłos.

Rumaki zatrzymały się, Halt usłyszał wrzask śmiertelnie ranionego kalkara, który dojrzał nowego nieprzyjaciela. Potem znów tętent, z każdą chwilą przybierający na sile i prędkości, upiorny wrzask i błysk czerwonego światła, które na chwilę rozjaśniło niebo. Halt doszedł do wniosku, że prawdopodobnie rycerze wepchnęli bestię w ogień. Powoli, niedostrzegalnie, zaczął wyczołgiwać się ze swojej kryjówki w nadziei, że być może uda mu się skorzystać z odwróconej uwagi pozostałego przy życiu kalkara, dopaść muru i przeskoczyć na drugą stronę, nim zostanie zauważony. To mogło się udać, stwór spoglądał w innym kierunku i nasłuchiwał dobiegających z zewnątrz odgłosów. Jednak Halt w tej samej chwili zdał sobie sprawę, że ucieczka nie jest żadnym wyjściem: choć kalkar jakby przez chwilę o nim zapomniał, ruszył teraz ku zwałowi gruzu tworzącemu coś na kształt schodów wiodących ku szczytowi muru.

Jeszcze minuta, dwie, a znajdzie się na górze i skoczy na niczego niespodziewających się towarzyszy po drugiej stronie, zaskoczy ich i zabije. Halt musiał powstrzymać potwora.

Wyczołgał się ze swej kryjówki i z małym nożem dobytym z pochwy przebiegł przez dziedziniec, kulejąc i klucząc pośród zwałów gruzu. Nim zrobił dziesięć kroków, kalkar dosłyszał go, odwrócił się w jego stronę i ruszył ku niemu przerażającymi w swej groteskowości małpimi susami. Potwór najwyraźniej chciał go odciąć od towarzyszy, nie pozwolić, by ich ostrzegł.

Nagle Halt stanął jak wryty, nieruchomy niby kamień, wpatrzony w pędzącą ku niemu monstrualną, powłóczącą nogami sylwetkę.

Jeszcze kilka metrów, a hipnotyzujące spojrzenie pozbawi go woli i panowania nad własnymi myślami. Doznał dojmującego pragnienia, by spojrzeć w te upiorne, czerwone ślepia. Jednak zamiast tego zamknął oczy, skupił się w rozpaczliwym wysiłku umysłu, podniósł rękę trzymającą nóż, cofnął ją i wyrzucił do przodu jednym płynnym, nieomylnym ruchem; jednocześnie w pamięci obliczył prędkość biegnącego przeciwnika, kierunek i kąt rzutu, koncentrując się na punkcie w przestrzeni, gdzie ruchomy cel i lecący nóż musiały się spotkać.

Tylko ktoś, mający za sobą szkolenie zawiadowcy, poważyłby się na taki rzut, a jedynie kilku nielicznym mógł się on udać. Głownia trafiła kalkara w sam środek prawego oka. Stwór wydał z siebie potworny wrzask bólu i furii, gdy stalowe ostrze zagłębiło się po rękojeść, przyprawiając kalkara o nieznośne cierpienie promieniujące od oślepionego oka przez cały mózg. W tej samej chwili Halt biegł znów w stronę muru, minął bestię i zaczął wspinać się po gruzach.

Will dostrzegł go jako mroczną sylwetkę, ale rozpoznał od razu, pomimo panujących ciemności.

– Halt! – zawołał, wskazując ręką w jego stronę, by zwrócić uwagę obu rycerzy. Teraz wszyscy trzej dostrzegli zwiadowcę, który zatrzymał się, obejrzał się za siebie i zawahał. A w następnej chwili kilka metrów za nim wyłoniła się potężna sylwetka kalkara, który choć na pół oślepły i oszołomiony bólem, nie był wcale śmiertelnie ranny – przeciwnie, z tym większą zawziętością ruszył w pościg.

W pierwszym odruchu baron Arald chciał na nowo dosiąść konia. Jednak natychmiast zdał sobie sprawę, że pośród zwałów gruzu nie zdoła dotrzeć konno do przeciwnika, chwycił więc ogromny dwuręczny miecz i popędził w stronę ruin.

– Uciekaj, Willu! – zawołał, toteż Will posłusznie odciągnął Wyrwija aż ku krawędzi lasu.

Stojący na szczycie muru Halt dosłyszał jego okrzyk i dojrzał biegnącego Aralda. Sir Rodney zdążał tuż za nim, wymachując nad głową bojowym toporem.

– Skacz, Halt! Skacz! – zawołał baron. Haltowi nie trzeba było tego więcej powtarzać. Dał nura z wysokości trzech metrów, łagodząc upadek przewrotem. Natychmiast zerwał się na nogi i począł biec ku rycerzom, kulejąc jeszcze bardziej niż przedtem, bowiem ledwo zasklepiona rana w nodze otworzyła się na nowo.

Zasłaniając usta dłonią, Will spoglądał, jak Halt zbliża się ku rycerzom. Kalkar zawahał się przez chwilę, a potem z mrożącym krew w żyłach wrzaskiem dał susa za zwiadowcą. O ile jednak Halt musiał przekoziołkować, nim się podniósł, potwór dał tylko susa, lądując na nogach i w mgnieniu oka znalazł się tuż za nim. Potężne łapsko zadało cios, powalając Halta na ziemię.

Zwiadowca padł nieprzytomny. Jednak bestia nie zdążyła go dobić, bo baron Arald wymierzył jej morderczy cios potężnym mieczem w kark.

Potworna małpa okazała się niewiarygodnie szybka, wykonała unik i w tej samej chwili jej pazury uderzyły o nieosłonięte plecy barona, nim ten zdołał unieść miecz do drugiego uderzenia. Szpony rozdarły kolczugę niczym wełnianą tkaninę, Arald krzyknął z bólu i zaskoczenia, pod wpływem ciosu upadł na kolana, miecz wypadł mu z dłoni, rozdarta kolczuga spłynęła krwią.

Byłby to koniec barona, gdyby nie sir Rodney. Mistrz Sztuk Walki zakręcił młyńca ciężkim toporem, jakby to była zabawka, a żeleźce trafiło prosto w bok bestii.

Ostrze nie zdołało przebić utwardzonego przedziwną woskowiną włosia, jednak sama siła ciosu sprawiła, że stwór zachwiał się, wrzeszcząc w furii. Sir Rodney postąpił krok do przodu, osłaniając własnym ciałem leżących na ziemi Halta i barona. Stał pewnie, morderczy topór gotował się do następnego, miażdżącego uderzenia.

Nagle, ku zdumieniu Willa, rycerz zamarł i wypuścił oręż z rąk. Stał bez ruchu naprzeciw krwiożerczej bestii, bezsilny, sparaliżowany spojrzeniem kalkara, którego złowieszcza moc skupiła się teraz w jednym oku. Niepokonany dotąd rycerz nie był już zdolny myśleć ani działać.

Kalkar wydał zwycięski, zwierzęcy okrzyk, wznosząc upiorną paszczę ku nocnemu niebu. Krew spływała z jego wybitego oka. Poczwara nigdy w swym życiu nie doświadczyła podobnego bólu, a zadali go jej ci trzej tak mali, niepozorni ludzie. Teraz czekała ich śmierć, gdyż oto odważyli się stawić jej czoło. Teraz nadszedł moment triumfu, o którym dała znać całemu światu nieludzkim okrzykiem, przygotowując się do kaźni tych, których właśnie pokonała.

Will spoglądał w przerażeniu. Pomimo obezwładniającego lęku jego umysł pracował gorączkowo. Zerknął na bok i dostrzegł migocący płomień pochodni odrzuconej przez barona Aralda. Ogień. Jedyna broń, którą można pokonać kalkara. Tylko że od bestii dzieliło go czterdzieści metrów...

Błyskawicznie dobył strzałę z kołczana, zsuwając się jednocześnie z siodła i dopadając jednym susem płonącej pochodni. Lepka, roztopiona smoła kapała z niej obficie; szybkim ruchem unurzał w niej grot. W jednej chwili przylgnęła do niego spora grudka kleistej substancji. Wsunął strzałę w płomienie, a ta od razu zajęła się ogniem.

Czterdzieści metrów od niego monstrualna istota kołysała się na nogach w upiornym tańcu zwycięstwa, wrzeszcząc raz po raz, a przed nią leżał nieprzytomny Halt i ciężko ranny baron Arald. Sir Rodney stał jak skamieniały ze zwieszonymi rękami, czekając na śmierć. Kalkar uniósł mocarną łapę, by go powalić, zaś rycerz czuł tylko wszechwładną, paraliżującą moc jego spojrzenia.

Will naciągnął cięciwę. Syknął cicho, gdy płomienie musnęły palce jego lewej dłoni. Wziął poprawkę na zwiększony ciężar strzały. Wypuścił pocisk.

Siejąc za sobą iskry, ognista smuga furknęła w powietrzu. Pęd niemal zdusił płomień, ale kalkar i tak dostrzegł błysk, odwrócił się – i tym samym przypieczętował swój los, bowiem strzała trafiła w sam środek jego potężnej piersi.

Lekka strzała ledwie utkwiła w twardych jak smocze łuski kudłach. Jednak w tej samej chwili płomień rozbłysnął na nowo, a już w następnej futro potwora zajęło się i ogień zaczął rozprzestrzeniać się z niesamowitą prędkością.

Teraz wrzaski kalkara rozbrzmiały przemożnym, prymitywnym przerażeniem, bowiem stwór zapłonął żywym ogniem, przed którym nie było już ucieczki.

Bestia zaczęła bić się po piersi ramionami, usiłując stłumić płomienie, ale odniosło to tylko taki skutek, że rozpełzły się one tym prędzej. Jeszcze chwila i czerwone języki ognia objęły całą upiorną sylwetkę kalkara, od stóp do głów. Stwór wił się, zaczął biegać w kółko, bezskutecznie usiłując umknąć przed niechybną śmiercią. Jego wrzask przeistoczył się w piskliwy, dojmujący skowyt, odgłos niepojętego cierpienia – zaś płomienie z każdą chwilą buchały coraz mocniej.

A potem skowyt urwał się nagle i bestia padła martwa.

ROZDZIAŁ 31

Gospoda w wiosce Wensley rozbrzmiewała muzyką, śmiechem i gwarem. Will siedział u stołu wraz z Horace'em, Alyss i Jenny, a oberżysta raczył ich wyśmienitymi kąskami smażonej gęsi i świeżymi warzywami. Na deser pojawiło się smakowite ciasto z jagodami, któremu nawet Jenny nie szczędziła pochwał.

To Horace wpadł na myśl, by uczcić powrót Willa na Zamek Redmont taką ucztą. Obie dziewczyny z radością przystały na ten pomysł, a przyszły rycerz wprost puchł z dumy rozpowiadając wokół, że podziwiany przez wszystkich bohater jeszcze niedawno był ich towarzyszem w zamkowym sierocińcu.

Rzecz jasna, wieść o starciu z kalkarem rozeszła się po okolicy niczym płomień pożaru – a kiedy Will usłyszał to porównanie, przyszło mu do głowy, że akurat w tym wypadku jest ono wyjątkowo trafne. Tego wieczoru, gdy pojawił się w oberży, nagle zapadła cisza i spojrzenia wszystkich skierowały się na niego. Cieszył się, że kaptur osłania mu twarz, bowiem zaczerwienił się jak burak. Towarzysze natychmiast zrozumieli jego skrępowanie, a największą przytomnością umysłu, jak zwykle, wykazała się Jenny. W ciszy, która zapadła, zawołała głośno:

– Ej, tam, ponuracy! – zwracała się do muzyków przy kominku. – Może byście nam coś zagrali? Coś wesołego, bardzo proszę! A wy co, zatkało was, czy jak? – Objęła spojrzeniem biesiadników, siedzących przy stołach.

Trudno było nie usłuchać kogoś takiego jak Jenny. Muzykanci czym prędzej chwycili za swe instrumenty, grając popularną melodyjkę, a gospoda na nowo wypełniła się gwarem: życzliwi wieśniacy w lot pojęli, że ich podziw wprawia Willa w zakłopotanie. Na nowo rozległy się więc rozmowy o codziennych sprawach, a tylko czasem w stronę ucznia zwiadowcy kierowały się pełne uznania spojrzenia bywalców niemogących wyjść z podziwu, że ktoś równie młody i niepozorny odegrał tak znaczącą rolę podczas zmagań z krwiożerczą poczwarą, której nie zdołali pokonać sławni rycerze i nie mniej sławny zwiadowca Halt.

Czwórka wychowanków baronowskiego sierocińca zajęła miejsca przy stole w głębi sali, gdzie mogli swobodnie rozmawiać.

– George prosi, byś mu wybaczył jego nieobecność – rzekła Alyss, gdy już usiedli. – Ma mnóstwo papierkowej roboty, ponoć cała Szkoła Skrybów pracuje dniami i nocami.

Will rozumiał to doskonale. Zbliżająca się wojna z Morgarathem i konieczność zmobilizowania królewskich wojsk oraz nawiązania na nowo kontaktów z dawnymi sprzymierzeńcami z pewnością wymagała zaangażowania wszystkich skrybów i legistów.

A tak wiele wydarzyło się w ciągu dziesięciu dni, które minęły od rozprawy z kalkarem w ruinach Gorlanu.

Gdy potwór spłonął, sir Rodney oraz Will pospiesznie opatrzyli rany barona Aralda i Halta. Wreszcie, nad ranem, obaj ranni pogrążyli się w kojącym śnie. Wkrótce potem, gdy nastał brzask, do ich prowizorycznego obozowiska przytruchtał zaniepokojony Abelard, szukając swojego pana. Kiedy Willowi udało się uspokoić zwierzę, w pierwszych promieniach świtu pojawił się znużony Gilan na grzbiecie zwykłego, pociągowego konia. Choć ledwie trzymał się na nogach, gdy tylko odzyskał ukochanego Blaze'a i upewnił się, że jego nauczycielowi nic nie grozi, niemal natychmiast wyruszył znów w drogę, kierując się do swego lenna. Will obiecał mu, że zwróci konia, na którym przyjechał, jego prawowitemu właścicielowi.

Pod koniec następnego dnia Will, Halt, sir Rodney i baron Arald powrócili na Zamek Redmont, gdzie jednak nie dane im było wypocząć, jako że czekały ich liczne ważkie zadania, związane z przygotowaniem załogi fortecy do zbliżającej się wojny. Halt był ciężko ranny, toteż znaczna część jego obowiązków przypadła w udziale Willowi.

W takich czasach i okolicznościach rzadko trafiały się chwile wytchnienia, toteż dopiero tego wieczoru, gdy spotkał się z przyjaciółmi, mógł przez chwilę przestać myśleć o wojnie i tajnych zadaniach – po raz pierwszy od dłuższego czasu. Oberżysta uroczyście postawił na ich stole cztery kufle i wielki dzban imbirowego piwa.

– Dzisiaj wszystko na koszt firmy – oznajmił. – Jestem zaszczycony, goszcząc cię przy tym stole, zwiadowco.

Odchodząc, przywołał jednego z młodzieńców, których zadaniem było podawanie potraw.

– I żeby migiem mi tu wszystko szło! – polecił.

Alyss aż uniosła brwi.

– Ho, ho! Co to znaczy sława! – zauważyła. – Stary Skinner zazwyczaj nie odpuści ani grosika.

Will machnął ręką, zażenowany.

– To wszystko gruba przesada – stwierdził.

Jednak Horace pochylił się ku niemu, opierając łokcie o stół.

– Daj spokój, lepiej opowiedz nam o kalkarze – zażądał, nie mogąc doczekać się szczegółowego opisu walki.

Jenny wpatrywała się w Willa szeroko otwartymi oczyma.

– Wprost nie do wiary, jaki jesteś dzielny – stwierdziła z podziwem. – Ja bym chyba umarła ze strachu.

– Ja chyba byłem tego bardzo bliski – skrzywił się Will. – To baron i sir Rodney okazali się nieustraszeni. Ruszyli do ataku, jak gdyby nigdy nic, stając twarzą w twarz z tymi potworami. Ja nie zbliżyłem się do tych bestii bliżej niż na jakieś czterdzieści czy pięćdziesiąt metrów.

Opowiedział im, jak rozegrało się starcie, pomijając jednak zbyt drastyczne szczegóły, dotyczące kalkarów. Uznał, że skoro już po nich, lepiej jak najprędzej zapomnieć, wyprzeć z umysłu ponure wizje. Istnieją rzeczy i sprawy, które najlepiej przemilczeć. Przyjaciele słuchali go w milczeniu – Jenny była zachwycona i zdumiona; Horace dopytywał się o szczegóły złowrogiej bitwy; a Alyss, jak zawsze opanowana, słuchała z zapartym tchem. Gdy opowiadał o swej samotnej wyprawie, by wezwać pomoc z Zamku Redmont, Horace z uznaniem pokiwał głową.

– Te wasze konie to jakaś niezwykła rasa – stwierdził.

Will uśmiechnął się do niego, nie mogąc powstrzymać docinku:

– Owszem, rzecz tylko w tym, by utrzymać się w siodle.

Ku jego radości, również Horace rozpromienił się; obaj wspomnieli scenkę, która nie tak dawno temu rozegrała się pomiędzy nimi w Dniu Plonów. Czuł w sercu ciepło, myśląc o tym, że dawna zajadła niechęć przekształciła się teraz w niezłomną przyjaźń, a obaj – i on, i Horace – uważali się za różnych, lecz równych sobie. Korzystając z okazji, by odwrócić uwagę od swojej osoby, spytał Horace'a, jak mu się wiedzie w Szkole Rycerskiej. Osiłek rozpromienił się jeszcze bardziej.

– O, znacznie lepiej. Znacznie lepiej, a to wszystko dzięki Haltowi – oznajmił. Zręczne pytania Willa nakłoniły go do dłuższej opowieści, dzięki której dowiedzieli się, jak wygląda życie codzienne w Szkole Rycerskiej. Horace – ku jego zdumieniu – podśmiewał się z własnych błędów i drobnych porażek, kpiąc z rozmaitych drobnych niepowodzeń, których padł ofiarą. Will nie mógł nie zauważyć, że Horace, który ongiś chełpił się bez najmniejszego powodu i wywyższał ponad wszystkich, teraz wypowiadał się słowami, w których słychać było skromność i – czyżby? – dystans do własnej osoby. Nietrudno było wywnioskować, że jego dawny towarzysz radził sobie w szkole o wiele, wiele lepiej, niż chciał to przyznać.

Spędzili razem nadzwyczaj miły wieczór. Will z wolna zapominał o grozie pościgu i walki z kalkarem. Gdy uprzątnięto nakrycia, Jenny uśmiechnęła się kusząco do obu chłopców.

– No, dobrze! A kto teraz ze mną zatańczy? – zawołała.

Will zawahał się, natomiast Horace nie czekał ani chwili. Wyciągnął dłoń i poprowadził dziewczynę na parkiet. Gdy oboje dołączyli do tańczących, Will zerknął niepewnie na Alyss. Nigdy tak naprawdę nie wiedział, co myśli jego wysoka, szczupła towarzyszka. Uznał, że chyba wypada, by i on zaprosił ją do tańca. Odkaszlnął nerwowo.

– Ehm... czy chciałabyś zatańczyć, Alyss? – mruknął, czując się przy tym nadzwyczaj niezręcznie.

Uśmiechnęła się do niego przepraszająco.

– Wybacz, Willu. W tańcu kiepsko sobie radzę. Straszna ze mnie niezdara.

W rzeczywistości była wyśmienitą tancerką, ale jako wytrawna dyplomatka, zdawała sobie sprawę, że Will poprosił ją tylko przez grzeczność. On zaś skinął głową – raz i drugi – a następnie zapadła pomiędzy nimi cisza – lecz cisza przyjazna.

Minęła chwila i Alyss, oparłszy podbródek o dłonie, pochyliła się ku niemu.

– Jutro czeka cię wielki dzień – oznajmiła.

Zaczerwienił się. W rzeczy samej, następnego dnia miał stanąć przed baronem wobec całego dworu.

– Nie mam pojęcia, o co w tym chodzi – mruknął.

Alyss uśmiechnęła się do niego.

– Pewnie baron chce ci podziękować – stwierdziła. – Słyszałam, że wielmoże lubią wyrazić swą wdzięczność publicznie, jeśli ktoś uratuje im życie.

Chciał coś powiedzieć, ale zamilkł, czując dotyk miękkiej, chłodnej dłoni na swojej ręce. Spojrzał w jej tchnące spokojem, uśmiechnięte szare oczy. Nigdy nie przyszło mu do głowy, że Alyss jest… piękna? Ale teraz nagle uświadomił sobie, że jej wdzięk i gracja, i te szare oczy, długie jasne włosy… no, że to wszystko razem tworzy może nawet coś więcej niż zwykłe piękno. Nagle pochyliła się ku niemu, bardzo blisko i szepnęła:

– Wszyscy jesteśmy z ciebie dumni, Willu. A ja chyba najbardziej ze wszystkich.

Pocałowała go. A jej usta były niewiarygodnie, w nieopisany sposób – delikatne.

Wiele godzin później, nim wreszcie zdołał zasnąć, wciąż jeszcze czuł na wargach ich dotyk.

ROZDZIAŁ 32

Sparaliżowany tremą, Will stał w drzwiach sali audiencyjnej barona.

Sala była ogromna, mieściła się w największym budynku zamku. W niej właśnie baron przewodniczył wszystkim oficjalnym dworskim uroczystościom. Zdawało się, że jej sklepienie wznosi się ku niebu. Wnętrze rozświetlały smugi światła, padającego przez wysokie okna. W drugim końcu pomieszczenia, który zdawał się nieskończenie odległy, zasiadał baron odziany w ceremonialne szaty. Siedział na wysokim krześle, przypominającym tron.

Między nim a Willem zebrał się największy tłum, jaki Will widział w swoim życiu. Halt pchnął leciutko swego ucznia w plecy.

– No, ruszaj – szepnął.

W wielkiej sali audiencyjnej zgromadziły się setki ludzi, a oczy ich wszystkich zwrócone były na Willa. Zasiadali tam mistrzowie wszystkich sztuk, a także wszyscy rycerze i damy dworu w uroczystych strojach. Nieco dalej stali zbrojni z baronowskiej armii, uczniowie szkół i rzemieślnicy z wioski. Mignęło coś kolorowego – to Jenny, jak zwykle niczym się nie przejmując, pomachała mu szarfą. Stojąca obok Alyss zachowała się nieco dyskretniej – posłała mu z oddali pocałunek.

Stał, nie wiedząc, co ma ze sobą począć, i przestępując z nogi na nogę. Ku jego ubolewaniu, Halt nie pozwolił mu okryć się szarozielonym płaszczem, dzięki któremu mógłby wtopić się w tłum i zniknąć.

Zwiadowca pchnął go nieco mocniej.

– Ruszże się wreszcie! – syknął.

– Nie idziesz ze mną? – spytał Will.

Halt potrząsnął głową.

– Nie jestem zaproszony. No, już!

Popchnął Willa jeszcze raz, a potem, kulejąc, bo rana w nodze wciąż mu dokuczała, udał się na swoje miejsce. Will zrozumiał wreszcie, że nie ma wyjścia, i zaczął iść długim, nieznośnie długim przejściem między ławami. Słyszał wokół siebie gwar głosów. Ze wszystkich stron dochodziło jego imię, powtarzane szeptem.

A potem rozpoczęły się oklaski.

Zainicjowała je jedna z dam, ale niemal natychmiast przyłączyła się do nich cała sala. Aplauz był ogłuszający, jego odgłos odbijał się echem od kamiennych ścian oraz sklepienia sali i nie umilkł, dopóki Will nie doszedł wreszcie do drugiego końca wielkiego pomieszczenia i nie zatrzymał się przed tronem barona.

Tak jak pouczył go Halt, przyklęknął na jedno kolano i pochylił głowę.

Baron powstał wówczas i uniósł dłoń, nakazując ciszę; oklaski urwały się.

– Wstań, Willu – rzekł cicho i wyciągnął do niego dłoń.

Oszołomiony Will uniósł się z klęczek. Wielmoża położył rękę na jego ramieniu i odwrócił go twarzą do zgromadzonych. Tubalny głos barona niósł się aż do najodleglejszych zakątków sali.

– Oto Will. Jest uczniem Halta, pełniącego obowiązki zwiadowcy w tym lennie. Przypatrzcie mu się wszyscy, bo trzeba, abyście go znali. Odznaczył się wiernością, odwagą i pomysłowością, pokładając wielkie zasługi dla tego lenna i całego królestwa Araluen.

Po widowni przeszedł pomruk uznania, a następnie znów odezwały się oklaski, tym razem zaś towarzyszyły im także wiwaty. Will zorientował się, że okrzyki na jego cześć najpierw rozległy się tam, gdzie stali uczniowie Szkoły Rycerskiej. Dostrzegł radosne oblicze Horace'a, który wiódł w nich prym.

Baron znów nakazał gestem ciszę, krzywiąc się przy tym nieco, bo ruch ręki przyprawił go o ból w pogruchotanych żebrach i starannie opatrzonych oraz zaszytych ranach na plecach. Oklaski i okrzyki stopniowo umilkły.

– Willu – rzekł głosem, który odbijał się donośnym echem w całej sali – zawdzięczam ci życie. Nie istnieją słowa, którymi mógłbym ci za to stosownie podziękować. Jest jednak w mojej mocy, by spełnić życzenie, które kiedyś wyraziłeś w mojej obecności…

Will zmarszczył brwi, spoglądając na niego.

– Życzenie, panie? – spytał, nie mając pojęcia, o czym baron mówi.

Wielmoża skinął głową.

– Popełniłem błąd. Prosiłeś mnie, bym przyjął cię do Szkoły Rycerskiej. Pragnąłeś zostać jednym z moich rycerzy, a ja ci odmówiłem. Teraz mogę ten błąd naprawić. Będę zaszczycony, jeśli przyłączysz do mych rycerzy, gdyż nie brak ci odwagi i pomysłowości. Powiedz tylko słowo, a zyskasz moją zgodę i przystaniesz do uczniów Szkoły Rycerskiej pod dowództwem obecnego tu sir Rodneya.

Serce Willa biło jak oszalałe. O tak, przez całe swoje życie marzył, by zostać rycerzem. Pamiętał, jakie gorzkie rozczarowanie spotkało go w Dniu Wyboru, kiedy sir Rodney i baron odrzucili jego prośbę.

Teraz sir Rodney postąpił krok do przodu i przemówił na znak dany przez barona:

– Wasza wysokość – odezwał się – to ja odmówiłem temu młodzieńcowi wstępu do Szkoły Rycerskiej. Pragnę oznajmić wszem i wobec, że nie miałem słuszności, tak czyniąc. Ja, moi rycerze i uczniowie stwierdzamy jednogłośnie, że nie ma osoby godniejszej wstąpienia w szeregi uczniów tej szkoły niż Will!

Zebrani rycerze i uczniowie szkoły wydali gromki okrzyk, a następnie rozległ się metaliczny odgłos, gdy dobyli mieczy, unosząc je nad głowami. W następnej chwili dał się słyszeć ogłuszający łoskot: głownie rytmicznie zderzały się ze sobą w powietrzu, a zgodny chór skandował imię Willa. I znów Horace był jednym z inicjatorów tego aplauzu oraz jednym z ostatnich, którzy umilkli.

Trwało to wszystko dłuższą chwilę, aż w końcu tumult stopniowo ucichł i rycerze na powrót schowali miecze do pochew. Na znak dany przez barona Aralda pojawili się dwaj paziowie; jeden z nich niósł miecz, a drugi pięknie zdobioną tarczę, które położyli u stóp Willa. Na tarczy widniała wymalowana głowa groźnego dzika.

– Tak będzie wyglądał twój herb, gdy ukończysz szkołę, Willu – oznajmił baron – by upamiętnić pierwszy raz, kiedy to dałeś nam poznać swą odwagę, występując w obronie towarzysza.

Chłopiec przyklęknął i dotknął gładkiej powierzchni tarczy. Powoli, z szacunkiem dobył miecza. Była to piękna broń, arcydzieło kowalskiego kunsztu.

Nieskazitelna stalowa głownia połyskiwała błękitnawo. Rękojeść i jelec wyłożone były złotem, a na głowicy widniała głowa dzika. Miecz był niczym żywa istota – doskonale wyważony, zdawał się lekki jak piórko. Spojrzał jeszcze raz na tę przepiękną, drogocenną broń, a potem na skromną skórzaną rękojeść swego noża zwiadowcy.

– To rycerski oręż, Willu – mówił dalej baron. – Jednak nie raz już dowiodłeś, że jesteś jego godzien. Powiedz tylko słowo, a będzie należał do ciebie.

Will wsunął miecz do pochwy i wstał. Oto spełniły się wszystkie jego marzenia. A jednak…

Pomyślał o długich dniach spędzonych w lesie z Haltem. O satysfakcji, jaką odczuł, kiedy jego strzały zaczęły trafiać do celu, najpierw pojedyncze, a potem wszystkie – gdy ich groty wbijały się dokładnie tam, gdzie zamierzył. Wspomniał godziny, spędzone na nauce tropienia zwierząt i ludzi. Nauce ukrywania się. Pomyślał o Wyrwiju, o odwadze i oddaniu małego konika.

I przypomniał sobie, jaką dumą napawały go proste słowa pochwały z ust Halta. „Nieźle". Nic więcej. Lub choćby skinienie głową, gdy dobrze spełnił zadanie. Nagle wiedział już, co ma czynić. Uniósł głowę, patrząc baronowi w oczy, i oznajmił stanowczym tonem:

– Jestem zwiadowcą, panie.

Zdumiony tłum zaszemrał.

Baron zbliżył się do niego i spytał półgłosem:

– Jesteś pewien, Willu? Nie czyń tego, jeśli podjąłeś decyzję, by nie urazić czy też nie sprawić przykrości Haltowi. On sam nalegał, byś samodzielnie dokonał wyboru. Oświadczył, że bez wahania uszanuje twoją decyzję, jakakolwiek by była.

Will wolno pokręcił głową. Był pewien, jak rzadko kiedy i rzadko czego.

– Dziękuję za wielki zaszczyt, jaki mnie spotkał, wasza wysokość – zerknął na dowódcę Szkoły Rycerskiej i ku swemu zdumieniu spostrzegł, że sir Rodney uśmiecha się i kiwa głową z uznaniem. – Dziękuję z całego serca Mistrzowi Sztuk Walki i jego rycerzom za tę wspaniałomyślną propozycję. Jednak jestem zwiadowcą – zawahał się przez chwilę. – Mam nadzieję, że moje słowa nikogo nie urażą, panie – zakończył.

Na twarzy barona pojawił się szeroki uśmiech. Wielmoża uścisnął swoją ogromną prawicą dłoń Willa.

– Z pewnością nikogo nie urazisz, Willu. Z całą pewnością! Przeciwnie, wierność twej sztuce i mistrzowi przynosi ci zaszczyt, a także przynosi zaszczyt wszystkim, którzy cię znają! – potrząsnął raz jeszcze dłonią Willa.

Will skłonił się i odwrócił, by znów ruszyć tym nieskończenie długim przejściem wiodącym do drzwi sali. I tym razem towarzyszyły mu oklaski, a on teraz już szedł z uniesioną głową pośród zwielokrotnionego echem łoskotu uderzających o siebie setek dłoni. Gdy zaś zbliżył się do wyjścia, ujrzał coś, co zdziwiło go tak bardzo, że stanął jak wryty.

Nieco na uboczu, owinięty zielonoszarym płaszczem, z twarzą na pół przysłoniętą kapturem stał Halt.

I uśmiechał się.

EPILOG

Po południu tego samego dnia, gdy umilkł uroczysty zgiełk, Will siedział na ganku chaty Halta. W ręku trzymał niewielki dębowy listek zrobiony z brązu zaopatrzony w stalowe kółko i łańcuszek do powieszenia na szyi.

– To nasz znak – wyjaśnił mistrz, wręczając mu go po uroczystości. – Coś na kształt herbu dla zwiadowcy.

Sięgnął za kołnierz i wydobył wiszący na jego szyi liść o identycznym kształcie – identycznym, tylko zrobionym ze srebra.

– Brąz oznacza ucznia – oznajmił Halt. – Kiedy ukończysz naukę, otrzymasz srebrny liść dębu, taki sam jak ten. Wszyscy zwiadowcy je noszą.

Odwrócił na chwilę wzrok, spoglądając w dal, a potem dodał nieco ochrypłym głosem:

– Ściśle rzecz biorąc, nie powinieneś go otrzymać, nim nie przejdziesz pomyślnie Sprawdzianu. Jednak wobec zaistniałych wydarzeń, wątpię, by ktokolwiek miał jakieś obiekcje.

Teraz ten kawałek metalu połyskiwał matowo w ręce Willa, a chłopak zastanawiał się nad podjętą przez siebie decyzją. Wydawało się dziwne, że z własnej woli odrzucił spełnienie marzeń, które towarzyszyły mu przez całe dotychczasowe życie. Miał szansę wstąpić do Szkoły Rycerskiej, a z czasem stać się jednym z rycerzy na Zamku Redmont.

Zakręcił brązowym liściem w powietrzu, tak że jego łańcuszek owinął mu się wokół palca. Westchnął ciężko. Życie jest czasem tak skomplikowane...! W głębi duszy wiedział, że podjął słuszną decyzję. A jednak, mimo wszystko, nie był tego tak do końca pewien.

Nagle zdał sobie sprawę, że ktoś stoi obok niego. Odwrócił się szybko i ujrzał Halta. Zwiadowca usiadł obok chłopca na deskach ganku. Chylące się ku zachodowi słońce świeciło przez zieleń, jego blask jakby tańczył i wirował, gdy wiatr poruszał liśćmi.

– To wielki dzień – rzekł cicho.

Will przytaknął ruchem głowy.

– To wielki dzień i wielka decyzja z twej strony – odezwał się znów zwiadowca po kilku minutach milczenia.

Tym razem Will odważył się wypowiedzieć na głos pytanie, które nie dawało mu spokoju:

– Czy podjąłem słuszną decyzję? – spytał, w jego głosie słychać było niepokój. Halt oparł się łokciami o kolana i pochylił nieco do przodu, spoglądając zmrużonymi oczami na połyskujące w słońcu drzewa.

– Tak. Z mojego punktu widzenia z całą pewnością tak. Wybrałem cię na swojego ucznia, bo dostrzegłem w tobie materiał na przyszłego zwiadowcę. Mało tego, już nawet przyzwyczaiłem się i polubiłem to, że pałętasz mi się pod nogami – dodał z uśmiechem. – Jednak tutaj akurat nie chodzi o moje życzenia i opinie. Słuszną decyzję podejmujesz wtedy, gdy wybierasz to, czego chcesz najbardziej.

– Kiedyś najbardziej chciałem zostać rycerzem – rzekł Will i sam się zdziwił, słysząc swoje słowa, bowiem użył czasu przeszłego. A przecież po trosze nadal tego pragnął.

– Widzisz – powiedział cicho Halt – bywa tak, że chcemy dwóch różnych rzeczy naraz. A wtedy musimy zdecydować, czego pragniemy bardziej.

Nie pierwszy już raz Will odniósł wrażenie, że Halt czyta w jego myślach.

– Gdybyś ujął to w jednym zdaniu... Spróbuj określić, dlaczego czujesz się nieswojo, odrzuciwszy propozycję barona? – spytał Halt.

Will zastanowił się przez chwilę.

– Chyba... – urwał. – Zdaje mi się, że rezygnując ze Szkoły Rycerskiej, zawiodłem mojego ojca – wyrzucił z siebie jednym tchem.

Zdumiony Halt uniósł brwi.

– Twojego ojca? – powtórzył.

Will skinął głową.

– Był wielkim wojownikiem – oznajmił. – Rycerzem. Zginął pod Hackham Heath, walcząc z wargalami. Był bohaterem.

– Skąd o tym wiesz? – spytał Halt.

– Wiem.

Wizja jego ojca towarzyszyła mu przez długie, samotne lata, kiedy nie wiedział, kim jest i skąd się wziął na tym świecie oraz jakie jest jego przeznaczenie. Ta wizja od dawna stała się dla niego rzeczywistością.

– Każdy syn byłby dumny z takiego ojca – dodał po chwili.

Halt z namysłem pokiwał głową.

– To niezaprzeczalnie prawda.

W jego głosie było coś takiego, że Will drgnął. Halt nie był kimś, kto przyznałby mu rację przez grzeczność. Nagle Will zdał sobie sprawę ze znaczenia słów zwiadowcy.

– Znałeś go? Znałeś mojego ojca?

W oczach chłopca Halt dostrzegł błysk nadziei i wołanie o prawdę.

– Owszem. Znałem. Choć znałem go krótko. Mogę chyba jednak stwierdzić, że poznałem go dobrze. I z całą pewnością masz słuszność. Masz wszelkie powody, by być z niego dumnym.

– Był wielkim wojownikiem, prawda?

– Był żołnierzem – przyznał Halt – i walczył dzielnie, jak mało który.

– Wiedziałem! – zawołał uszczęśliwiony Will. – Był wielkim rycerzem!

– Był sierżantem – poprawił go Halt łagodnym głosem.

Will otworzył usta, słowa zamarły mu w gardle. Dopiero po chwili zdołał wykrztusić ochrypłym głosem:

– Sierżantem?

Halt skinął głową. Widział rozczarowanie w oczach chłopca. Objął go ramieniem.

– Nigdy nie oceniaj wartości człowieka według jego pozycji. Twój ojciec – miał na imię Daniel – był wiernym i dzielnym żołnierzem. Nie miał szans uczęszczać do Szkoły Rycerskiej, bo urodził się rolnikiem. A jednak, gdyby ją ukończył, zostałby z pewnością jednym z największych rycerzy tego królestwa.

– Ale... – zaczął chłopiec smutnym głosem. Zwiadowca przerwał mu, mówiąc dalej tym samym cichym, kojącym tonem.

– Byłby jednym z największych, bowiem, choć nie składał rycerskich ślubowań i nie odbył specjalnego przeszkolenia, postępował w zgodzie z najszczytniejszymi ideałami rycerstwa oraz honoru. Zdarzyło się to tak naprawdę kilka dni po bitwie pod Hackham Heath, gdy Morgarath ze swymi wargalami usiłowali przebić się do Przełęczy Trzech Kroków. Ich nagły kontratak zaskoczył nas, a twój ojciec dostrzegł jednego z towarzyszy, którego otoczyli wargalowie. Tamten człowiek leżał już na ziemi i jeszcze chwila, a zostałby rozdarty na strzępy – kiedy twój ojciec wkroczył do akcji.

Oczy chłopca znów zabłysły.

– Naprawdę? – spytał Will niemal bezgłośnie.

– O tak. Porzucił bezpieczny szyk i rzucił się naprzód, uzbrojony jedynie we włócznię. Stanął przy rannym towarzyszu i osłonił go przed wargalami. Jednego zabił włócznią, wówczas drugi odrąbał mieczem jej grot, pozostawiając Daniela tylko z drzewcem. Daniel posłużył się nim jak pałką i położył dwóch następnych, dwoma kolejnymi ciosami – w lewo, w prawo – ot, tak!

Wykonał szybki ruch ręką w jedną i w drugą stronę, naśladując uderzenie. Will wpatrywał się teraz w niego, widząc oczyma duszy opisywaną przez zwiadowcę bitwę.

– Rzucili się na niego, drzewce włóczni pękło, był ranny. Ktoś mniej waleczny zginąłby wówczas, ale on chwycił miecz jednego z zabitych przez siebie wargalów i ubił jeszcze trzech następnych, choć krwawił obficie z rany w boku.

– Jeszcze trzech?

– Tak, trzech. Był szybki jak pantera. A musisz pamiętać, że jako włócznik nie był tak naprawdę szkolony w walce mieczem.

Halt umilkł na chwilę, wspominając tamten dawny dzień.

– Oczywiście wiesz, że wargalowie właściwie nie znają lęku? Mówi się o nich „bezrozumni", bo kiedy podejmują bitwę, zawsze walczą aż do końca. Niemal zawsze. Bowiem właśnie wtedy jeden z nielicznych razów zdarzyło mi się widzieć strach wargalów. Gdy twój ojciec siekł ich mieczem, wciąż broniąc rannego towarzysza, zaczęli powoli się cofać. Potem nagle rzucili się do ucieczki. Po prostu odwrócili się i umknęli. Otóż nigdy nie widziałem, by jakiś inny człowiek, rycerz czy wojownik, zdołał do tego stopnia przerazić wargalów, żeby rzucili się do ucieczki. Dokonał tego tylko twój ojciec. To prawda, był sierżantem, ale musisz wiedzieć, Willu, że był to najwspanialszy wojownik, jakiego kiedykolwiek miałem szczęście widzieć. A potem, gdy wargalowie wycofali się, przyklęknął na jednym kolanie u boku człowieka, którego obronił, wciąż osłaniając go, choć wiedział, że umiera. Odniósł kilka ran, ale przypuszczalnie zabiła go ta pierwsza.

– A jego przyjaciel ocalał? – spytał Will półgłosem.

Halt zdziwił się.

– Przyjaciel?

– Ten człowiek, którego osłaniał – wyjaśnił Will. – Czy przeżył?

Przyszło mu do głowy, że byłoby czymś strasznym, gdyby tak heroiczny wysiłek jego ojca poszedł na marne.

– Nie byli przyjaciółmi – sprostował Halt. – Twój ojciec nigdy przedtem nie widział tamtego człowieka... – urwał i dodał: – Ani ja go nie znałem.

Sens tych słów dotarł do Willa dopiero po chwili.

– Ty? – wyszeptał. – To ty jesteś tym, którego uratował? Ty?

Halt przytaknął.

– Jak mówiłem, znałem go krótko. Tylko przez kilka minut. Uczynił jednak dla mnie więcej niż ktokolwiek inny, przedtem albo potem. Umierając, powiedział mi o swojej żonie, która została sama na gospodarstwie. Spodziewała się dziecka, lada dzień miało przyjść na świat. Prosił mnie, żebym się nią zaopiekował.

Will spoglądał na surowe, brodate oblicze Halta, którego, jak sądził, znał tak dobrze. Gdy zwiadowca ciągnął swą opowieść, w jego oczach widniał smutek.

– Twoja matka przeszła ciężki poród i zmarła wkrótce potem. A ja zabrałem cię ze sobą. Baron Arald zgodził się umieścić cię w swoim przytułku – dopóki nie dorośniesz na tyle, by stać się moim uczniem.

– Ale przez wszystkie te lata nigdy... – Will urwał, zabrakło mu słów.

Halt uśmiechnął się do niego niewesoło.

– Nigdy nie powiedziałem ci, że to ja umieściłem cię w przytułku? Owszem. Zastanów się, Willu. Ludzie...

mają dość szczególne pojęcie o zwiadowcach. Jak by cię traktowali, gdyby wyszło na jaw, że się tobą interesuję? Zaczęliby cię uważać za jakieś dziwadło. Postanowiliśmy wspólnie z baronem, że lepiej będzie, jeśli nikt nie będzie o tym wiedział.

No tak. Halt oczywiście miał rację, jak zawsze. Życie w sierocińcu i tak nie było łatwe. Co dopiero, gdyby wszyscy dowiedzieli się, że ma coś wspólnego ze zwiadowcą.

– A więc przyjąłeś mnie na ucznia z powodu mojego ojca?

Halt pokręcił głową.

– O nie. Z powodu twojego ojca postarałem się, byś zyskał opiekę. Natomiast wybrałem cię dlatego, że wykazałeś uzdolnienia i umiejętności, które są do naszego fachu konieczne. Mam przy tym wrażenie, że po ojcu odziedziczyłeś nieco odwagi.

Zapadło długie, długie milczenie. Will musiał przemyśleć historię swojego ojca i zdumiewającą opowieść o jego ostatniej bitwie. Prawda okazała się piękniejsza i wznioślejsza od wszystkich fantazji, które snuł przez lata, od wyobrażeń, które pomagały mu przetrwać. Wreszcie Halt wstał, a Will spojrzał na niego z uśmiechem – teraz postać zwiadowcy odcinała się ciemną sylwetką na tle nieba granatowego po zachodzie słońca.

– Myślę, że mój ojciec byłby zadowolony z wyboru, jakiego dokonałem – stwierdził, zarzucając na szyję łańcuszek, do którego przymocowany był liść z brązu. Halt tylko skinął głową. Odwrócił się, wchodząc do chaty i pozostawiając swego ucznia jego rozmyślaniom.

Will jeszcze przez chwilę siedział bez ruchu. Niemal machinalnie dotknął dłonią brązowego liścia dębu wiszącego na jego piersi. Podmuch wieczornego wiatru przyniósł odgłosy ćwiczeń, odbywanych na dziedzińcu Szkoły Rycerskiej, oraz szczęk broni, który już od tygodnia rozlegał się nieustannie: załoga Zamku Redmont przygotowała się do nadchodzącej wojny.

Lecz co dziwne, po raz pierwszy w życiu jego duszę ogarnął spokój.